신의 시간

Time of god

2

Q의 노래

박제현
장편소설

청어

신의 시간

2. Q의 노래

박제현 장편소설

발 행 처 · 도서출판 청어
발 행 인 · 이영철
영   업 · 이동호
기   획 · 남기환
편   집 · 방세화
디 자 인 · 이수빈 ㅣ 김영은
제작이사 · 공병한
인   쇄 · 두리터

등   록 · 1999년 5월 3일
(제321-3210000251001999000063호)

1판 1쇄 발행 · 2022년 11월 20일

주   소 · 서울특별시 서초구 남부순환로 364길 8-15 동일빌딩 2층
대표전화 · 02-586-0477
팩시밀리 · 0303-0942-0478

홈페이지 · www.chungeobook.com
E-mail · ppi20@hanmail.net
I S B N · 979-11-6855-076-6(04810)
          979-11-6855-074-2(세트)

신의 시간

Time of god

2
Q의 노래

박제현
장편소설

작가의 말

동트기 전, 해운대 미포에서 송정까지 걷는다. 청사포 포구가 보일쯤 하늘과 바다가 맞닿은 곳에서 핏빛 산통이 일고 있다. 지난 밤새 어둠 속에서 사랑을 나누던 하늘과 바다가 붉은 아해를 낳는다. …샐녘, 덩달아 섬도 하나 낳았다. 수평선 위로 검은 섬이 보인다.

대마도다.

상상은 거기서 시작되었다.

대마도 너머에는 일본이 있을 것이다. 대마도는 일본 땅이 아닐 수도 있었다. 그 남쪽 오키나와의 류큐왕국은 일본에 합병당했고, 북쪽의 쿠릴 일본 영토는 러시아에 빼앗겼다.

어느 것 하나 영원한 건 없다.

2028년이 되면 세상은 그대로일 수도 있고, 뒤집힐 수도 있다. 상상해보자. 상상하는 자에게는 2028년에 무슨 일이 일어날 것이고, 그렇지 않은 자에게는 아무 일도 일어나지 않을 것이다.

'신의 시간'을 쓰면서 나는 '거시적 관찰자 시점'으로 세상을 보고 싶었다. 미시적 행복만 좇다 보면 거시적 불행이 다가오는 것을 보지 못하기도 한다. '신의 시간'은 곧 다가올 우리의 이야기다.

지난 몇 년 동안 인간의 시간과 신의 시간을 넘나드는 여행을 했다. 이제 여행을 마무리하고 그 상상의 기록을 세 권의 책으로 남긴다.

파도 소리 그윽한 해운대 바닷가 서재에서
박제현

차례

1

암살 드론

모기드론 A가 전격적으로 남자의 목덜미에 침을 박았다.

남자는 모기를 잡듯 목덜미를 손바닥으로 한 차례 쳤다. 순간 모기드론 A는 파괴되었고, 모기드론 B가 남자를 비춘다. 남자가 비틀거렸다.

쿵!

고목이 쓰러지듯 바닥에 쓰러지자 침대에서 잠자던 여자가 일어났다. 순간 참수 팀장은 당황한다. 여자까지 제거해야 할지를 고민한다. 그렇지 않으면 여자는 경호원을 부를 테고 경호원이 들어오면 퇴각에 문제가 생길 수도 있다. 여자를 제거한다면 아침까지는 참수 사실을 알지 못할 것이다. 시간을 끌수록 흔적 지우기는 쉬워진다. 아침이면 제거 조는 마나도 해역을 완전히 벗어날 것이다.

여자가 당황한 듯 남자를 흔들었다. 순간 모기드론 B가 여자의 손이 닿지 않는 등으로 접근했다. 그리고는 한 방 놓았다. 여자가 움찔하더니 곧 뒤로 넘어갔다. 등짝에서 미처 침을 빼지 못한 드론이 몸무게에 뭉개졌다. 작동이 중지된다.

모기 드론에 자폭 소각 모드를 급히 작동했지만, 소각 여부 확인은 불가능했다.

"별똥별. 별똥별. 모기에게 2명 쏘였다. 목표물 타격은 확인했다. 목표물 현재 상태는 확인 불가능하다. 모기는 불태웠다. 낚시꾼(참수조)은 대기 중이다. 낚시를 계속해야 할지 판단해 달라."

"별똥별로 상황 확인 가능한가?"

"CCTV가 돌고 있어 발각될 수 있다. 그래도 확인 시도 하겠다."

모 드론을 회전날개 속도를 낮춰 저소음 모드로 창가로 접근시킨다. 방안을 야간 투시 카메라로 비춘다. 방안에 남녀가 쓰러져 있다. 미동은 없어 보인다. 체온은 35.9도 와 36.1도로 정상체온을 유지하고 있다. 그렇게 확인하는 동안 멀리서 개가 짖기 시작한다. 드론은 긴급히 회수된 다. 개 짖는 소리에 경비원들이 움직이기 시작한다.

"개가 짖는다. 별똥별은 바다로 떨어지겠다."

참수팀은 긴급히 해안을 빠져나간다.

*

박강희 홍보수석이 고달후 비서실장실에서 차를 마셨다. 박강희는 고달후가 무언가 할 말이 있다고 생각했다. 평소 생각이 깊은 고달후로 볼 때 무언가 풀리지 않는 의문이 생긴 모양이었다. 쉽게 입을 열지 못하는 고달후에게 박강희가 먼저 입을 열었다.

"실장님, 요즘 이런 소문 들어보셨습니까?"

"어떤 소문 말입니까?"

고달후는 대통령과 관련된 일이라고 생각했다. 박강희는 무춤거렸다. 막상 꺼내려니 썩 내키지는 않은지 엉거주춤한 모양새다.

"대통령님 관련 소문인가 보군요?"

박 홍보수석은 당분간 비밀을 지켜 달란 다짐을 받고 소문에 관해 얘기하기 시작했다. 최근 대통령실에 대통령과 연인관계에 있는 여성이 있다는 소문이었다. 여성은 대통령실 근무 고위 공무원으로 미모의 30대 여성이라고 했다. 소문이 돌기 시작하면 사실 여부와 관계없이 대통령에게도 그리 좋은 일이 아니다. 대책이 필요하다는 것이다.

"정보 보고 출처는 어딥니까?"

박강희는 출입 기자로부터 방송가를 중심으로 퍼지고 있다고 들었다고 말했다. 방송가에서 나왔다는 말에 고 실장은 관심을 보였다.

"방송국 주변이라? 집히는 인물은 없습니까?"

박강희는 1인 방송을 하는 '용산연구소', '스캔천국', '1일1건'을 의심했다. 고달후는 1인 방송에 정보를 제공한 원작자가 있을 것으로 생각했다. 그리고 한 인물을 거론했다. 샘오였다. 고달후가 머뭇거렸던 이유였다. 실력자 정혁과 관련된 인물이자 홍보수석실 담당관이기 때문이었다.

"샘오를 잘 살펴야 할 것 같습니다."

샘오라는 말에 박강희는 멈칫했다. 샘오라면 자신이 해외언론담당관으로 데리고 있는 오세오였다. 정혁 총리가 추천한 인물이다. 얼마 전까지 대통령실 외신 출입 기자여서 방송가에 인적 네트워크가 상당한 친구다.

"샘오는 명색이 해외언론담당관인데 쉽게 정보를 흘리기야 하겠습니까? 이번에는 어떤 일로 연관설이 나왔는지 모르겠습니다만."

말은 그렇게 했지만, 의심은 이미 샘오를 향해있었다. 박강희는 넌지시 고달후에게 그녀가 누군지를 떠봤다.

"실장님은 집히는 데가 없으십니까?"

"그 여인이 누군지 말입니까? 글쎄요. 젊은 친구들은 눈치채고 있을지 몰라도 우리 같은 꼰대한테까지 정보가 들어오겠습니까?"

"전 실장님 밑에 민서린 연설비서관일 수도 있겠다 싶습니다만."

"민 비서관이라? 글쎄요? 나이로 보나 접촉도로 보면 오히려 수석님과 함께 일하는 우현 대변인이 가능성이 있어 보이지 않나요?"

두 사람은 서로 상대측 직원을 들먹이며 눈치를 살폈다. 누가 되든 나쁘지는 않았다.

"두 사람 중의 한 사람이 대통령님과 혼인이라도 하게 되면 어떻게 되나? 우리 둘은 직장에서 친정아버지 격이니까 정치적 부원군(왕의 장인)이 되는 겁니까?"

"이거 잘못하면 서로 부원군이 되려고 암투라도 벌이게 되는 것 아닙니까?"

"실장님을 젖히고 제가 어찌….."

두 사람은 산드러지게 웃었다.

"그래도 여전히 정혁 총리 딸이 가장 앞서가는 것 같지요?"

고달후 비서실장은 정세라가 가능성이 높다고 생각했다. 다만, 걸리는 게 있다면 정혁이 국무총리라는 것이었다. 샘오가 대통령 스캔들을 흘리고 있다면, 정세라를 결혼시키기 위한 포석일 것이라고 판단했다.

"그건 모릅니다. 우리 추측이 아니라 대통령님 선택의 문제 아니겠습니까? 그나저나 우선은 급한 일부터 처리합시다. 1주년 기자회견 말입니다."

*

정혁 총리의 마음은 여전히 흔들리고 있었다. 세라를 대통령과 맺어주려는 생각이지만 마무리 짓지 못한 채 덜컥 국무총리가 되었다. 샘오가 꺼낸 세 마리 용 이야기를 들은 이후 딸 세라에 대한 집중력이 흐트러졌었다. 정혁 총리는 딸의 의도를 정확히 알고 싶었다. 더는 미룰 일이 아니라고 생각했다.

정혁은 외로움을 느꼈다. 한때 동지이자 정적이었던 조세붕이 사라지자 오히려 백척간두에 홀로 선 느낌이다. 바람막이가 사라진 것이었다. 세라의 결혼 문제도 홀로 어찌하지 못하는 신세가 되었다. 권력은 커졌지만, 처신은 한껏 쪼그라들었다. 먼저 당연직 국혼위원장 자리에서 내려와야 했다. 세라가 영부인을 포기한다면 국혼위원장이라는 정치적 자산을 부릴 수 있지만, 영부인을 포기하지 않는 이상 국혼위원장 자리는 차지하고 있을 수는 없었다. 자금줄은 탐나지만, 누군가에게 자리를 넘겨야 했다.

조세붕이 물러나자 그동안 행적이 드러났다. 줄을 댔던 인사와 기업들이 정혁에 접근해왔다. 재벌가에서 일본 궁내청까지 혼담이 오간 흔적이 고스란히 넘어온 것이다.

정혁은 조급했고 찜찜했다. 은밀하게 하야설이 도는 중에도 신랑감으로서 박한의 인기는 오히려 높아만 갔다. 세라의 경쟁자와 정혁의 근심은 함께 늘었다. 국내에서는 재벌가를 비롯해 정치계, 학계 거물들의 여식과의 중매 움직임은 계속되었다. 국제적으로는 크세니아, 릴리아나, 슈코도 의심스럽긴 마찬가지다. 대통령의 생각은 여전히 알 수 없었다.

'세라의 미래를 찾아 줄 것인가? 나의 정치적 미래를 선택할 것인가? 미래도 정치도 모두 가질 수 있다면 더 좋을 것이다. 나의 정치적인 가능성은 어느 정도일까? 비서실장을 거쳐 국무총리에 올랐다. 차기 대선을 위해서는 어떤 선택을 해야 할까? 나의 정치적인 기회는 남아 있는 것인가? 샘오가 말하는 세 마리 용은 누구일까? 대통령의 장인이 된다면 그것으로 정치적 행보는 그쳐야 할 것이다. 하지만 이미 조세붕을 치고 이 자리에 왔지 않은가? 아직 나에게도 대선 출마라는 정치적 마지막 길은 여전히 열려 있다.'

정혁은 조용히 중얼거렸다.

'미래도 정치도 쟁취하는 자의 것이다.'

*

셀레나 정보장은 당혹스러워했다. 그레고리 국장은 난처한 표정이다.

"그레고리 국장님! 어떻게 된 겁니까?"

"곧 확인될 겁니다. 조금만 기다려 주시지요."

CIA에서 Q가 제거되지 않았을 수도 있다고 보고했다.

CIA 국장은 3월 14일에서야 생사가 묘연하다는 걸 확인했다. 인도네시아 마나도 지역에서 그의 사망 의료기록은 발견할 수 없었다. 인도네시아 정부 기록에는 마나도에서 3월 12일 이후 사망한 외국인은 없었다. 그럼 모기 드론이 공격했던 남녀는 누구였을까? 그들의 존재는 인도네시아도 전혀 눈치채지 못한 것으로 보인다. 그들이 살았든 죽었든 사라진 건 분명했다.

CIA에서는 카게무샤(역할 대행)가 있었다고 조심스럽게 분석했다. Q가 죽었다면 이사벨라가 움직였을 것이고, 스페인 정부가 움직여야 하지만, 아무런 반응이 없었다. 결국, 셀레나는 작전이 실패했다고 추정했다.

제거 실패는 단순한 작전 실패로 끝나지 않았다. 한국은 비밀 루트를 통해 미국의 참수 시도를 알아챘다. 미국은 시치미를 떼겠지만, 한국과의 협상 여지가 사라진 것이다. 한국은 미국의 이중 플레이에 철저하게 대비할 것이다.

Q가 한국과 연결되었다는 첩보가 들어 왔다. 가능성은 염두에 두었지만, 한국과 소통하는 것이 분명하다면 문제는 복잡해진다. 우선 Q를 제거하는 데 어려움이 커진다. 한국에 입국해서 보호받기라도 한다면 사실상 제거는 포기해야 할지도 모른다. 더군다나 Q가 가진 기술적 난제는 폭발력으로 추정되었다. 만약에 기술을 완성하는 마지막 키로 핵을 보유한다면, 한국의 핵 무장과 함께 지구 곳곳에 지각 변동이 일어날 수도 있기 때문이었다. 극단적으로 한

국이 '21세기의 해가 지지 않는 나라'가 될 수도 있다는 뜻
이다. 미국은 한국이 JDZ 협약 만료일에 맞춰 핵 개발을
한다는 미확인 첩보를 입수했다.

"그리고리 국장, 어떻게 할 셈이오?"

셀레나 DNI 정보장은 CIA 그리고리 국장에게 물었다.

"찾아야지요. 그리고…"

"만약 한국으로 사라졌다 해도 제거할 겁니까?"

"한국에 들어가지는 않았을 겁니다."

"확신할 수 있습니까?"

그리고리 국장은 정황상 한국에서도 Q를 확보하지 못한
것으로 판단했다. 제거하려는 자와 보호하려는 자의 숨바
꼭질이 다시 시작되었다.

*

마나도 참수 작전 첩보를 입수한 현세현은 릴리아나를
미행하던 남자를 전격적으로 체포했다. 상황이 위험하다고
판단했다. 마나도에서 Q의 참수를 시도했다는 사실에 릴
리아나의 신변 보호를 강화하던 차였다.

남자의 신원을 밝혀졌다. 최영빈이라는 대한체육대학교
체육학과 휴학생이었다. 그는 릴리아나를 좋아해서 따라다
녔다고 했다.

"좋아한다고 해도 그렇게 집요하게 따라다닌다는 것은

범죄라는 걸 모르나?"

"죄송합니다."

수사관은 사진을 꺼냈다. 집요하게 그동안 따라다녔던 현장 사진들이었다.

"얼마를 받았지?"

최영빈은 그 누구에게 돈 받은 적은 없고, 단지 좋아해서 따라다녔다는 주장을 반복했다. 그는 부정했지만 좋아하는 여자를 따라다니는 것과 미행은 분명 달랐다.

"이것 봐! 그런다고 미행이 좋아하는 여자 따라다닌 것으로 바뀌진 않는다고!"

수사관은 집요하게 추궁했다. 현세현 원장으로부터 배후를 밝히라는 지시를 받았기 때문이었다. 배후가 Q를 참수하려 했던 조직과 연관될 가능성이 있었다. 문제는 그가 한국인이라는 것이다. 첩보 활동을 하기에는 허술한 부분이 여기저기서 발견되었다. 애초, 최영빈의 미행을 눈치챘을 때 모르는 척 그를 이용하여 배후를 찾으려 했었다. 추적은 순조롭게 진행되었다. 그런데 Q가 공격을 당함으로써 느긋하게 추적만 할 수 없었다. 추적조가 그를 급하게 체포한 것이다.

곤혹스러워하던 최영빈은 변호사를 선임하겠다며 묵비권을 행사했다.

"휴학생치고는 돈이 많은 모양이군. 최근 카드 사용액도 갑자기 늘었고…."

그의 행적 중에 특이한 장면이 포착되었다. 이태원 아프리카 전문 레스토랑 '카사블랑카'에서 외국인 남자를 만났다. 그리고 흐릿하게 무언가 주고받는 동영상도 확보했다. 수사관은 외국인 남자의 신원을 확인했다.

"그런다고 모든 게 정리되진 않아. 이 남자는 누구지?"

중동계로 보이는 남자 사진을 보여줬다. 그는 모르는 척했지만, 순간 심장 박동이 뛰었다는 것이 체크되었다.

"이태원 갔다가 우연히 만난 이맘이라는 사람입니다."

"전혀 모르는 사람을 우연히 만났다는 거군."

발뺌도 발뺌이지만, 아무래도 첩보원으로 보기에는 어설퍼 보였다. 학교생활에 대한 조사도 이뤄졌다. 특이점이 발견되었다. 그는 사격 특기생이었다. 군에서도 육군 특전사에서 스나이퍼을 한 것으로 확인했다. 스펙으로만 보면 사격 상비군에도 뽑힌 적이 있고, 대학 전공도 사격이라면 무언가 첩보 관련성이 높아 보였다. 그럼에도 의심쩍은 것은 사격에는 일가견이 있다지만, 첩보 활동에는 허술하기 짝이 없었다. 이런 휴학생에 미행을 맡겼다는 것은 상식적이지 않았다.

수사관에게 이어폰을 통해 명령이 전달했다. 풀어주라는 명령이었다.

"최영빈! 좋아서 따라다닌 것이라니 더는 묻지 않겠어. 하지만 명심해. 만약 누군가의 심부름하는 것이라면, 목숨이 위험할 수도 있어. 심부름 값이 목숨값이 될 수도 있으니 조심하라는 거야. 그리고 무슨 일이 있으면 연락하고."

최영빈은 당황한 듯 보였다. 목숨값이란 말에 눈빛이 흔들렸다. 최영빈은 다시는 릴리아나를 따라다니지 않을 것을 약속하고 풀려났다. 주거와 연락처가 확실하고 마땅한 혐의를 찾기 어렵다는 이유에서였다.

박한은 릴리아나가 걱정되었다. 몸은 한국에 있어도 마음은 아버지를 찾아 떠나고 싶을 것이다. Q는 릴리아나 보호를 부탁했었다. 그런데 그녀에게 석연찮은 미행이 있었고, 체포했다는 보고를 받았다.

"배후는 찾으셨습니까?"

"곧 밝혀질 겁니다."

현세현은 훈방한 최영빈이 제 발로 배후를 찾아 줄 거로 생각했다. 그가 배후와 접촉할 것으로 기대했다. 하지만 훈련된 첩보원이라면 배후와 접촉하지 않을 수도 있다. 그는 과연 연기력까지 갖춘 훈련된 첩보원일까.

박한은 배후가 궁금했다. 심증은 미국이었다. 만약 일본이라면 생김새가 비슷한 일본인 블랙요원을 붙였을 것이다. 하지만 물증을 잡을 수가 없었다.

풀려난 최영빈은 생각과는 달리 꼼짝하지 않았다. 그렇다면 전문 첩보원일까? 전문 첩보원이라면 꼼짝 않고 있기보다는 추적을 따돌리고, 관심을 흐리기 위해 트릭을 썼을 것이다. 그동안 그가 만난 사람은 대학 동창들과 여자 친구인 듯한 아가씨가 전부였다.

2

원죄

일본 홋카이도 삿포로 모리히코 카페는 아담하고 추억
하기 좋은 곳이었다. 이곤은 커피와 치즈케이크 조각을 들
고 삐걱거리는 목조계단을 올라갔다. 이곤은 이곳을 '삐걱
카페'라고 부르곤 했다. 삐걱거리는 소리를 들을 때마다 영
화적 상상 속으로 빠져들었다. 다이묘(大名)가 자객 접근을
막으려 일부러 침실 마루를 삐걱거리게 했다는 상상으로부
터였다.

나는 자객이다. 최고 권력자인 홋카이도 마쓰마에 다이
묘를 해치우러 거처에 숨어드는 중이다. 나는 닌자가 되어
칼과 비수를 품었고, 다이묘는 게이샤 애첩을 품었다… 나
는 침대의 삐걱거리는 소리에 맞춰 삐걱거리는 마루를 지
날 것이다. 순간, 침대가 삐걱거리기 시작한다. 다이묘는
삐걱 소리에 흥분하는 독특한 취향을 가졌다. 나는 소리에

맞춰 춤추듯 움직인다. 침대와 마루에서 나는 삐걱 소리가 절묘하게 맞아떨어진다… 그러다 한순간 엇박자가 났다. 내 몸엔 식은땀이 흐르고, 다이묘는 등줄기로 뜨거운 땀이 흘러내린다. 나와 다이묘 사이에는 피리를 부는 듯한 게이샤의 신묘한 감창소리만 가득하다… 삐걱거리는 소리는 멈췄다. 이미 나의 움직임을 눈치챘다. 눈치챘다는 것은 내가 당하기 전에 먼저 비수를 날려야 한다는 뜻이다….

이곤은 상상의 힘만으로 2층에 거뜬히 올라섰다. 비수 대신 손에 들려진 것은 커피 두 잔과 치즈케이크 조각 하나에 포크 두 개가 담긴 쟁반이었다.

"또 그 상상인 모양이군."

여자가 이곤을 보고 말했다.

이곤은 머쓱했다. 볕 좋은 2층 창가에 20대로 보이는 여자 앞에 바투 앉았다. 창을 통해 들어온 볕은 피부를 살갑게 간질거렸다. 따듯하다. 여자는 이곤을 반겼지만, 표정은 그리 밝지 않았다. 커피에서는 홋카이도의 늦겨울 향기가 났다. 뜨거운 커피를 식히려 살짝 입김을 불자 입술 끝에서 바람 소리가 '휘익' 난다. 소리가 향기롭다. 이곤이 포크를 건네자 여자는 가토프라마주라 치즈케이크 한 조각을 입에 넣고 오물거린다.

"히카리 아직도 겨울이 한창인 것 같아."

"3월이니까."

이곤의 표정과 달리 히카리의 표정은 여전히 그리 밝지 않았다. 미사키 히카리는 화장한 듯 이목구비가 선명하고 눈썹이 짙었다. 짙은 눈썹과 쌍꺼풀진 큰 눈이 약간 서구적이었다.

"히카리, 이제는 내 말을 좀 들어 줬으면 해."

그녀는 눈길을 커피잔에 두고는 아무런 말을 하지 않았다. 나무탁자 표면의 나이테를 따라 손가락 그림을 그릴뿐 여전히 대답이 없다.

"히카리!"

"곤! 나는 이곳을 떠날 생각이 없어….”

"그만! 나를 조금이라도 생각해 줄 수 없겠니?"

이곤은 하소연했다. 히카리는 들은 둥 만 둥 반응이 없다. 늘 그랬다. 이곤을 받아주는 대신 거리를 두었다. 히카리의 생각은 한결같았다. 난 내 삶이 있고, 곤은 곤의 삶이 있다고 생각해. 어차피 곤의 아버지 생각은 다를 거야. 아이누가 필요할지는 몰라도 아이누 여자가 아들의 여자가 되는 건 원치 않을 거야.

이곤은 히카리가 당당하게 아버지를 만나길 바랐다. 뜻도 크고 의지도 강한 여자지만 남자 문제만큼은 그렇지 않았다. 그녀에게는 아픈 손가락이자 떠날 수 없는 노타니 타케루가 있었다.

미사키 히카리는 홋카이도 동쪽 끝 네무로에서 태어나

자란 아이누족이었다. 그녀가 일본 홋카이도 대학에 유학하면서 삿포로에 살게 되었다. 그녀는 인류학을 공부하다 자신의 정체성을 알게 되었다. 일본 원주민이었던 아이누는 도래인에 의해 북으로 밀려났고 지금은 아이누의 정체성이 하루가 다르게 사라지고 있었다. 이미 일본인과 피가 섞여서 순수혈통 아이누는 소수에 불과했다. 아이누는 스스로 순수혈통을 포기한 사람과 순수혈통을 지키려는 사람으로 갈라졌다. 막부(幕府)의 무지막지한 말살 정책으로 구심점이 약해 조직적이지 못한 아이누는 도래인에 의해 복속되어 박해받았다. 수천 년 동안 이어온 언어를 쓰지 못하고, 연어잡이와 수렵이 금지되었다. 경험이 없던 농사를 억지로 시작했었지만, 홋카이도의 혹독한 기후로 거듭되는 실패를 맛보았다. 일본 내의 가난한 소수 종족으로 전락해 버린 것이다. 지금도 여전히 아이누는 일본 국민임에도 내지인 대우를 받지 못하는 외지인으로 남아 있다.

히카리는 삿포로에서 대학을 다니며 처음에는 기숙사에서 생활했다. 2학년이 되면서 신삿포로역 근처에서 야채상을 하고 있던 노부부 집으로 거처를 옮겼다. 노부부는 아이누족이었다. 미사키 히카리를 보고 아이누라 직감한 노부부는 손녀처럼 대해줬다.

노부부에게는 노타니 타케루라는 동갑내기 손자가 있었다. 아이누라는 이유로 손자는 따돌림과 멸시 속에서 자랐고, 시간이 지날수록 삐뚤어지고 거칠어졌다. 타케루와 히카리는 공통점이 있었다. 아이누라서 겪어야 했던 기억의 퍼즐이 비슷했다. 태어나서 아이누라는 사실을 알게 되기 전까지는 아무런 문제가 없었다. 어느 날 자신의 정체성을 알게 된 것이 문제의 시작이었다.

타케루가 중학교에 다닐 때였다. 노부부는 손자의 중학교로부터 한 통의 전화를 받았다. 빨리 삿포로대학병원 응급실에 가보라는 것이었다. 심하게 다치긴 했지만, 다행히도 생명에는 문제없었다. 동급생이 손자의 혈통을 알고 샤모(아이누족의 경멸적 호칭)라고 놀리자 싸움이 난 것이다. 타케루는 한 달이 지나서야 퇴원했다. 가해자는 동급생들이었다. 입원해 있는 동안 노부부는 학교 측에 가해 학생 처벌을 요구했지만, 쌍방폭행이라는 가해자의 주장을 받아들였다. 그때부터 사건을 두고 진상규명을 위한 지루한 투쟁이 시작되었다. 그러나 돌아오는 건 쌍방폭행 사건으로 처벌을 한다면 모두 처벌 대상이라는 것이다. 어느 한쪽만 처벌하기 곤란하다는 주장은 계속되었다. 가해자는 3명 피해자는 1명인데도 학교 측과 경찰 측 논리는 초지일관 변화가 없었다. 일부 아이누가 경찰에 항의했지만 소용없었다. 손자는 학교를 그만두었고 검정고시로 중학교 고등학교를 졸업했다. 그는 가업을 잇기로 하고 집안일을 도왔다. 그러나 그때 가해자였던 동급생들은 성인 되어서도 괴롭힘은 계속되었다. 돈도 권력도 없는 혈기왕성한 아이누 청년이 할 수 있었던 것은 그들을 보복하고 삿포로를 뜨는 것뿐이었다. 그는 고민에 빠졌다. 할머니 할아버지를 두고 떠난다는 것은 옳은 일인가였다. 아들 부부를 잃고 노후에 손자 하나만을 바라보는 것만으로 훈훈한 온기를 느끼며 사는 두 분이었다. 그러나 아무 일도 없었던 것처럼 하루하루를 보낸다는 것은 더는 할 수 없는 고통이었다.

결국, 타케루는 삿포로를 떠나기로 했다. 그는 블라디보스토크에 있는 러시아극동대학에 입학하여 공부를 시작했다. 학비는 블라디보스토크나 주변을 여행하는 일본인 여행객의 관광 가이드로 조달했다. 가외로 차가버섯 가공품과 보드카, 초콜릿을 팔며 생활비를 만들기도 했다.

*

이곤이 노타니 타케루를 만난 것은 2026년이었다. 둘은 블라디보스토크 청춘의 거리인 아르바트 광장 해적커피점에서 만났다. 그를 만난 것은 이웅 회장이 아이누족과 접촉을 지시했기 때문이었다. 이곤은 수소문하던 중 아이누족 학생이 러시아극동대학에서 공부하고 있다는 것을 알았다. 연락을 취했지만 타케루는 관심이 없다며 거절했다. 몇 번 연락 끝에 그를 만나게 되었다. 비즈니스를 하기에 근사한 곳에서 얘기를 나누려 했지만, 타케루는 부담스러운 장소에는 가지 않겠다고 거부했다.

"노타니 타케루 씨죠?"

"예, 이곤 씨?"

타케루는 언뜻 보기에 백인의 피가 섞인 혼혈처럼 보였다. 얼굴은 면도를 깨끗이 한 탓에 수염자리는 파리하고 맑았다. 이곤은 명함을 건넸다.

"이곤입니다. JS 그룹이라는 곳에 일하고 있습니다."

타케루는 명함이 일본어로 만들어졌다는 걸 발견했다. 'JS그룹 총괄기획본부 과장 겸 블라디보스토크 지점장 이곤' 순간 배려심이 느껴졌다.

"좋은 회사에 다니시는군요. 특히 극동 지역에서는 다들 취업하고 싶어 하는 회사이기도 하고요."

"감사합니다. 좋은 기업이 되고자 노력하는 건 사실이지만 이렇게 호평해주시니 고맙습니다. 함께 일할 기회가 있으면 좋겠습니다."

타케루는 시간이 별로 없어 보였다. 생계를 위해 아르바이트를 해야 했다. 그의 눈빛은 용무를 마치고 어서 자리를 떴으면 하는 눈치였다.

"노타니 씨, 바쁘실 테니 용건부터 말씀드리겠습니다. 저희 JS그룹에서는 아이누족과 교류를 했으면 합니다. 필요하다면 후견인이 될 수도 있습니다. 그래서 아이누 분들을 만나고 싶습니다."

노타니 타케루는 의아한 표정을 지었다. 아이누와 교류할 것이란 문화 교류뿐이었다. 아이누라면 사할린, 쿠릴, 캄차카에도 있다. 러시아에서 활동 중인 JS그룹이라면 굳이 홋카이도까지 와서 아이누를 만날 이유가 없다. 그런데도 이곤은 홋카이도 아이누를 만나려 했다.

"굳이 홋카이도 아이누를 만나려는 이유가 있습니까?"

이곤은 이웅 회장의 뜻이라고 설명했다. 하지만 아무 연고도 없이 불쑥 아이누 분들과 직접 만나는 것은 예의가 아니었다. 그 연결을 노타니에게 부탁하려 했다.

노타니 타케루는 여전히 이곤의 뜻을 알 수 없었다. 아이누를 만나려는 이유도 모르고 중간 역할을 할 수는 없었다. 아이누는 일본에서도 잊힌 민족이고, 러시아에서도 자신이 아이누라는 걸 숨기려 한다. 그런 아이누를 굳이 찾아서 뭘 하겠다는 것인가?

"JS그룹에서 왜 아이누를 찾고 있는지 말해 주시겠습니까?"

이곤은 머뭇거렸다. 사실을 말할 단계는 아니었다. 서로가 소통하고 교감이 필요했다.

"저희 회장님의 깊은 뜻이 있으리라 생각합니다. 다만, 어떤 이유로도 아이누에게 피해를 주는 일은 없을 겁니다."

"그걸 어떻게 믿지요?"

"JS그룹이 아이누를 이용하거나, 피해를 주어서 이익을 얻는 것에 비해 그룹의 이미지 손상이 더 심할 것입니다. 굳이 저희가 그런 이미지까지 손상해 가며 부당한 일을 할 리가 있겠습니까?"

노타니 다케루는 논리적으로는 이해했지만, 여전히 의

문을 가졌다.

"그래서 드리는 말씀입니다. 왜 이익도 없는 일에 뛰어드시는 건지 이해할 수가 없습니다."

이곤은 자칫 일이 틀어질 수도 있다고 생각했다. 이곤은 노타니 타케루에게 오늘은 이쯤에서 대화를 정리하고 조만간 다시 만날 것을 제안했다. 그는 망설였다. 괜한 일에 말려드는 것은 아닌지 의심스러웠기 때문이었다.

"오늘은 첫 만남입니다. 저희 JS그룹과 함께 교류하시는 것은 지금 당장 결정하시기보다는 천천히 생각해 보기로 하시고요. 단 하나만은 부탁해야겠습니다. 당분간 저를 만났다는 것은 비밀로 해주시지요. 소문이 나면 JS그룹이나 아이누에게나 도움이 되진 않기 때문입니다."

그는 대화가 깊어지면서 소문이 나면 안 된다는 말에 무언가 수긍하는 표정이었다. 일본이나 러시아에서도 아이누에 관한 감시와 멸시는 늘 있었었다. 알 수는 없지만 서로 얘기할 여지가 있을 것도 같다고 느꼈다.

타케루는 숙소로 돌아가서 곰곰이 생각한다. 이곤 과장의 뜻을 알 것 같기도 하다가도 그렇지 않기도 했다. 아이누에 관련된 일이라면 그룹의 과장급이 할 수 있는 일은 아니지 않은가. 적어도 부장, 본부장, 임원 정도가 맡아야 할 일이다. 과장에 불과한 그가 함께 일 운운한다는 것에 무시당한 기분이 들었다. 그런데도 신뢰감이 느껴지는 건 무엇 때문일까? 과연 아이누와 함께할 수 있는 일이 있기나 할까? 타케루는 홋카이도의 할아버지에게 전화를 걸었다.

"할아버지, 타케루입니다. 건강은 어떠세요?"

"나야 건강하다. 할머니가 무릎이 조금씩 나빠지고 있어 걱정이긴 하다만. 잘 지내니?"

"예, 할아버지. 공부를 마치면 할아버지 할머니 잘 모실게요. 곁을 떠나서 미안해요."

"우린 걱정하지 말아라. 미사키가 있어 너무 좋단다. 손녀 같기도 하고, 손녀 며느리 같기도 하고… 내가 또 괜한 소릴 했구나. 할머니가 이 말을 들었으면 쓸데없는 소릴 한다고 나무랐을 텐데, 할머니 바꿔줄게."

타케루는 잠깐 할머니를 기다린다. 전화기 속에서 할아버지가 '타케루가 할머니 바꿔 달래.'라고 크게 말하는 소리가 들려온다. 할머니의 '우리 타케루가 전화를 했다구요?'라는 목소리도 들린다. 할머니는 요 몇 년 사이에 청력이 급격히 떨어졌다. 다행한 건 '타케루'와 '히카리'라는 이름과 전화 목소리는 그나마 잘 듣는 편이다.

"타케루? 타케루냐?"

"예, 할머니. 잘 계셨어요?"

"그래, 할아버지는 잘 드신다. 나도 입맛이 없어도 잘 먹고 있단다. 타케루 밥은 잘 챙겨 먹고 다니지?"

"예, 할머니."

할머니는 귀가 어두워 타케루의 말을 제대로 알아듣지는

못했지만, 두 사람이 서로 묻고 싶고, 하고 싶은 말은 다 한 셈이다.

할아버지와 할머니가 살아온 인생을 생각하면 눈시울이 뜨거워진다. 멸시와 박해의 시공 속에 덜렁 내던져진 두 분의 삶이 떠오른 것이다. 어렵사리 얻은 아들도 며느리와 함께 사고로 잃었다. 겨우 남겨진 핏줄이라고는 손자 타케루 하나뿐이었다.

전화는 다시 할아버지에게 넘겨졌다.

"할아버지 예전에 저한테 말씀하셨던 소원은 아직도 빌고 있으세요?"

"소원? 무슨 소원?"

"일본의 간섭을 받지 않고 아이누끼리 모여서 아옹다옹 재미있게 살고 싶다는 거 말이에요."

"소원은 소원일 뿐이지. 그런 소원을 품고 사는 게 내 숙명이기도 하고, 이루어지지 않는 꿈일지라도 꿈이 있다는 건 행복한 것이야. 타케루는 소원이 뭔지 모르지만 할애비처럼 꿈으로만 꿀 수 있는 소원 말고, 꼭 이루어지는 꿈이 있었으면 좋겠다."

타케루는 통화를 끝내고 침대에 누웠다.

할아버지가 전해줬던 가문의 원죄 이야기가 떠올랐다. 그 원죄 때문에 집안사람들이 다치거나 일찍 죽는 일이 많았다고 했다. 할아버지가 가문 얘기한 것은 동급생한테 집단 구타를 당한 뒤 병원에서 퇴원했을 때였다. 집으로 돌아온 타케루를 할아버지가 조용히 불렀다.

"타케루야, 건강하게 돌아와서 고맙다."

"할아버지, 죄송해요. 말썽을 피워서요."

할아버지는 남자가 불의는 보면 분개할 줄도 알아야 한다고 했다. 다만, 불의를 볼 때마다 분개하고 싸움을 해서는 안 된다는 것도 일렀다. 할아버지는 타케루가 잘못되는 줄 알고 조마조마했다고 했다. 그때 할아버지는 처음으로 집안 얘기를 들려주었다. 걱정했던 것은 집안에서 유독 다치거나 먼저 세상을 뜬 사람이 많아서였다.

"당장 네 아비와 어미만 하더라도 그렇다. 그렇게 쉽게 세상을 뜰지 누가 알았겠느냐? 그런 일들이 생길 때마다 나는 집안이 숙명이라고 생각한다."

"집안의 숙명이라니요? 무슨 일이 있었다는 건가요?"

할아버지는 '쿨룩' 쇠기침을 하고는 목을 가다듬었다. 기억을 떠올리는 모습에서 고통이 느껴졌다.

"언젠가는 알아야 할 이야기이긴 하지. 5대조 '쿠우친코로'께서 그러니까 타케루의 7대조께서 아이누의 마을이었던 에조치(아이누 거주지)의 족장이셨다. 당시 홋카이도는 마쓰마에 가문에서 장악하고 있었지…."

아이누는 전통방식대로 연어잡이와 사냥을 하고 살았다. 어느 날부터 마쓰마에번[1]에서 아이누를 잡아다 노예로

---

1) 마쓰마에번(松前藩): 일본 에도 시대 홋카이도(北海道) 남부에 있던 번.

부리자 아이누는 저항하기 시작했다. 족장이었던 5대조도 결단을 내려야 했다. 하지만 활과 칼로는 총으로 무장한 마쓰마에번의 군대를 이길 수가 없었다. 5대조는 젊은이를 모아 전투를 준비했다. 마쓰마에번과의 전투에서 승리하여 독립하겠다는 것이었다.

첫 번째 전투는 11월 추위가 몰아칠 무렵 시작되었다. 추위에 강한 아이누는 마쓰마에번을 기습하여 승리를 거두고 추위가 심한 북쪽부터 남으로 차츰 압박하며 내려갔다. 다음 해 1월이 되자 홋카이도에서 세력을 잃은 마쓰마에 가문은 홋카이도 최남단 오시마반도 마쓰마에성에 고립되었다. 병력 지원이나 보급이 되지 않는다면 마쓰마에성 함락도 시간문제가 되었다. 홋카이도와 혼슈 사이의 쓰가루 해협에는 겨울 유빙이 떠다니고 있었다. 마쓰마에번에서는 자칫 배를 띄웠다가는 침몰할 수도 있어 선뜻 지원병을 파견하지 못했다. 아이누의 기세는 높았다. 고립된 마쓰마에성에서는 아이누와 평화협정을 요청했고, 아이누는 항복을 요구했다. 그렇게 서로 대치하고 있는 가운데 마쓰마에 번주는 계속 시간 끌기를 하고 있었다. 이를 눈치챈 5대조는 봄이 오기 전에 성을 함락해야 한다고 주장했고, 반대파는 항복을 기다려야 한다고 주장했다. 그렇게 단단한 동맹이었던 아이누 연대에 서서히 금이 가기 시작했다. 5대조는 마쓰마에 번으로부터 포섭당한 족장들이 하나둘 늘어나는 것을 우려했다. 5대조는 세력을 규합하여 유빙이 사라지고 바다가 풀리기 전에 성을 함락하려 준비했다. 그러나 공격을 사흘 앞두고 지진이 발생했다. 지진은 아군과 적군 모두에게 피해를 주었지만, 아군이 심리적으로 쫓기게 된다.

그때 샤먼은 계시를 전했다고 했다.

'카무이(신, 정령)가 노했다. 싸움하지 말라는 뜻으로 지진을 일으킨 것이다. 싸움을 계속하는 자는 가문이 멸문할 것이다!'

마스마에번의 밀정들이 퍼뜨린 샤먼의 계시는 아이누 진영에 빠르게 퍼져나갔다. 병영 전체 분위기는 평화협정에 조인하는 쪽으로 급속하게 기울었다. 5대조는 공격을 멈춰서는 안 된다고 주장했지만, 점점 세력이 약해졌다. 결국, 5대조는 다른 족장에게 붙잡혀서 감금되었고, 평화협정을 주장하던 세력과 마쓰마에 번은 평화협정을 조인했다. 봄이 오면 홋카이도에서 마쓰마에번은 완전히 철군하고, 아이누가 직접 다스리기로 한 것이다. 5대조는 협정이 조인되면서 풀려났다. 마쓰마에와 협정에 조인한 족장들은 5대조를 카무이의 뜻을 훼손한 자로 몰아 추방했다.

아이누 세력에서 버려진 5대조는 마쓰마에 가문이 보낸 자객에 의해 살해당했다.

그리고 봄이 되어 쓰가루 해협의 유빙이 사라지자 철군 대신 지원병이 바다를 건너왔다. 마쓰마에 지원병은 결집이 약해진 아이누를 학살하기 시작했다. 그 이후로 카무이의 계시가 실행되기라도 하듯 가문에서 자손이 귀하고 일찍 세상을 뜨는 일이 반복되었다는 것이다.

"나는 싸움하는 자의 가문이 멸하는 것이 아니라 그 반대였을 거로 생각한다. 평화협정에 참여한 족장 후손들은 어디에서도 볼 수가 없으니 말이다. 억울하게 돌아가신 5대조가 꿈꾼 평화로운 아이누의 세상은 그 이후로 이루어지진 못했단다. 나이든 아이누들은 아직도 그런 세상을 꿈꾸곤 하지. 멸시받지 않는 세상. 착취당하지 않는 세상 말이야."

*

타케루가 이곤을 다시 만난 것은 블라디보스토크 롯데호텔 2층 '랑데부'였다. 타케루는 학생 신분에 호텔을 이용하는 것에 부담을 느꼈으나, 커피숍은 대화를 나누기에 적합하지 않다는 걸 인정했다.

"노타니 타케루 씨, 잘 지내셨지요?"

"예, 잘 지냈습니다. 생각이 좀 많긴 했지만… 과장님도 잘 계셨습니까?"

타케루는 훨씬 부드러워졌다. 표정도 밝아 보였다.

"제가 잘 지내고 못 지고는 노타니 타케루 씨 손에 달렸다는 것 잘 아시지요?"

"너무 부담 주지 마세요."

식사하면서 둘 사이의 이야기가 시작되었다. 이곤은 에

둘러 본론을 피해갔다. 타케루가 대화할 준비가 될 때까지 기다리려는 것이다.

"지난번 저희 JS그룹에 관심이 있으신 것 같던데 제가 설명을 좀 드려 볼까요?"

"예. 궁금합니다. 많이~"

타케루는 훨씬 적극적이었다. 덩달아 이곤도 환한 표정으로 설명을 시작했다.

JS그룹은 처음엔 JS애드라는 광고대행사로부터 사업이 시작되었다. 한국에서 다섯 손가락에 꼽히는 광고회사를 운영하다가 우연히 건설업에 손댔다. JS건설을 설립하면서 외형이 순식간에 커졌다. 시기를 잘 탄 것이다. 건설 붐과 함께 회사가 키지면시 건설입 외에 토목과 지하자원개발까지 사업이 확대되었다. 당시 순식간에 커져 버린 사업 규모를 보고 전문가들이 도박한다고 표현했을 정도였다. 이미 가속도가 붙은 상태로 브레이크 잡기가 쉽진 않았다. 역시 세상에는 순리라는 게 있는 법이다. 너무 급하게 먹은 음식이 체하듯 한국에 금융대란과 건설 침체가 찾아오면서 건설에 자금이 묶였고 고전이 시작되었다.

이웅 회장은 사업을 전환하려 노력했다. 새로 선택한 사업은 플랫폼 사업이었다. 그러다가 기회가 찾아왔다. 2016년 블라디보스토크에서 열린 동방경제포럼에 경제사절단으로 참석하게 되었다. 러시아에서는 이미 러시아 사하공화국과 사할린에서 가스개발사업을 하던 JS자원개발

(주)를 지켜 보고 있었다. 낙후된 극동 개발에 고심하던 러시아에서는 꽤 괜찮은 사업 상대로 생각한 것이었다.

"제가 너무 많이 떠들었군요. 식사를 방해해서 미안합니다."

"이런 고급 정보를 말해 주시다니 감사합니다."

타케루는 이곤이 마음을 트고 싶어 한다고 생각했다. 회사의 명과 암을 그대로 말한다는 것은 신뢰한다는 뜻이기 때문이었다. 이곤의 자신감과 애사심이 궁금했다. 상사의 눈치 보기에 급급한 과장급의 모습과는 전혀 달랐다. 과장을 달 나이도 아니었다. JS그룹이 혁신적인 그룹이거나, 실세 둘 중 하나일 것이다.

"과장님이 회사에서 어떤 위치인지 물어봐도 될까요?"

이곤 과장은 식사하다 말고 타케루와 마주 본다. 그리고는 씩 웃는다.

"JS그룹에서 전도양양한 신세대 과장 정도로 생각해주세요. 그리고 타케루 씨가 가지고 있는 의문도 알 듯합니다."

"제가 가지고 있는 의문을요?"

"일개 과장급이 아이누와의 사업을 운운하는 것이 불편하다는 것 말입니다."

타케루는 이곤의 눈매가 예사롭지 않다고 생각했다. 나이에 비해 훨씬 성숙하고 날카로웠다.

"사실 그건 그랬습니다. 뭘 바라는 건지도 아직 모르겠고….”

타케루도 숨길 생각이 없었다.

“과장급이지만 실세려니 생각해주시면 안 되겠습니까? 당분간 말입니다.”

이곤의 자신감이 느껴졌다. 믿어주고 싶었다.

“솔직하게 말씀드리자면, 처음 제시한 아이누와 교류를 말씀하셨을 때 불쾌했던 것은 사실이었습니다. 과장급을 보내서 교류의 물꼬를 트자는 건 너무 무례한 행동이라 생각했었습니다.”

타케루는 속마음을 얘기했다. 마음을 열고 대화하겠다는 뜻이다.

“그 점은 사과드립니다. 앞서 말씀드렸듯이 비밀이 요구되는 일입니다. 직급이 높은 분들도 많이 계시지만 회장님이 저에게 은밀히 내린 지시입니다. 즉 회장님과 저 말고는 아무도 모르는 프로젝트라는 것입니다.”

타케루는 이곤이 진행하려는 프로젝트에 대해 궁금해졌다. 아이누는 더는 잃을 것이 없었다. 이미 명예도, 권력도, 부도 포기했다고 할 수 있다. 타케루가 드디어 입을 열었다. 이곤이 기다려 준 대가였다.

“그동안 냉랭하게 대했던 것에 대해 사과드립니다. 알고 계실지 모릅니다만 아이누는 오랜 박해로 자기방어에 능한 편입니다. 가슴을 쉽게 열지 않는다는 것이지요. 저한테 하시고 싶은 말씀을 해보세요.”

타케루는 많은 생각을 했던 것으로 보였다.

"그럼 말씀드리겠습니다. 지금 당장 부탁드리고 싶은 것은 홋카이도에 있는 아이누의 대표 어른을 만나고 싶습니다. 그 다리를 노타니 타케루 씨가 놓아 주시길 부탁을 드립니다. 앞으로 차차 말씀드리겠지만 아이누에게 도움이 되는 일입니다. 피해가 가는 일은 없을 것입니다. 비밀만 잘 지켜주신다면…."

이곤은 손을 내밀어 악수를 청했다. 타케루도 응한다. 맞잡은 두 손에서 서로 힘이 느껴졌다.

"노타니 타케루 씨, 실례가 아니라면 나이를 물어봐도 될까요?"

"저는 스물일곱입니다."

"난 스물아홉인데 친구 할까요?"

"아닙니다. 굳이 하자면 형님을 하셔야지요."

"그냥 친구가 좋은데, 형 아우로 하자니까 그럽시다. 다음부터는 내가 형입니다. 나는 평생 동생이 없을 줄 알았는데, 블라디보스토크까지 와서 동생을 얻었네요. 기회의 땅 블라디! 브라디!"

타케루는 다음부터는 노타니 타케루 대신 타케루로 불러 달라고 했다. 형제로 대하겠다는 뜻이다. 이곤도 그러마 약속했다.

*

이웅 회장은 모스크바 숙소를 나서다 이곤의 전화를 받았다.

"그래 곤아 어떻게 됐지?"

"예 아버지. 다음 주에 삿포로로 가기로 했습니다. 삿포로에서 영향력 있는 어른을 만나기로 약속했거든요."

"그 아이누 청년은 믿을만하더냐?"

"잘될 것 같습니다."

"그래. 수고했다. 삿포로 일을 보고 모스크바로 오너라."

"비로비잔[2]에 들렀다 갈 생각입니다만⋯."

"비로비잔에는 이고르가 가기로 했으니 삿포로만 들렀다가 오너라."

비로비잔에 남은 유대인은 적었지만 앞으로 일을 도모하기 위해서는 중요한 곳이었다. 이곤은 아이누뿐만 아니라 유대인과의 접촉에도 신경을 쓰고 싶었다.

"이고르 아저씨하고 같이 가는 건 어떻겠습니까?"

이웅 회장은 이곤이 무리하는 걸 막았다.

"이번에는 이고르에게 맡겨라. 그 친구 재주를 한번 믿

---

2) 비로비잔: 러시아 동부에 위치한 유대인 자치주인 예브레이 자치주의 주도. 하바롭스크 서북서쪽 비라 강과 비잔 강의 연안에 있음. 1928년 유대인 식민을 위해 세워졌다.

어보자."

"예! 아버지. 그럼 모스크바에서 인사드리겠습니다."

"혹시 상트페테르부르크에 있을지도 모르겠다. 출발 전
에 전화하거라."

이웅 회장이 갈지도 모른다는 상트페테르부르크 별장은
표트르 대제 가문에서 관리해오던 고성이었다. 지금은 올
가라는 여인이 소유하고 있다. 올가는 왕가의 여자는 아니
었다.

올가와 이웅 회장이 만나게 된 것은 '2026년 러시아 투
자 경제인 초청 파티'에서였다. 파트너가 없던 이웅 회장과
올가는 자연스럽게 만났다. 올가는 50대 초반이었으나,
젊은 러시아 아가씨처럼 나잇살도 없이 탄탄한 몸을 가졌
다. 이웅 회장은 한때 미국 생활을 했어도, 여전히 유럽 사
교모임에 적응이 되지 않았다. 쑥쑥 해하던 이웅 회장을
무대로 이끌었던 여인이 올가였다. 올가는 영국에서 생활
했던 적이 있어 이웅 회장과는 번역 블루투스 없이도 대화
가능했다.

"회장님, 아직도 소년만이 가질 수 있는 해맑음이 있으
십니다."

올가가 춤을 추며 말을 건넸다. 60대 초반의 동양인에
게 소년 같은 해맑음이란 당치 않았다.

"부끄럽습니다. 부인께서는 동양인에게도 아주 친절하
십니다."

"동양인에게 친절한 것이 아니라 회장님한테만 친절한 거랍니다."

올가의 답은 거침이 없었다.

"친절하게 대해 주는 건 감사드립니다만, 친절을 받을 만한 자격이 있나 모르겠습니다."

단순한 친절인지, 동양인에 대한 호기심인지 올가는 줄곧 웃었다.

"밝은 모습이 좋습니다. 동양인들은 나이가 들면 점잖아지려는 것 같았는데 회장님은 그렇지 않아서 좋아요."

남자를 많이 다뤄본 것 같으면서도, 눈빛이 진지해 보였다.

"인사가 늦었습니다. 저는 한국에서 온 이웅이라고 합니다. 부인과 함께 춤을 추는 것을 영광으로 알겠습니다."

올가는 이웅을 알고 있는 듯했다.

"호호, 영광은 제가 영광이죠. 이렇게 대단한 기업인을 만났으니 말입니다. 전 올가라고 합니다. 지금은 솔로입니다. 그래서 친구를 찾고 있어요. 다정하고 섹시한 남자친구 말입니다."

이웅은 자신을 다정하기는 하지만 섹시하지는 않다고 말했다.

"전 탈락이군요. 빛처럼 빠르게 말입니다."

"웬걸요? 전 회장님이 마음에 드는데요. 아까부터 보고 있었거든요. 부인은 있으시겠지요? 그래야 유혹의 세계에 빠뜨려서는 뺏는 스릴이 있거든요."

팜므파탈 같은 올가의 말이 야릇하면서도 싫지 않았다.

"죄송합니다. 혼자라서… 실망하게 만들어드린 거군요."

올가는 허세를 부리지 않고 담담하게 자신을 얘기하는 이웅을 보며 웃음을 흘렸다.

"오! 실망했습니다. 회장님! 실망하게 한 것에 대한 벌칙이 있는데 벌칙을 받으시겠습니까?"

벌칙이라는 말의 뉘앙스마저 섹시했다.

"벌칙도 선택할 수 있습니까?"

"그럼요. 벌칙을 받으면 저와 춤을 출 것이고, 받지 않으신다면 홀로 술을 마셔야겠지요."

"죄를 지었으니 받아야겠지요. 예, 받습니다. 받고 말고요."

올가는 이웅 회장의 귀에다 대고 귓속말을 했다.

"실망을 만회할 기회를 드릴게요. 집으로 초대하면 꼭 오셔야 합니다."

"죄인이 마땅히 따라야겠지요. 부인, 연락 기다리겠습니다."

독특한 여인이었다. 귀족스런 분위기와 현대적인 세련미를 동시에 가졌다. 당당하면서도 외로움이 느껴진다. 이웅은 올가가 궁금해졌다.

*

올가가 집사와 차를 보냈다. 올가의 저택은 상트페테르부르크 외곽의 고궁이었다. 집사는 예절교육과 보안교육을 제대로 받은 남자였다. 올가의 저택에 도착할 때까지 기본적인 대화를 제외하고는 전혀 말을 하지 않았다. 차는 한적한 시골길을 달렸다. 저택에 가까워지자 올가라는 여인이 어떤 여자인지 궁금해지기 시작했다. 작호가 있는 것이 아닌 것으로 볼 때 출신 신분이 높지 않으리라 생각했다. 동시에 그녀에게서 뿜어 나오는 아우라가 떠올랐다. 사교모임에서도 그녀가 차지하고 있는 위치는 높아 보였다. 미스터리한 여인이다. 올가가 자신에게 관심을 표명하는 것도 의문이긴 마찬가지였다. 동양인에다 나이도 있는 자신에게 관심을 보인다는 것은 JS그룹 때문일지도 모른다.

눈앞에 나타난 저택의 커다란 대문이 열렸다. 유혹의 문인지, 천국의 문일지 알 수 없는 문을 통해 저택에 들어섰다. 멀찍이 저택 본채가 보였다. 자동차가 저택 본채 입구에 다다를 때쯤 둔중한 현관문이 열렸다. 문에 비해 작고 가녀린 올가가 나왔다. 클래식하게 잔뜩 멋을 낸 드레스를 입고 나타난 모습은 영화 속의 로코코 시대 귀부인 같았다.

"어서 오세요. 회장님!"

"마담, 역시 아름답습니다. 초대해주셔서 감사합니다."

올가는 헤어스타일과 의상을 뽐내듯 포즈를 취했다.

"칭찬해주시니 공들인 보람이 있군요. 칭찬 감사해요."

올가는 이웅을 집 안으로 안내했다. 저택은 로마노프왕조 표트르 대제 때 지어졌다. 첫 주인은 이바노프 공작이었다. 이웅은 올가가 이런 저택에서 사는 이유가 궁금했다.

"저택이 너무 아름답습니다. 가볍지도 않고 그렇다고 아름다움을 누를 정도로 무겁지도 않고 말입니다. 마담처럼….'

이웅은 광고카피라이터 출신답게 표현했다.

"집은 여주인을 닮는다는 말이 있긴 하지요."

올가는 응접실에서 이웅에게 차를 권했다. 이웅은 올가에게서 익숙한 향기를 느꼈다. 진하지 않은 은은한 향이었다. 지난번 파티에서도 그랬듯 독특한 향기였다. 유럽 여성들은 나이가 들수록 향수의 향이 진해지는 데 반해 올가는 그렇지 않았다. 자신감일 수도 있고 다른 이유가 있을 수도 있다. 올가의 안내로 저택을 둘러보다 그녀의 파우더룸에 들렀다. 파우더룸은 거대한 유리거울을 중심으로 화장품과 액세서리가 가득했다. 한편에는 향수병들이 진열되어 있었다.

"마담이 쓰는 향수가 궁금하군요?"

올가는 씨익 웃으며 맞춰보라며 손짓을 한다.

"맞추기 쉽지 않을 겁니다. 만약 맞추신다면…"

"맞추신다면?"

올가의 눈빛이 반짝였다.

"선물을 하나 드리지요."

"어떤 선물인지 미리 알 수는 없을까요?"

"지금은… 하지만, 실망하지는 않을 겁니다."

올가의 표정이 야릇하다. 장난스러우면서도 기대감으로 마음을 휘저었다.

"마담 제가 좀 가까이 가도 되겠습니까?"

"원하신다면."

이웅은 올가 옆에 바투 다가갔다. 그녀에게서 나는 은은한 향수 표본을 채취했다. 그리고는 향수 진열대로 다가갔다. 이웅은 향기를 맞추기는 쉽지 않을 거로 생각했다. 어차피 후각은 쉽게 피곤해지므로, 맞출 확률은 시간에 반비례할 것이다. 이웅은 향기를 후각 대신 시각으로 맞출 생각이었다. 시각으로 향기를 찾기 시작했다. 창문과 향수병을 잇는 선과 직각으로 섰다. 창문을 통해 들어온 햇살이 향수 뚜껑에 찍힌 지문을 비췄다.

"향수 뚜껑을 열어보지도 않고 맞추실 겁니까?"

"그럴까 합니다."

"역시 회장님은 긴장시킬 줄 아시는 분입니다. 흥행시키는 감각이 뛰어나신 분인 것 같아요. 그래서 제가 반할지도 모르겠네요."

이웅은 지문이 가장 많이 찍힌 향수병을 찾았다. 햇볕에 반사된 지문은 뚜껑마다 거의 비슷하게 찍혀있었다. 갑자기 길을 잃은 기분이었다. 올가는 향수를 골고루 쓰는 흔치 않은 여인일 수도 있다. 다시 한번 반대로 확인을 하려는 순간, 방안에 햇빛이 사라졌다. 올가가 이웅의 의도를 알아차렸다. 그녀가 커튼을 '홱' 쳐버린 것이다.

"감각은 어두울 때 가장 뛰어나지요."

순간적인 올가의 행동에 이웅은 당황했다. 생각보다 자극적인 행동이었다.

"마… 마담."

"눈을 감으세요. 그리고 호흡을 크게 한번 하세요."

이웅은 올가가 시키는 대로 따라 했다. 올가가 이웅에게 다가갔다. 올가의 향기가 다시 느껴졌다.

"회장님, 제 향수 향기가 어떤가요?"

"신비롭습니다. 전혀 맡아 본 적이 없는 향기이기도 하고요."

"마음에 든다는 얘긴가요? 솔직하셔야 합니다."

"매력적입니다. 진하지 않아 평생 질릴 것 같지 않은 향기입니다."

평생 질리지 않을 향기라는 말에 올가는 표정이 환해졌다.

"그럼 저를 한번 안아보시겠습니까?"

이웅은 눈을 감은 채로 올가를 안았다. 올가의 향기가 더욱 진하게 느껴졌다.

"어차피 진열대에는 제가 쓰는 향수는 없습니다."

"그럼?"

"난 향수를 쓰지 않아요. 나를 안았으니 회장님께서 맞추신 겁니다. 향수병이 너무 커서 마음에 들지 않으실지는 모르겠습니다만⋯."

올가의 향기는 그녀의 독특한 체취였다. 이웅은 세상에서 가장 큰 향수 통을 안고 있었다. 순간 공기가 후끈해졌다.

"어쨌든 맞췄으니 선물을 드려야겠지요."

올가의 입술이 이웅의 입에 맞춰진다. 이웅의 몸이 뭉클 뜨거워진다. 나잇살 먹고 한동안 잊었던 여인과의 키스가 감각을 깨우는 느낌이다. 올가의 키스는 끈적하고 깊은 데다 공격적이었다. 이웅은 중년의 키스가 섹스보다 더 강렬할 수도 있다고 생각했다. 거기까지는 올가의 몫이었다. 이웅이 올가에 답례할 차례였다. 이웅의 입술과 손가락이 올가를 어루만졌다. 올가는 치유 받듯 이웅을 느끼며 받아들였다. 강렬했던 올가에 비해 이웅은 아주 부드럽고 천천히 올가를 다루었다. 어느덧 올가도 이웅의 리듬에 빠져들었다. 두 사람은 노련한 서브미션 선수처럼 서로를 서로가 하나씩 아주 천천히 제압해나갔다.

올가는 이웅에게 시가를 권했다. 이웅은 시가를 물었다.

"동양적인 섹스인가요? 특이한 경험이었어요."

"동양적인 섹스라고 하기에는 그렇고 동양적으로 말하면 궁합이 잘 맞는 거라고 해야겠지요."

"궁합?"

"The combo is great라고나 할까. 최고의 섹스파트

48

너라는 뜻."

올가는 이해했다는 듯 웃었다.

"그렇군요. 그런데 그렇게 천천히 움직이는 섹스가 감당할 수 없는 절정감을 주리라고는 생각하지 못했었어요."

"천천히는 인간이기에 가질 수 있는 특권 중에 하나겠지요. 힘이 약하거나 안락한 공간을 가지지 못한 동물일수록 아주 빠르게 섹스를 끝내곤 하지요. 조류나 토끼처럼, 그런 동물에게 있어서 섹스시간은 종족보존과 생존 사이의 절충점이랄까."

올가는 이웅의 설명에 관심을 가졌다.

"그렇다면 천천히 즐길 수 있는 동물이 최상위 포식자라는 것이군요?"

"그런 셈이지요. 그리고…"

"그리고요."

촉촉한 올가의 눈빛이 반짝였다. 흥미롭다는 표정이다.

"그렇기도 하고 이렇게 멋진 올가와 사랑이 빨리 끝내버릴 수는 없었거든요."

올가는 만족한 표정을 지었다.

"호호호, 인간 중에서도 섹스를 천천히 오래 즐길 수 있는 사람이 진정한 왕이라는 얘기군요. 그 중의 왕중왕은 이웅과 올가?"

"The combo is great."

"회장님은 왕이 될 자격이 있으세요. 밤뿐만 아니라 낮에도."

이웅은 올가의 이마에 입 맞췄다. 사랑스럽다는 눈빛이
서로를 품는다.

올가는 자신의 결점마저도 당당할 수 있는 여자였다. 어
린 시절부터 겪어왔던 인생 역정이 그녀를 그렇게 만들었
을지도 모른다. 그녀의 고결함 뒤에는 세파의 흔적이 훈장
처럼 버티고 있었다. 그런 세파에서도 이렇게 큰 저택의
주인이 되고 사교계에서 역할이 당당한 이유는 무엇일까?
그녀의 이야기는 계속되었다.

"그래서 난 이방인 취급을 받았지요. 첫 결혼을 실패한
것도 그랬고요. 갑작스러운 신분 변화가 나를 괴롭혔지요.
우울증도 왔고, 결국 이혼을 했어요. 내가 회장님에게 관
심을 가지는 것은 나와 같은 이방인이기 때문이지요. 편하
니까. 재미있으니까. 그런 이유지요."

"그럼 이 저택은 언제부터 사신 거지요?"

"이혼하면서 받았지요. 전 남편은 저택하고, 내 영혼만
빼고는 모두 가져갔지요."

"아이는 남편이 데려갔고 얼마 있지 않아 하늘에서 데려
갔지요. 어쩌면 새 여자가 하늘로 떠나보냈을지도 모르는
일이고…."

올가의 눈이 촉촉해졌다. 이웅은 화장지 대신 입술로 올
가의 눈물을 닦아냈다. 그리고 꼭 껴안았다.

*

2년 전, 이곤이 처음 홋카이도에 왔을 때였다.

타케루가 소개한 사람을 만나러 삿포로에 도착했다. 호텔에 도착하자 피곤이 몰려왔다. 비행기를 타고 오는 동안 계속 잠을 잤지만, 피로감은 여전히 남아 있었다. 급할수록 쉬어가라는 아버지의 말대로 휴식을 취하기로 했다. 멀리 뛰려면 움츠려야 했다.

이곤은 뜨거운 물로 샤워를 했다. 따듯한 물이 닿자 잔뜩 구겨진 몸이 쭉쭉 펴지는 느낌이다. 수압이 그리 높진 않았지만, 피부에 닿는 촉감이 자극적이다. 샤워하며 손가락을 잔뜩 세워서 두피를 꾹꾹 눌렀다. 피로를 풀기 위한 습관이다. 세수가 끝나자 면도를 한다. 이곤은 JS그룹 입사 때까지는 수염을 길렀었다. 수염이 주는 강인함이 끌렸다. 미국 뉴욕 밤거리를 돌아다니던 곤에게 진한 수염은 위험을 피하는 보험이나 부적이었다.

남자가 수염을 깎는 것은 남성성을 지우는 것과 같다고 생각했다. 면도는 복종, 굴복, 간접 거세라고 생각했다. 숱이 많은 편은 아니었지만, 수염은 단단하고 탄력 있었다. 칼날이 면도 크림과 피부 사이를 지나갈 때마다 서걱거렸다. 서걱거리는 소리는 깨끗한 턱과 인중을 상상하게 만든다. 손으로 피부를 문지른다. 네 겹의 예리한 면도날도 잡아내지 못한 짧은 수염을 손가락 촉감으로 잡아낸다.

반들반들해진 피부를 확인하고는 거울에 비친 얼굴을 빤히 본다.

이곤은 샤워를 마치고 몸을 말렸다. 선풍기 바람은 물기와 함께 피로를 깨끗이 날려버렸다. 상쾌하다. 머리칼의 물기를 털고 있을 때 전화가 왔다. '그 사람인가?' 곤은 당황스러웠다. 목욕 타월로 아랫도리만 가리고 곤은 침착하게 전화를 받는다.

"예, 이곤입니다."

"안녕하세요. 전 미사키 히카리라 합니다. 타케루가 전화를 했더군요. 그래서 이곳이 익숙하지 않으신 것 같아 먼저 전화 드렸습니다. 샤워 중이신가 봐요?"

히카리는 대수롭지 않다는 듯 말했다.

"아니. 끝났습니다."

순간 멈칫했다. …샤워를 한 건 어떻게 알았을까?

'읍'

이곤은 깜짝 놀랐다. 휴대폰 스피커폰 기능을 누른다는 것이 화상통화를 누른 모양이다.

"죄… 죄송합니다. 제가 다시 전화 드릴게요."

이곤은 서둘러 폰을 껐다. 이게 무슨 꼴이란 말인가? 처음 보는 여자한테 알몸을 보여주다니….

새로 바꾼 휴대폰에 익숙하지 않아 생긴 삿포로 참사였다.

이곤은 카페에 죄인처럼 앉아있다. 미사키는 한눈에 이곤을 알아봤다. 영상통화 때 당황했던 표정이 눈에 익었다.

"이곤 씨죠?"

"아, 예. 미사키 히카리 씨?"

이곤은 주춤거렸다. 샤워 건이 자꾸 떠올랐다.

"아까는 죄송했습니다. 일부러 그런 건 아닙니다. 오해는 말아주셨으면 합니다."

히카리는 그리 큰 의미를 두지 않았다. 보란 듯이 노출시킨 것도 아니고 실수라는 걸 잘 알고 있었다.

"아뇨. 미안할 필요 없습니다. 덕분에 멋진 몸매도 감상하게 되었는데, 감사하죠."

첫 만남치고는 히카리의 농담은 거침없었다.

"첫 만남 대화라기엔 좀 그렇긴 합니다만, 이해해주신 거로 하고 차부터 한잔하시지요."

서름서름하던 이곤은 그제야 미사키 히카리를 제대로 마주 봤다. 일본 여자치고는 이목구비가 선명하고 눈썹이 짙었다. 목소리는 약간 중성이 섞여 있었다. 이곤은 그녀의 성격이 시원시원할 거로 생각했다.

"아이누에 관심이 많으시다고요?"

"예. 그렇습니다. 미사키 히카리님이 좀 도와주세요."

"먼저 말씀드릴 게 있습니다. 어른을 만나서 혹시 불쾌한 질문이 나오더라도 이해하셔야 합니다. 아이누 어른을 만나는 일종의 통과의례라고 생각하시면 됩니다."

미사키 히카리가 이곤에게 소개한 사람은 아이누 이름으로 카무이마시(곰 고기를 굽는 사람)였다. 일본 이름으로는 노타니 카이토라는 어른이었다. 어른은 신삿포로역 근처에서 야채상을 하고 있었다. 나이 탓으로 구부정한 등과 길고 짙은 눈썹이 인상적이었다. 옷차림으로 보아 여느 일본인 노인과 다를 바 없지만 쭈그러진 얼굴 속에서 아이누의 골격과 눈매가 엿보였다. 어른은 가게 안을 통과하여 뒤편 작은방으로 안내했다. 일본식 다다미방은 작지만 포근한 느낌을 주었다.

"누추하지만 이리 앉으시지요."

이곤은 자리에 앉으며 방안을 둘러본다. 벽에 걸린 사진이 눈에 띈다. 중학생쯤 되어 보이는 남자아이의 사진이다. 보디빌더처럼 가슴과 이두박근을 쥐어짜는 포즈를 취하고 있다. 근육보다 쥐어짠 얼굴이 압권이다.

"손자 사진입니다. 지금은 여기에 없지요. 그 애가 쓰던 방입니다. 아이누라도 미남이죠."

"예. 어르신! 지금은 멋진 청년이 되었겠네요?"

"멋지지요. 자주 보지 못해서 아쉽기는 하지만 든든한 아이입니다. 삿포로로 다시 돌아올지는 모르겠지만 말입니다."

"이곳을 싫어하나요?"

"이곳을 싫어하는 것이 아니라 이곳에서 받아야 할 차별이 싫은 게지요. 우리 타케루와 나이가 비슷할 것 같은데

몇이나 되시오?"

눈에 익었다 했었는데 그제야 타케루의 어릴 때 사진이라는 걸 알았다.

"예, 어르신. 타케루보다 두 살 위입니다."

이곤의 입에서 손자 타케루의 이름이 나오자 카무이마시의 얼굴이 금방 환해졌다. 타케루와 잘 아는 사이라는 설명을 듣고는 얼굴빛에 생기가 돈 것이다.

"한국 젊은이라고 했소? 조선인도 우리 아이누처럼 일본에 박해를 받았었지. 내가 어릴 적에 징용으로 탄광에 끌려와 고생하던 조선인을 보기도 했고, 얘기도 많이 들었어. 기억은 가물거리지만 말이야. 온종일 탄을 캐다가 나오면 누가 누군지 구분을 못 해 그냥 까만 사람뿐이니까. 탄광은 툭하면 사람이 돌에 깔려 죽고 갱도가 무너져 죽고 했는데. 소문으론 어떤 갱도가 무너져 사람이 죽었는데 조선인, 중국인, 대만인, 필리핀인들이 죽으면 파내지도 않고 그냥 내버려 두었다는 소문도 있었지. 그러고 보면 조선인이나 우리 아이누나 다들 피해자구먼."

카무이마시는 차를 마셨다. 마음속 어딘가에 꾹꾹 재워 놨던 뱉어내지 못한 말들을 꺼내고는 후련한 표정이다. 너무 오래되어 꾸덕꾸덕 눌어붙은 오욕의 때가 한 꺼풀 벗겨진 듯했다. 어른의 5대조 할아버지는 마지막으로 홋카이도 마쓰마에번과 전쟁했던 분이라는 것을 알았다. 이후 아이누는 정복당한 야만인 취급을 당했다. 집안의 아픔과 족장의 피가 흐른다는 책임감으로 평생을 살아왔지만, 지금은 늙고 힘없는 노인일 뿐이었다.

카무이마시는 이곤에게 아이누를 찾는 이유를 물었다. 아이누와 무엇을 하려는지 알아야 했기 때문이었다.

이곤은 카무이마시에게 아이누가 살고 싶어 하는 세상을 물었다. 그것을 알게 된다면 그런 세상을 만들어 볼 요량이라고 설명했다. 카무이마시는 고개를 갸웃거렸다. 그것이 JS그룹에 어떤 도움이 되는지 이해할 수 없다는 것이다. 지금은 말할 수 없지만, 아이누와 JS그룹 모두에게 도움되는 일을 하려는 것이니 이해해 달라고 부탁한다. 그리고 당분간은 JS그룹과 연계된 것을 비밀로 해달라고도 부탁했다. 카무이마시의 시력은 떨어졌지만, 사람을 보는 눈은 오히려 트였다. 카무이마시는 이곤을 믿는 눈치였다.

"한국은 그렇게 당하고도 지금은 일본보다도 소득이 높다고 하더군. 대단해. 무서운 저력이야. 무언가 생각하면 이루어 내고 마는 민족 같다고 생각하네. 같이 일본에 점령당해 박해를 받았는데도 말이야. 아이누는 흔적을 찾기도 어려울 정도로 사라지고 있는데… 나는 홋카이도 원로들과 모임을 주선해볼 생각이네. 실망할 일은 없도록 해주게."

그의 눈에 눈물이 비쳤다.

"히카리! 이리 오너라."

카무이마시는 갑자기 히카리를 불렀다. 히카리는 처음 카페에서 만났을 때와는 달리 다소곳하게 앉았다. 얌전해진 그녀를 보고 있으려니 웃음이 나오려 했다.

"히카리는 우리 집에 함께 살고 있어. 물론 아이누지. 손녀는 아니고 손녀 같은 아이야. 앞으로 서로 잘 협조가 되어야 할 거야. 나이도 비슷하고 해서 앞으로 아이누와 사업논의는 히카리와 하도록 하지. 난 아이누 원로들과 함께할 수 있는 것을 찾아보고 말이야. 그리고 친일 아이누는 조심해야 하네. 히카리는 친일 아이누 명단을 만드는데 도와줘야겠다."

"예, 할아버지."

"그럼 어르신 오늘은 이만 일어나 보겠습니다. 그리고 이건 원로분들을 만나려면 시간도 내셔야겠지만 교제비도 드실 겁니다. 어르신을 매수하려는 뜻은 아니고 우선 찻값이라도 쓰시는 데 보탰으면 합니다."

이곤이 봉투를 꺼내 건네자. 카무이마시는 손사래를 친다.

"도로 넣어 두게. 자네가 아이누에게 진심으로 대하면 되었네. 내가 돈은 많지는 않지만, 아이누에게 마음의 빚이 있네. 그러니 내 빚은 내가 갚도록 내게 맡겨 주게."

*

보름 뒤, 이곤은 다시 어르신 집을 방문했다. 카무이마시는 수척해 보였지만 눈빛은 오히려 살아있다. 기가 살아

있는 모습이다. 그동안 원로들을 찾아다니느라 몸이 무리가 왔다. 하지만 조금씩 동조 의사를 보이는 원로들을 만날 때마다 힘이 났다. 평생을 패배주의에 함몰됐던 자신에게서 새로운 에너지를 느낀 것이다.

"잘 계셨습니까? 어르신."

이곤은 인사를 하며 쇼핑 가방을 내려놓는다.

"그래 잘 지내고 있네. 이건 뭔가?"

"어르신 드리려고 가져온 한국산 산삼과 한우라는 소고기입니다. 통관 문제가 있어 조금 가공했습니다."

"이런 걸 또 왜 가져 오고 그러는가?"

"어르신 지난번 방문 때 그냥 빈손으로 방문하고 왔다고 JS 회장님한테 혼났습니다. 한국식 예법이니 받아주시고, 소고기는 오늘 드시죠? 저도 좀 얻어먹게 말입니다."

"그럼 그럴까? 헛헛."

이곤은 아이누가 다시 뭉칠 수 있는지를 물었다. 어른은 뭉칠 수는 있겠지만 일부만 가능할 거라 했다. 그것도 나이든 아이누나 가능하지 젊은이들은 아이누가 되는 걸 그리 원치 않을 거라 했다. 어릴 때 아이누의 전통은 이제 거의 사라졌다. 구심점이 사라진 것이다. 지난 얘기를 하다 어릴 때 전통이었던 아명을 꺼내면서 한국과의 공통점 하나를 찾아냈다. 카무이마시의 어릴 때 이름이 숀다쿠(똥덩어리)였다. 한국에서도 개똥이, 소똥이라고 막 부르던 이름이 있었었다. 유아 사망률이 높던 시절 귀한 집 자식을 잃을까 지은 별명이다. 귀신이 누군지를 몰라서 못 잡아가게 한다는 구전 민속이 비슷했다.

"한국에도 그런 전통이 있었다는 건 신기하군."

"저도, 아버지한테 들었던 얘기입니다.

"그럼 위로 올라가다 보면 어디에선가 서로 같이 살았을 지도 모르겠군."

카무이마시는 태어날 때부터 지금까지 일본 안의 이방인 으로 살아왔다. 도래인이 일본을 점령하고는 아이누 존재 를 지우기 시작한 것이다.

"내가 신중한 건 우리 아이누에게 또다시 아픔을 주고 싶지 않아서이네. 오랜 세월 박해받고 이용당하는 것에 넌 덜머리가 난 분들에게 또다시 운명을 반복하게 만들고 싶 지 않아서지. 과장님이 이해해주셨으리라 믿네. 그러면 하 나만 물어보겠네. 회장님은 어떤 분이신가?"

이곤은 회장의 존재에 관심을 가진다는 것은 '우리 손을 잡아 줄 수 있겠소?'라는 구원의 뜻으로 읽혔다.

"저희 JS그룹 회장님은 이웅이란 분입니다. 지금 러시 아에서 개발 사업을 주로 하고 있고, 그룹에서 하는 일은 대규모 개발 사업을 중심으로 전자, 로봇, 플랫폼 사업을 준비하고 있습니다. 회장님은 대대로 하던 사업을 물려받 은 것은 아니고 자수성가하신 분입니다. 그래서 의지도 강 하시고, 사람을 보는 마음도 따뜻한 분입니다."

"그럼 그분은 왜 우리 아이누에게 관심이 많으신지 말할 수 있겠소?"

"회장님은 소외된 분들에 대한 관심이 많습니다. 그래서 과거 홋카이도에 끌려왔었던 조선인 노동자에게도 관심이 많으시고, 비슷한 처지로 어려움을 겪었던 아이누 분들에게도 함께할 수 있는 것을 찾고 있습니다."

카무이마시는 늙고 쪼그라든 거적 눈으로 이곤을 유심히 쳐다봤다. 피부는 탄력을 잃어 주름져 흘러내렸지만, 눈빛은 맑았다.

"과장님은 회장님과 어떻게 되시는 거요?"

카무이마시는 이곤에게서 무언가 희망을 느꼈다. 그의 촉은 오랜 박해를 받아온 사람이 가질 수 있는 생존 본능 같은 것이었다. 어떤 것이든 조금의 틈만 보여도 본능적으로 알아채는 능력이었다. 분명 그의 눈에는 이곤이 단순한 회사원으로 보이지 않았다. 거래해도 손해를 보지 않을 것 같다는 생각이었다. 그것은 대화하는 동안 서서히 확신으로 바뀌고 있었다.

"정확히 하고 싶소. 아이누와의 관계되는 사업이 그리 만만한 일은 아닐 텐데… 즉, 과장급에서 할 수 있는 일이 아닐 텐데도 이렇게 와서 얘길 하는 걸 보면 예사롭지는 않다고 생각되어서 하는 말이오."

이곤은 잠깐 망설였다. 카무이마시의 쪼그라진 눈과 마주쳤다.

"예, 사실은… 이웅 회장님의 둘째 아들입니다. 지금 경영 수업을 받고 있고요. 미리 말씀드리지 못해 죄송합니다."

카무이마시는 놀라는 눈치였다. 그렇다면 서로 이야기할 부분이 있다고 생각되었다. 문밖에 있던 히카리는 더욱 충격적으로 받아들였다. 이곤이 한국에서도 몇 손가락에 드는 JS그룹의 둘째 아들이었다. 지금까지 대화를 나누었던 말끔하고 젠틀한 청년 과장 이곤이 말이다.

카무이마시는 잠깐 생각에 잠겼다.

"히카리!"

카무이마시는 큰 소리로 불렀다. 히카리는 문밖에 대기하고 있다가 얼른 방에 들어왔다.

"앉거라. 어차피 셋이서 해야 할 일일 것 같아 너를 불렀다. 말해보시오. 왜 우리를 다시 모으려는지? 도와주고 싶다는 건 또 뭔지 말이오."

이곤은 망설였다. 자칫 일이 성급하게 진행되다 보면 큰일을 그르칠 수도 있기 때문이었다. 다만 그들에게 아무런 정보도 없이 무턱대고 당신을 돕겠다는 것도 말이 되지 않는 일이긴 했다.

이곤이 떠나간 뒤 카무이마시는 한동안 방에서 나오지 않았다. 그의 칩거는 이곤과 함께 나간 히카리가 집으로 돌아올 때까지 계속되었다. 카무이마시는 오랫동안 다락방 깊숙이 보관해 두었던 2대조 할아버지의 유품을 하나 꺼내 들었다. 할아버지가 곰을 사냥할 때 쓰던 칼과 창이었다.

어린 시절 할아버지를 따라 곰 사냥을 나갔을 때 할아버지는 칼을 높이 들어 제사를 지냈었다. 그의 할아버지는 아이누의 마지막 부족장이었다. 카무이마시는 칼을 칼집에서 빼 들었다. 오랫동안 묵혀둔 칼이었지만 형광등 아래에서 새 칼처럼 번쩍였다. 그의 눈에 눈물이 비쳤다.

*

현세현 원장은 김원태 공직기강비서관과 만났다. 그것은 국정원에서 수집한 정보가 대통령실과 관련성이 있어 서로 퍼즐을 맞춰볼 요량이었다. 김원태 비서관도 최근 대통령실에서 벌어지고 있는 일련의 움직임에 촉각을 곤두세우고 있던 터였다.

현 원장은 비밀스럽게 자리를 만들었다. 자칫 두 사람의 만남이 노출되면 상대는 움츠릴 터였다. 김 비서관은 은밀하게 차량 갈이를 하며 안가에 도착했다.

"집히시는 게 있습니까?"

"원장님! 해외언론담당관 샘오에 대해서 궁금하신 거죠?"

"물론 샘오도 포함이 됩니다. 특이점이 있던가요?"

김원태 비서관은 샘오가 정 총리의 추천으로 용산에 온 것부터가 찜찜했었다. 특유의 자유분방한 스타일, 특히 눈빛이 거슬렸다. 정혁 총리는 메기가 되어 대통령실의 활기를 되찾아 주길 기대한다고 했다. 추천 사유는 국제적인 언론 감각을 앞세워 해외언론담당관으로 적극적으로 추천한 것이다. 그런데 아무래도 메기보다는 미꾸라지 같다는 것이다. 그러는 가운데 추문이 들리고 있다고 귀띔했다.

"여자 문제인 모양이군요?"

"여자 문제도 있고, 씀씀이가 너무 크다는 것도 있고, 정치적인 활동이 꽤 있었다는 소문도 있습니다. 조세붕 총리를 날린 것도 샘오라는 말도 들리더군요. 안 그래도 그렇게 끈질기게 버티던 조세붕이 갑자기 그만둔다기에 다들 놀랐지 않았습니까. 사실이라면 그 친구…."

김원태 비서관은 고개를 절레절레 흔들었다.

"비서관님이 잘 보신 겁니다. 주의 깊게 살펴야 할 인물입니다. 그리고 정혁 총리와의 관계를 잘 살펴 주세요. 단순한 친분이 있는 것인지? 아니면 정치적 혈연관계가 있는 것인지 말입니다."

현세현 원장은 정혁 총리와 샘오가 정치공동체라는 생각을 굳히고 있었다. 시간이 지날수록 그 관계는 점점 구체화하여 갔다. 정혁 총리가 현 원장의 레이더에 포착된 것은 비서실장으로 임명되면서부터였다. 출신이 중도 성향이어서 야당에서도 임명에 대한 반감은 크지 않았다. 문제는 주변의 사람들에 대한 첩보였다. 정혁은 야심이 없는 듯몸을 낮추고서는 기회를 노리는 전형적인 정치 사냥꾼이라는 것이었다. 처음엔 무색무취의 대학교수나 행정가 스타일로 이해했는데, 시간이 지날수록 편견이었음을 인지한 것이다. 야심가 정혁과 샘오는 어떤 존재들인가? 라는 의문이 늘 따라 다녔었다.

"원장님 샘오의 거처가 꽤 여러 군데더군요. 처음엔 내수동 프레지던트오피스텔만 생각했었는데 그렇지가 않아요."

현세현은 샘오의 거처가 프레지던트오피스텔 이외에 L빌딩에도 있다는 사실에 관심을 가졌다. 그만큼의 소득이 어딘가에 있을 것이다. 그 수입원을 추적하면 의문이 한 꺼풀 풀릴 것이다.

현세현은 L빌딩 출입 사실은 알고 있었지만, 더는 첩보가 없었다. 김 비서관도 그곳에 수련장 겸 사무실을 운영하고 있다는 걸 알게 된 것은 최근의 일이었다. L빌딩 101층에서 아주 극소수의 여성들만 출입하며 수련한다고 하는 것이 감찰에 걸려들었다.

현세현 원장은 김 비서관에게서 출입자 명단을 넘겨받고는 놀라워했다.

경기남부경찰청으로부터 넘어온 정보도 예상대로였다. 정혁 총리 뒤에는 샘오가 있고, 샘오 주변의 여자들은 다수였다. 그 많은 여자 중에 한 사람이 연설비서관 민서린이 있었다. 설마 했던 일이었다. 보고는 구체적이었다. 민서린과 샘오의 동선이 겹치는 일이 잦았다. 특히 저녁 시간과 아침 출근 전까지의 동선이 30% 정도 일치한다는 것이다. 그렇다면 두 사람이 L빌딩 101층에서 밤을 함께 지내는 사이라는 것이다. 현 원장은 단순한 남녀 간의 문제만은 아니라고 생각했다. 민 비서관은 대통령의 동창이고, 남녀로서 대통령과 완전히 정리된 관계는 아니었다. 그런 비서관이 샘오와 어울린다는 건 문제였다. 현 원장은 고민에 빠졌다. 대통령에 민 비서관의 행적을 보고하는 것이 옳을지 아닐지 판단이 어려웠다.

"문제는 민 비서관이 샘오와 함께 움직인다는 것이지요?"

현 원장의 이야기에 김철 처장은 화들짝 놀란다. 얌전해 보이던 민서린이 보헤미안 같은 샘오와 함께 한다는 사실에 선뜻 수긍이 되질 않는 모양이었다.

"연인관계라고 볼 수도 있질 않겠습니까? 둘 다 이혼 경력이 있는 사람끼리 만나는 것 말입니다."

"그게 그렇게 간단하질 않아요. 대통령의 일신에 중대한 문제가 생길 수도 있는 일입니다. 민서린 비서관이 어떤 사람입니까? 대통령의 여자 동창생이지 않습니까? 서로 남다른 교감이 있을 수도 있고요. 아직 민서린을 마음에 두고 있는지도 모릅니다. 신뢰하는 비서관이 적이 될지도 모르는 남자와 연인관계라면?"

"그렇습니다. 그렇기에 대통령께 보고해야 하지 않겠습

니까?"

현 원장은 보고하길 바랐다.

"고민입니다. …그래도 보고하는 게 맞겠지요?"

김 처장은 혼란스러웠다. 박한의 마음속에 민서린은 정원 속의 장미꽃 같은 여자였다. 그것을 김철은 잘 알고 있다. 초등학교 때부터 박한의 가슴 한곳에 민서린이 자랐다. 박한은 가까이 가면 가시에 찔려 가슴이 아플까 바라만 보았다. 그러다 민서린이 가까이 다가왔을 땐 민서린은 이미 가시가 뭉그러진 장미가 되어있었다. 결혼과 이혼이 그녀를 그렇게 만들었다. 박한은 국회의원을 거쳐 대통령이 되었다. 국회의원 비서로 대통령 연설비서관으로 연은 계속되었다. 초혼이라면 당연히 박한과 결혼했을 것이다. 둘은 머뭇거렸다. 박한은 결정할 수 없었고, 민서린은 탐할 수 없었다.

현세현은 사건이 커질 것을 염려했다.

"특히나 민 비서관은 대통령의 자서전을 쓰고 있는 사람인데, 샘오가 민 비서관의 기록을 이용하기라도 한다면 대형 게이트가 터질 수도 있습니다."

"맞습니다. 샘오는 정 총리의 수족 아닙니까? 대통령께 치명적인 일을 꾸밀 수도 있어요."

"그럼 김 처장이 보고하시겠습니까?"

현세현과 김철의 눈이 마주쳤다.

"대통령실 안의 일이니까 제가 보고하지요."

현 원장은 대통령 주변의 여인들을 잘 살펴야 한다고 했다. 대통령 영부인 자리를 놓고 대통령실을 중심으로 한바탕 바람이 일 가능성이 염려됐다.

"그러니까 안은 김 처장께서 잘 살펴 주세요. 바깥세상은 내가 책임지겠습니다."

김철은 수긍했다. 한편 정혁 부녀의 활동이 의문스러웠다.

현 원장은 정혁 총리가 심경 변화를 보이는 것 같다고 말했다. 정혁 총리는 비서실장 시절부터 꾸준히 자신의 딸을 영부인으로 만들려고 했었다. 그런데 어느 순간부터 자신이 대통령이 되려 했다. 만약 모든 게 성사된다면 정세라는 대통령의 아내이자 대통령의 딸이 되는 셈이었다.

*

주한모로코대사관의 아마드 참사관은 난처한 표정이었다. 그동안 릴리아나를 미행하던 최영빈이 모로코 대사관의 의뢰를 받고 신변 보호를 위해 미행한 것이 밝혀졌다.

국정원 2차장은 아마드 참사관에게 미행을 사주한 배경을 물었다.

"본국의 명에 따라 릴리아나를 보호한 겁니다."

2차장은 이해가 되질 않았다.

"모로코에서 릴리아나를 보호할 이유가 있습니까?"

"모로코는 CPM사와 가스전 사업을 함께 하고 있습니

다. 주요 사업파트너 보호가 이상한 일은 아니지 않습니까?"

2차장은 릴리아나가 CPM사 시추사업에 관련 있다고는 하지만, 이례적이라고 생각했다. 다른 이유가 있는 것 같았지만 아마드는 쉽게 입을 열지 않았다.

"그렇다고 젊은 여성을 미행한다는 것은 이해되질 않습니다."

2차장은 아마드의 얼굴을 빤히 들여다보았다.

결국, 아마드는 파와즈 왕세자가 릴리아나를 새 신붓감으로 생각하고 있다고 귀띔했다. 2차장은 최영빈은 어떻게 알았는지를 물었다. 아마드는 지인을 통해 소개받았다고만 말하고는 더는 말하지 않았다.

"원장님 아마드 참사관과 최영빈 사이의 중개자를 알아볼까요?"

스나이퍼 특기를 가진 최영빈을 단지 미행을 시키는 데 썼다는 게 미심쩍었다.

"궁금하기는 하군. 하지만 지금은 더 중요한 사안이 있질 않소."

현세현은 릴리아나 수사 보고를 올려야 할지 잠깐 고민했다.

박한은 놀라움과 함께 흥미롭게 받아들였다. 릴리아나가 모로코 왕세자와 관계가 있다는 것은 뜻밖이었다. 릴리아나는 한 번도 남자가 있는 티는 내지 않았었다. 그렇다면 왕세자가 일방적으로 좋아하는 것이 아닌가? 이미 결혼했던 왕세자다. 유부남인 왕세자를 릴리아나도 좋아할지는 모를 일이기도 했다.

돌이켜 생각하면 Q 참수 작전 소식을 전했을 때 릴리아나는 충격에 쓰러졌었다. 가까스로 정신을 차린 후에도 심리적인 불안은 계속되었다. 그때도 릴리아나는 박한에게 의존하는 듯했다. 한동안 품에 안겨 위로를 받기도 했었다. 그런 그녀가 왕세자와의 관계가 있으리라고는 상상이 되질 않았다. 박한은 왕세자의 일방적인 연애 감정이라고 판단했다.

릴리아나는 어떻게 왕세자의 눈에 들었을까?

박한은 Q의 생사가 궁금했다. 참수는 실패했다고는 하지만, 그렇다고 살아있다는 증거도 찾질 못했다.

"원장님 Q의 흔적은 여전히 찾지 못했습니까?"

"예! 아직은 못 찾았습니다."

"예상되는 지역도 없습니까?"

현세현은 곤란한 표정을 지었다.

"가능성은 미국의 영향력이 적은 곳이 아니겠습니까?"

"이를테면?"

"이슬람 영향권이 아닌가 합니다."

이슬람 영향권이라면 중동지역이나, 북아프리카… 혹시 모로코? 어차피 이슬람국가인 인도네시아에서도 기독교가 강한 마나도에서 목숨을 위협받았다면, 이슬람 영향권으로 더 깊숙이 몸을 숨겼을 것이다. 무리해서라도 한국으로 오게 해야 했나? 너무 미국의 눈치를 본 것이 아닌지 자책했다. 하지만 한국에 Q가 온다면 미국도 모르게 입국을 시켜야 했다. 그렇지 않으면 프로젝트가 성공하더라도 후폭풍을 고스란히 감내해야 한다.

*

광화문 교보문고 베스트셀러 존에서 여자가 책을 보고 있다. 그 모습을 한 남자가 주시한다. 여자의 뒷모습은 트렌치코트에 허리띠를 잘록하게 맨 모습이다. 책장을 넘기는 소리가 바스락거릴 뿐 움직임은 없다. 남자는 여자의 손을 주시했다. 뽀얀 손에 손가락이 길쭉하다. 촉이 좋은 여자 손이다.

남자는 여자 옆으로 바투 다가가 책을 집어 든다. 여자는 반사적으로 남자와의 일정 거리를 유지한다.

"혹시… 우현 대변인?"

우현은 샘오를 발견하고는 흠칫 놀란다. 늘 보아왔지만, 이렇게 가까운 거리에서 보는 건 서로 처음이었다. 샘오에게서 묘한 냄새가 났다. 향 냄새와 향수가 섞인 듯했다. 마음이 가라앉는 느낌이 들었다. 좋아하는 냄새는 아니었지만, 그리 나쁘지도 않았다.

"서점에 자주 들르세요?"

"아뇨. 자주는 못 들릅니다. 오늘은 조금 시간이 나길래 들렀습니다. 담당관님은 자주 들르시나 봐요?"

"저도 어쩌다 들렀습니다. 갈수록 독서량이 줄어서 자책하며 한 번씩 들르지요."

샘오는 우현과 차를 사이에 두고 마주 앉았다. 샘오의 눈을 덮은 머리칼이 삽살개 같다는 생각이 들었다. 출근할 때는 머리를 정갈하게 빗어 넘겼지만, 퇴근하면 야성이 그득한 삽살개처럼 앞머리를 늘어뜨렸다. 머리칼로 뒤덮인 얼굴 사이로 눈빛이 보인다. 발 뒤에서 수렴청정하는 권력자 눈빛 같기도 했다. 자신은 모든 것을 내다 보지만 상대는 들여다볼 수 없는 싸움을 즐기는 것은 아닐지?

샘오는 책 이야기를 이어나갔다.

"미국에 있을 때는 도서관에서 보내는 시간이 많았어요. 난 도서관 특유의 냄새를 좋아했거든요. 종이 냄새, 인쇄 기름 냄새, 그리고 오래된 장서에서 풍기는 세월의 냄새까지요. 격정의 시간에도 고요의 바다에 있는 느낌을 도서관에서 찾았다고나 할까."

"담당관님은 기사보다는 창작이 어울릴 것 같네요. 감성이 남다르신 것 같아요."

"감성이라기보다는 사람마다 독특한 정서가 있는 거 아닌가요?"

"하긴 저도 책장을 넘길 때 나는 미세한 소리에 집중하는 버릇이 있긴 합니다. 한 장 한 장 넘길 때마다 성취감을 느끼는 걸 즐기긴 하지요."

두 사람의 대화는 의외로 잘 섞였다. 샘오는 꾸준히 우현을 읽고 있었다. 연기하는 걸까? 우현의 행동이 모호하게 느껴졌다. 샘오는 정보의 혼란을 느낀다.

우현은 화제를 돌렸다.

"참! 정혁 총리님하고 친분이 깊으시던데 서로 잘 통하시는 것 같아요?"

샘오는 고개를 끄덕이며 웃었다.

"훌륭한 분과는 어느 분이라도 잘 통합니다."

"하긴 민 비서관하고도 잘 통하시는 것 같더라고요."

민서린 비서관이라는 말에 샘오는 관심을 가졌다.

"민 비서관하고 제가 잘 어울리던가요? 어떤 면에서 잘 어울리던가요?"

샘오는 우현의 입에서 어떤 얘기가 나올지 궁금했다.

"대단한 분이시라고 하더군요. 언제 한 번 소개한다고 했었는데 오늘 예기치 않게 만나서 차를 한잔하고 있네요."

우현은 즉답 대신 두루뭉술하게 이야기를 돌렸다.

"민서린 비서관은 제 센터에서 수련을 받고 있습니다."

"수련 센터를 운영하세요? 어떤 수련을 하시는 건지 궁금하네요?"

샘오는 정신적인 안정을 주는 마인드컨트롤을 수련하는

곳이라고 했다. 우현은 그의 치렁치렁한 헤어스타일에서 도인 같은 묘한 분위기가 있다고 생각했다. 그리고 매 순간 그의 눈빛은 촉촉했고 묘한 끌림이 있었다.

"민서린 비서관과 함께 한번 들르세요. 마음이 편안해질 겁니다."

"그러죠."

*

샘오의 또 다른 정보가 들어왔다. 국정원 제1차장은 샘오의 출입가옥으로 의심되는 제삼의 장소가 있다고 보고했다. 현 원장은 구체화 되는 느낌이었다. 샘오의 모호함이 한 꺼풀씩 벗겨지고 있다. 여전히 양파처럼 속을 알 수는 없지만, 정보의 공통점은 분명 있었다.

"양수리 별장에서 그동안 회합을 가져왔었다고 합니다. 외진 곳이라 외부 노출이 안 되는 위치랍니다."

"별장? 샘오가 그럴 능력이 될까? 일개 담당관이 별장을 가지진 못했을 텐데. 그렇다고 정 총리의 별장도 아닐 테고 누구 별장이라던가?"

"별장 명의는 자주 바뀌었는데, 지금은 오성그룹 명의로 되어있습니다."

"그럼 오성그룹과 정 총리나 샘오가 연관이 있다는 것인가?"

"그건 확인해봐야 알 수 있습니다. 다만, 별장을 실제 관리하는 자가 있다는 데 아무래도 샘오가 아닌가 합니다. 이건 등기부 등본입니다."

현 원장은 등기부 등본의 표제부와 갑구를 읽는다. 최초 소유자는 JS그룹 이웅 회장이었다. 그리고 대한그룹에서 인수했다가 오성그룹으로 명의가 이전되었다. 재벌들의 별장으로 볼 때 은밀한 회합이 가능한 곳일 가능성이 크다. 그럼 샘오는 어떤 역할을 해왔는지 의구심이 깊어진다. 오성그룹과 샘오는 어떤 관계인가?

"별장을 드나든 인물에 대한 조사는 해봤소?"

"일부는 확인했습니다. 계속 확인하고 있습니다."

"누가 출입했던가?"

차장은 자료를 넘겼다. 원장의 눈이 커졌다. 이렇게 많은 사람이 그곳을 거쳤다는데 놀라워했다. 그것도 알만한 정치인과 경제인 이름이 눈에 띄었다. 정보를 제공한 자가 궁금했다. 누군가가 정보를 제공하지 않았다면 출입자 명단을 만들기 어려운 것이 현실이다.

"누구지요?"

"음악 하는 친굽니다."

"믿을만하던가?"

"믿음은 타고나는 것이기도 하지만, 만들어지는 것이라고 말씀하셨지 않았습니까?"

"돈? 출세? 뭘 원하든가?"

"둘 다입니다."

"욕심이 많군. 제 목숨값이 될지도 모르는데 말이야. 신변 보호 잘해 주게."

순간 현 원장의 기억이 하나 스쳐 지나갔다. 미제 사건에 대한 분석 자료를 보고 받았던 기억이다. 그 가운데 유독 미사리와 양수리 인근에서 발견된 사체들이었다. 공통점은 예리한 칼로 옆구리 갈비뼈 아래에서 30도 각도로 상향 자상을 입었던 기록이다. 동일범 소행이라고 추정하고 추적했지만 결국 미제 사건으로 남았다. 별장과 미사리와의 거리는 10~12㎞ 정도라면 연관성이 있을지도 모른다고 생각했다.

현 원장은 한강 변 미제 사건을 다시 살펴보기 시작했다. 경찰청과의 정보 교류가 효과 없다고 판단한 1차장은 경기남부경찰청을 통해 정보를 얻기로 했다. 그의 판단으로는 정철 경찰청장이 사건을 덮으려 한다는 것이다. 사촌형인 정혁 총리와 연관성이 있을지도 모른다. 만약 정 총리와 일련의 사건이 연관되었다면 사건의 진실에 접근하기보다는 묻어버릴 가능성이 크기 때문이다.

문득 S의 보고 중에 여자 뮤지션의 임신과 중절의 보고가 생각났다. 그것은 로리타 가을의 자살과 연관성이 있을지 몰랐다. 가뜩이나 가을 사건 때 책임자가 정철 경찰청장이었다는 사실이 퍼즐처럼 끼워졌다.

*

김철은 정혁 총리에 관한 첩보를 박한에 보고했다. 정혁
은 조세붕 총리를 내친 이후 급속도로 세력을 넓힌 것으로
보였다. 조세붕은 한 때 정혁에게 정치적인 도움을 준 인
물이었다. 대통령의 장인을 만들어 주기 위해 정세라를 김
순애 여사에게 연결한 장본인이기도 했다. 그런 조세붕을
정혁은 정치, 경제 커넥션으로 손발을 묶은 다음 부패와
섹스 스캔들로 일시에 제거했다.

"그런데 이상한 점이 발견되었습니다."

박한은 물끄러미 김철을 바라봤다.

"정혁과 샘오 그리고 샘오와 민서린과 우현과의 관계입
니다."

박한은 눈을 끔벅였다. 우현이 연관되었다는 말에 놀라
는 표정이다. 민서린은 공직기강비서관의 보고서에서 의혹
보고를 받은 적이 있었지만, 우현 대변인까지 등장하자 심
각해졌다.

"정 총리와 샘오의 관계는 깊다고 알고 있었는데, 민서
린과 우현도 관련이 있다는 겁니까?"

사실 확인을 했냐는 말투였다.

"더 나아가면 크세니아와 릴리아나도 연관성이 있다는
설도 있습니다만, 확인된 것은 아닙니다."

김철은 민서린이 샘오의 여자가 되었을 가능성은 차마

입에 올릴 수 없었다. 박한과 민서린의 오랜 기억을 은결들게 하는 것은 마땅치 않다고 판단했다. 아직 마음속에 민서린이 남아 있는지 지웠는지도 확실하지 않았다.

"샘오가 대통령실 주변의 여인들을 엮고 있다는 겁니까?"

"인적 관계를 맺은 일도 있고, 은밀한 사생활까지 엮여 있다는 설도 있습니다."

박한은 순간 아뜩했다. 충격적이었다. 샘오가 자신의 주변 여인들을 어떤 이유로든 접근하고 통제하에 두려는 의도가 엿보였기 때문이었다. 그런데 여인들이 샘오에게 쉽게 접근을 허용한 이유가 무엇일까? 나름으로 생각이 깊고 강단도 있는 여자들 아닌가? 어디에 내놔도 꿀릴 것 없는 원더우먼들이다. 박한의 머릿속으로 스쳐 지나가는 싸한 느낌이 있었다. 혹시 '하렘의 여인들' 원작자인 엑스오가 샘오 아닌가? 지금 방영되고 있는 드라마에 숨은 음모가 있을지도 모르는 일이었다.

"샘오와 등장 여인에 대한 정보는 가지고 있으시겠지요?"

"불편하지 않으시다면 자료를 보고 드리겠습니다."

김철은 자료를 건넸다. 박한의 얼굴이 붉어진다. 특히 민서린과 샘오가 연관된 정보는 충격적으로 받아들였다. 붉어진 얼굴로 확인에 확인을 거듭하듯 한동안 읽고 또 읽었다.

"샘오와 민서린은 어떤 관계던가요?"

박한은 김철이 물러간 뒤에도 한동안 혼란스러웠다. 미안함과 동시에 분개심이 일었다. 민서린 주변을 맴돌기만 했던 자신에 대한 회한이 밀려왔다. 주변의 여인들을 공략하는 샘오라는 놈은 어떤 존재일까? 정혁 총리라는 든든한 뒷배가 있다손 치더라도 대범하고 무모한 자이다. 민서린이 샘오에게 조종당하고 있는 것이 사실일까? 그것은 대통령에 대한 도전이다. 정혁 총리는 대통령의 자리를 탐하고, 그 수족인 샘오는 대통령 주변 여인들을 탐한다는 것은 우연일까?

*

샘오의 동선이 추가로 파악되었다. 샘오는 대부분 시간을 내수동의 프레지던트오피스텔과 강남의 L빌딩에서 생활했다. 이따금 양평의 두물머리 별장을 다녀왔다. 오성그룹의 찰스와 샘오의 관계도 드러났다. 찰스는 샘오와 스탠퍼드대학 동창이었다. 샘오는 별장의 실질적인 운영자였다. 오성그룹에서는 무상임대 형식으로 샘오와 사용대차 계약을 했다. 추측건대 오성그룹은 샘오에게 사용 관리권을 넘겨준 것으로 보인다.

현 원장에게 정보가 들어오기 시작했다. 별장을 출입했던 인사들의 명단을 펼쳤다. 정치인과 경제인, 학자… 영향력 있는 사람들이 줄줄이 나왔다. 비밀 파티 장소로 쓰이고 있다는 증거도 수집되었다.

현 원장은 단순 정치 사찰이 아니라 국가 안전 차원에서 접근하기로 했다. 원장은 블랙요원을 통해 별장을 감시하라 지시했다. 블랙요원은 자신의 인맥을 통해 주변에 사는 농부를 매수했다. 농부는 수시로 별장을 드나드는 차량을 찍어 보냈다. 한편 마을 입구에 설치된 CCTV에서 별장을 드나들었던 것으로 보이는 차량을 추려냈다.

현세현 원장은 조세붕 전 총리를 만났다. 조세붕은 낙향하여 부산에 살고 있었다. 현 원장은 해운대 달맞이길에 있는 이스트힐호텔로 갔다. 조세붕은 몇 달 새 초라한 노인의 모습을 하고 나타났다. 권력에서 멀어지면 급격히 노쇠해지는 현상을 그도 피해가지 못한 것이다.

"총리님, 오랜만입니다."

"총리는 무슨 총리. 낙향한 할배지요."

현 원장은 조세붕과 악수했다. 손이 거칠었다.

"요즘 운동 열심히 하신다더니 너무 무리하는 것 아닙니까?"

"그나마 친구들이 불러줘서 운동은 안 끊기고 하는 편입니다. 대통령께서는 잘 지내십니까?"

"사실 그렇게 편하시지는 않습니다. 요즘 들어 총리님을 그리워하기도 하시고요."

"감사하고, 죄송스럽습니다. 죄짓고 떠난 노인네를 생각해주신다니 말입니다."

현 원장은 말을 꺼냈다. 자리에서 물러날 때 차마 하지 못했던 그 밖의 이야기를 들었으면 했다. 조세붕은 별로 할 말이 없다고 대답했지만 흔들리는 눈빛을 놓칠 리 없었다. 현 원장은 전 총리라는 것을 들어 대학에 명예직 자리를 만들어 주겠다고 설득했다. 조세붕도 자신에 대한 자괴감과 상대에 대한 앵한 감정은 여전했다. 그런 감정을 현 원장이 자극했다. 풍선처럼 잔뜩 부푼 감정에 슬쩍 바늘로 '톡' 건들었다. 핑 눈물이 돌았다. 감정을 터뜨리듯 반사적으로 입이 열렸다. 조세붕은 나이가 들면서 눈물이 잦아졌다면서 그렇해진 눈으로 웃었다.

"정 총리를 조심해야 합니다. 그리고 샘오를 조심하시고요."

"말씀해 보세요."

조세붕은 몽따던 이야기를 풀기 시작했다.

"정혁 총리가 칼집이라면, 샘오는 칼날입니다. 정 총리는 자객을 품고 있는 겁니다."

표현은 명료했다. 자신은 한순간 샘오의 칼에 베였다. 정혁 총리의 꿈과 샘오의 꿈은 상생이자 상극이라고 했다.

생각보다 정 총리가 장악한 세력이 크다는데 놀랐다. 이미 그물에 걸려들면 헤어날 수 없는 늪과 같은 조직이었다. 조세붕은 난자당하면서 그동안 구축해온 정치적 자산을 모두 잃었다. 막강한 자금줄을 쥐고 있던 그룹 회장과의 연결고리도, 정치적인 인적 자산도 정혁 총리가 쳐둔 그물로 모두 싹쓸이해 갔다는 것이다.

"정 총리의 목표는 무엇이라 봅니까?"

"흠~ 물론 사견이네만, 총리가 더 올라갈 수 있는 자리가 뭐가 있겠는가?"

"넘버원이 되겠다는 겁니까?"

"난 그렇게 보네, 문제는 순리대로 갈지는 미지수야."

"그렇다면?"

"때를 기다리기보다는 무언가 저질러서 자리를 차지할 인물일세. 특히 샘오란 놈이 함께 있는 한 더욱 그렇고."

조세붕도 샘오를 예사롭지 않다고 생각했다.

"샘오를 아십니까?"

"알지. 그때 샘오를 모른 척하고 내쳤어야 했는데, 다 내 잘못이야. 욕심이 샘오를 남겨뒀고, 그 욕심이 나를 쓰러뜨린 거니까. 정치는 때를 잘 타야 하는데 말일세."

"샘오의 여성 편력도 알고 계셨습니까?"

조세붕은 잠깐 회상하듯 해운대 해수욕장을 내려다봤다.

"처음엔 몰랐지. 나중에 알게 되었지만, 여자를 현혹하는 요상한 재주를 가진 놈이야. 그리고 그 여자들을 정치적 자산으로 쓰고 있지."

"어떻게 말입니까?"

조세붕의 입에서 나온 이야기는 충격적이었다.

3

구로카이의 호흡

이곤은 홋카이도 동쪽 끝 네무로로 갔다. 네무로는 미사키의 고향이기도 했다. 이곤은 구로카이를 만났다. 구로카이는 '뮤타리교'라는 소수 종교의 교주였다.

"한국에서 오셨다고?"

"이곤이라 합니다."

"어서 오시게. 이제 오셨구먼."

구로카이는 이곤을 기다렸다는 듯 말을 던졌다.

"카무이마시 님이 소개해서 왔습니다만… 저를 기다렸다는 뜻인가요."

구로카이는 별다른 대답 없이 차를 권했다.

"아이누와 함께할 수 있는 길을 찾아보려고 왔습니다. 도와주신다면…."

구로카이는 묘한 눈빛으로 이곤을 훑어봤다. 추레한 옷차림이었지만 눈빛은 반짝였다.

그는 일본이 해난으로 바다에 잠긴다고 주장하는 종말론 종교지도자다. 그는 서쪽으로 가거나, 따뜻한 북쪽으로 가야만이 화를 피할 수 있다고 가르쳤다. 일본은 바닷물이 따듯해지면 동쪽부터 서서히 바다에 잠긴다고 예언했다. 그 구원의 길은 뮤타리교에 있다. 따듯한 북쪽 즉 화산이 살아있는 쿠릴 사할린 캄차카에 새로운 세상이 열린다고 했다. 그곳에 가야 행복한 삶이 영위된다. 구로카이는 신이 인간을 만든 것이 아니라, 인간이 신을 만들었다고 했다. 그러므로 인간에 의해 만들어진 신은 인간을 구원할 수 없다고 주장했다. 참신은 높은 곳에 있는 것이 아니라 가장 깊은 곳. 즉, 자신 안에 있다고 가르쳤다. 뮤타리교는 신에게 의지하고 구원을 바라는 것이 아니라 자신 안에 있는 참신을 만나 소통할 때 행복해지는 것이라 설명했다.

"우리 교에는 아이누도 있지만, 일본인도 적지 않소. 요즘은 정부에서 감시가 심해져서 교인들이 주춤하긴 하지만 그들은 알고 있지. 열심히 기도하며 흐린 거울을 닦듯 마음을 닦으면 행복한 미래를 볼 수 있으니까."

구로카이의 말에 이곤은 옴씰했다. 그의 말이 솔깃하게 가슴을 적셨다.

"북쪽에는 어떤 세상이 열리는 것입니까?"

"수양하게! 온 힘을 다해 기도하며 자네의 거울을 닦으면 그 세상이 보일걸세."

구로카이와 뮤타리교는 하보마이로 가기 위해 홋카이도

동쪽 끝에 자리 잡았다. 이곤은 얼마 전 아버지를 따라갔던 강화도 교동도와 속초 아바이마을을 떠올렸다. 누구에게나 자신의 기억을 찾아가려는 본능이 있다. 남북통일이 되면 곧바로 고향을 찾아가려는 염원이 그들을 그곳에 주저앉혔다. 그리고는 그 세대는 대부분 생을 마감했거나 마감하려 한다. 그의 자식에겐 구전되는 기억이 있을 뿐 간절함까지 유전되지는 않았다. 구로카이의 뮤타리교는 현실 진행형이었다. 그들의 눈에 보이는 미래가 하보마이와 쿠릴이었다.

"일본열도가 태생적으로 침몰하게 되어있다는 걸 모르고 있어. 모른다고 일이 생기지 않는 건 아니지. 서서히 거부할 수 없는 시간이 다가오고 있어!"

"거부할 수 없는 이유가 무엇입니까?"

구로카이는 천천히 호흡했다. 오랜 수련 때문인지 호흡을 길고 깊었다.

"지구에는 땅을 빨아들이거나 뱉어내는 거대한 입이 세 군데 있지. 요즘 말로 블랙홀과 화이트홀이 있다고 보면 될걸세. 태평양, 지중해, 카리브해 그 세 곳 말일세. 섬이 많은 곳에 홀이 있어. 가장 큰 입이 태평양에 있는 거야. 몇만 년 전 지금으로 말하자면 태평양에 거대한 뮤제국이 있었지, 그런데 어느 날 블랙홀에 빨려 들어가듯 뮤대륙이 입속으로 빨려 들어간 거야. 그 여파가 아직도 남아 지금도 환태평양의 지각판이 가장자리 방향으로 동심원을 그리듯 확장을 계속하고 있지. 그것이 과학자들이 말하는 환태평양 지진대 즉 불의 고리야."

"그럼 화이트홀도 있습니까?"

"블랙홀이 곧 화이트홀이지. 지구가 호흡하는 것일세. 호(呼)할 때는 화이트홀이 되었다가 흡(吸)하면 블랙홀이 되는 거지. 지구가 살아있음이야. 아주 느리고 긴 호흡, 수만 년에 완성되는 호흡이야. 뮤타리 신의 계시로는 언젠가 바다에서 땅을 뱉어낸다고 했지. 얼마 전 그 일을 할 메시아가 온다는 계시가 있었어. 그가 다시 땅을 바다에서 건져 올릴 것일세."

"그럼 해수면이 올라가는 것 아닌가요?"

"그래서 항만을 끼고 있는 곳은 부유함과 죽음이 함께 공존하는 곳이지. 욕망의 끝에는 항상 죽음이 기다리고 있는 걸세."

"자신의 신은 어떻게 소통하는 것입니까?"

"그건 다음 '어두운 밤 축제'에 오시면 알게 될 걸세."

이곤은 순간 구로카이가 종교지도자인지 과학자인지 혼란스러웠다.

구로카이의 이야기는 계속되었다. 자신의 조상은 뮤제국의 서북 끝인 지금의 오키나와 근방 요나구니지마에 살았다. 뮤제국의 끝자락인 그곳에서 뮤제국이 빨려 들어갈 때 마지막으로 해저로 내려앉았고, 긴급하게 이주한 사람들이 한동안 오키나와에서 살았다. 그들에게도 전해 내려

오던 계시가 있었다. '따뜻한 북으로 가야 한다.'라는 역설적인 계시로 지진이 일어날 때마다 뮤의 후손은 계속 북으로 올라갔다. 그리고 다다른 곳이 홋카이도였다. 홋카이도에서 바다가 결빙되면 걸어서 쿠릴과 사할린, 캄차카로 이동했지만, 이제는 국경이 그어져 갈 수가 없다. 구로카이는 네무로에서 태어났다. 그리고 마흔 살이던 해 계시를 받았다.

'북쪽으로 가야 한다! 바다가 얼지 않을 때 뮤가 다시 떠오를 것이다. 그때 바다가 요동치고 세상은 물에 잠긴다! 살기 위해서는 북으로 가야 한다!'

구로카이의 계시에 사람들이 모이기 시작했다. 처음엔 오키나와에서 온 뮤의 후손들이었지만 나중에는 아이누가 합해져서 뮤와 우타리(아이누어 겨레 뜻)라는 뜻을 합친 뮤타리교가 생겨났다. 그리고 몇 년 전부터 일본열도에 지진과 화산 분화가 잦아지자 일본 본토에서도 신자들이 찾아오기 시작했다.

"그날이 다가오고 있소."

"계시를 받은 것인가요?"

"바다가 풀리고 있지 않소. 북으로 가야 하는 건 이미 정해진 것이지. 지금은 모두 북으로 갈 준비를 하고 있소. 난을 피하고 영생을 위해서 말이오."

*

　구로카이는 재단에서 잘 접어둔 천을 꺼내왔다. 낡고 빛바랜 천이 순서에 따라 펼쳐지자 문장이 조금씩 드러났다. 천을 모두 펼치자 문장은 선명하게 드러났다. 연꽃 문양이다. 그것은 찬란한 대륙문화를 꽃피웠던 뮤제국의 문양이었다.

　"어릴 때부터 늘 집에 보관되어 있던 것이지. 어른들이 연꽃이 피는 곳이라면 어디라도 뮤제국 사람들이 살 수 있는 곳이라고 했어. 쿠릴에도, 캄차카에도 연꽃이 피는 곳이니 그곳이 난을 피할 곳이오."

　"때가 되면 떠나시겠군요. 그때는 언제쯤일까요?"

　"이제 때가 되었소."

　"무슨 뜻인지요?"

　구로카이는 대뜸 껄껄껄 웃었다. 웃음은 단전에서 올라오는 힘이 합쳐지며 조금 기괴하다는 느낌으로 다가왔다. 그리고는 손가락으로 이곤을 가리켰다.

　"당신이 왔지 않소."

　삿포로로 돌아가기는 늦은 시간이었다. 네무로카이유테이호텔에 하루 묵기로 했다. 호텔에서 자리에 눕자 구로카이의 말이 떠올랐다. 구로카이가 초대했던 '어두운 밤'축제가 아무래도 예사롭지 않다는 생각이 들었다. 그믐날 밤에 열린다는 축제. 밤은 당연히 어두운데 굳이 어두운 밤이라고 이름 지은 것은 무엇일까? 미사키는 알고 있을까? 카무이마시 어르신은 알지도 모르지? 이곤은 휴대폰으로 전화를 걸었다.

"나야 히카리."

"어디야? 목소리가 잠겼는데?"

"히카리의 고향 네무로지. 몸이 피곤해서 하루 묵고 가려고 해. 오늘따라 보고 싶네. 네무로의 땅, 바다, 풀, 나무, 도로, 집 모두 미사키의 손때와 흔적이 남아 있을 것 같아. 함께 왔으면 어땠을까 생각했지. 쿨럭!"

"감기 온 것 같아. 문 연 드럭스토아 있으면 약이라도 사 먹어. 혼자 있을 때 그것도 객지에서 몸 아프면 서럽거든."

"이럴 때 특효약이 있긴 한데. 약을 구할 수가 없어 쓸 수가 없네."

이곤의 말에 히카리는 깔깔거리며 웃었다.

"내가 생각하고 있는 것과 같은 걸까?"

"아마 그럴걸. 히카리를 꼭 껴안고 잔다 생각하면 금방 나을 거야."

"또 그 소리! 한국에서는 성추행범죄라고 하던데, 그래 오늘은 사이버 세계에서나마 나를 꼭 껴안고 자는 걸 허용한다."

"꼭 안고만 잘 거야."

"그러세요~ 그걸 믿으라고?"

이곤이 히카리를 만나기 전부터 타케루와 히카리는 서로 교감하고 있었다. 서로 연민 감정으로 보아온 것은 당연했다. 어느 순간 그 사이로 이곤이 끼어들었다. 타케루는 아이누의 희망을 얻는 대신 히카리를 잃을지도 몰랐다.

이곤이 히카리에게 JS그룹에서 함께 일할 것을 제의했다.

"히카리 한국에 가지 않을래? 아니면 블라디보스토크에 가도 되고."

"아니 난 아직 여기서 할 일이 남아 있어. 아이누국민당도 도와야 할 일이 있고… 곤 아버님에게 감사하다는 말을 전해줘. 우리 아이누를 후원해줘서 큰 도움이 되고 있다고 말이야."

히카리의 뜻은 함께 떠나고 싶다는 것이다. 다만 떠날 수 없었다. 히카리에게 타케루와 카무이마시 부부는 비혈연 가족이었다. 노부부는 둘이 결혼했으면 하는 마음이었다. 때로는 손녀같이 또 어떨 때는 손자며느리같이 생각하고 있었다. 그런 가운데 어느 날 불쑥 이곤이 나타났다.

히카리는 아이누의 편견이 없는 사할린이나, 쿠릴에 가서 살고 싶다고 생각한 적이 있었다. 그러나 어느 날 깨달았다. 이미 자본주의에 길들어진 자신을 발견했다. 돈이 없어도 행복하다는 것은 허상이었다. 돈과 권력이 없어도 마음만 편하면 된다는 건 상상 속의 일이었다. 히카리는 고민했다. 현실을 피할 수 없다면 아이누를 조직화해야 한다는 걸 깨우쳤다. 자생력을 갖추지 않으면 여전히 외지인의 한계를 벗어나지 못한다. 그렇게 자신을 아이누를 위해 내 던지기로 마음먹었다.

히카리는 이곤과 타케루 사이를 방황하고 있었다. 아직 생존을 위해 움직여야 하는 타케루에 비해 이곤은 거의 모든 것을 가진 남자였다. 그러나 가족 같은 노부부의 집을 떠날 수 없었다. 그것은 운명이라 생각했다.

이곤은 다음날 블라디보스토크로 떠나야 했다.

"난 내일 블라디보스토크로 가야 해. 다음 삿포로로 올 때 어른을 뵈었으면 좋겠는데 아마 보름 뒤가 될 것 같아 그땐 일주일 정도 홋카이도에 머물 생각이야."

"말씀드려 놓을게."

*

그즈음 이곤과 히카리는 누군가가 그들을 지켜 보고 있다는 걸 알고 있었다. 홋카이도 경찰본부 정보 형사나 SIRO 화이트 요원이라 추정했다. 홋카이도 경찰본부에서는 미사키 히카리가 아이누를 결집하고 있다는 첩보를 입수하고 있었다.

공안과에서는 두 사람의 행적에 대해 곤도 본부장에게 보고했다.

"아이누가 갑자기 움직이고 있는 이유가 뭔가?"

"이유는 파악 중입니다. 아직 집단행동이 있는 것이 아니라서 정확하지는 않습니다만, 미사키 히카리라는 젊은 여자가 활발하게 활동을 하고 있습니다. 특이한 건 한국 청년이 개입된 것 같기도 합니다."

"한국 청년?"

"이곤이라는 청년입니다."

곤도 본부장은 이곤의 사진을 확인했다. 정장을 정갈하게 입은 훤칠한 외모를 가진 청년이었다. 특이한 느낌은 없어 보였다.

"이름이 이곤이라고? 20대 후반이구먼. 의심되는 것은 계속 확인해야지. 계속 조사해서 보고하게."

곤도는 이례적이라 생각했다. 일본 혈통에 스며들어 존재감마저 사라졌던 아이누가 움직인다는 것이 새삼스러웠다. 정치세력화로 추정되지만 정확한 목적을 가늠하기 어려웠다. 다만 그 연결고리에 타케루가 있었다. 타케루는 아이누 청년을 세력화할 수 있는 위험인물로 분류되어 있었다. 타케루의 공격성과 히카리의 조직력에 이곤이라는 한국 청년까지 개입되었다. 곤도는 찜찜했다. 대관절 이곤이란 존재가 생뚱맞게 끼어든 이유가 무얼까?

이곤은 히카리를 만나면서 자연스럽게 감시 대상이 되었

다. 경찰본부에서 처음 주목하는 것은 미사키 히카리였지만, 시간이 지나면서 관심 대상이 이곤으로 바뀌었다. 잠잠했던 아이누가 결집한다는 첩보가 있는 터에 난데없이 한국인 이곤이 나타나서 홋카이도 이곳저곳을 돌아다닌다는 것이었다. 보기에 따라서는 연인인 미사키 히카리를 만나러 이곤이 들르는 것일 수도 있다고 생각했다. 하지만 상대가 일반인이 아닌 아이누 청년 여성 대표 격인 미사키 히카리라는 것이다.

일본 경찰은 단순한 남녀관계가 아니라고 의심했다. 이곤의 행적이 묘했기 때문이었다. 이곤이 뮤타리교 교주인 구로카이를 만난 것도 예사롭지 않았다. 노타니 타케루, 미사키 히카리, 이곤, 구로카이….

경찰이 아이누에 새로 관심 가지게 된 계기는 '아이누 신법'을 만든 2019년부터였다. 신법은 2018년 러시아 대통령이 아이누를 쿠릴의 원주민으로 인정한다는 뜻을 밝히자 일본 정부는 북방열도(쿠릴열도)를 돌려받기 위해서 2019년 '아이누 신법'을 만들었다. 아이누로서는 실제 혜택이나 권리 보장이 없는 '구토인 보호법'일 뿐이었다.

아이누국민당은 정체성 회복을 위해 구심점을 만들었다. 그러나 선거에서 힘을 쓰지 못했다. 얼마 되지 않는 인구와 일본인과 결혼하거나 동화된 아이누가 많아서였다. 결국, 회파(원내교섭단체)를 만들지는 못했다. 그런 가운데 동병상련이 있었다. 일본 정부로부터 차별을 받은 또 다른 이웃으로 조선인이 있었다. 아이누국민당은 조선인과의 유대를 가졌다. 조선인은 군국주의 시절 황군 징병을 면하기 위해 홋카이도로 대거 이주해왔었다. 조선인은 홋카이도에서 소수민족 식민지인에 불과했지만, 자신의 정체성을 숨기기보다는 드러내는 것을 선택했다.

그런데 난데없이 젊은 아이누와 한국의 젊은이에 종교지도자까지 엉기기 시작했다.

홋카이도 경찰본부에 이어 CIRO에서도 첩보를 입수했다. 홋카이도 지역에서 아이누와 조선인의 연대는 있을 수 있는 일이다. 문제는 한국의 JS그룹의 아들과 그들을 접촉한다는 사실이다. 아이누 정치세력의 구심점이 될 수도 있는 존경받는 원로를 만났다. 느낌이 좋지 않았다. JS그룹의 본사는 한국 서울이고 주 활동지역은 러시아다. 한국 대통령 경제사절단으로 러시아를 간 후로 대형 사업을 러시아로 옮겼다. 그룹 회장인 이웅 회장의 자료가 많지 않았다. 그가 한국에서 K광고 대행사를 창업한 이후의 행적은 있지만, 그 이전의 기록을 찾을 수 없었다.

'흠! 뭔가 있단 말이지. 미국에서 한국으로 돌아오면서 개명과 함께 호적 세탁을 확실하게 한 것 같군. 그렇다고 못 찾을 일은 아니지….'

CIRO 국내 1부장은 국제부 한반도반과 미주반에 이웅 회장의 흔적을 찾도록 지시했다. 한편 홋카이도 경찰본부에 JS그룹 관련 정보를 요청했다. 경찰의 시각과 CIRO의 조사가 어떤 차이가 있는지 알고 싶었다.

"이곤은 JS그룹 이웅 회장의 둘째 아들이고, 이웅 회장은 러시아 극동 지역을 중심으로 사업을 하는 사업가인데. 경찰도 이웅의 과거 행적을 추적하는 데 애를 먹고 있다는 거군."

"그렇습니다. 뭔가 있을 것 같은 냄새가 나지 않습니까?"

"그렇긴 해. 미사키 히카리와 이곤은 젊은 남녀로서 연애한다고 볼 수도 있겠지. 하지만 거대그룹 회장의 차남이 특별할 것도 없어 보이는 아이누 여자와 연애를 한다고 보기에는 격에 맞지 않아. 잘 살펴보게, 미행을 눈치챘을지 모르니 요원 교체도 해가면서."

*

이고르가 모스크바로 이웅을 급하게 찾아왔다. 이고르는 잔뜩 흥분한 상태였다. 주체할 수 없는 표정이 낯설었다.

"이 회장. 요즘 여자 친구를 만난다고 했었지?"

다짜고짜 여자 친구 이야기를 꺼내는 이고르가 어처구니 없다는 듯 이웅이 대꾸했다.

"그건 왜?"

이고르는 흥분이 넘친 것인지 급히 움직여서인지 씩씩거렸다.

"이 사람아 흥분 가라앉히고, 내가 자네 애인이라도 건드렸나 왜 이러는가?"

"혹시 이름이 오… 올가던가?"

이고르가 용케도 올가를 알고 있었다. 이고르는 사진을 꺼내어 보여주었다. 올가가 사는 고궁 저택과 올가 사진이었다. 첩보원처럼 올가의 자료를 펼친 것으로 보아 무언가 일이 생겼다는 것을 직감했다.

"올가가 어떤 여잔지는 알고 있는가?"

멀뚱거리는 이웅을 마주 보며 이고르는 말을 이었다.

"올가는 말일세."

"올가는?"

이고르의 입꼬리가 실룩거렸다.

"예닌 대통령의 친여동생이라네."

"…"

이웅은 이고르의 말을 잘못 들은 것이 아닌지 잠깐 혼란스러웠다.

"이보게 이고르, 그게 무슨 소린가? 올가가 예닌 대통령 친여동생이라니?"

"이 회장! 눈치 빠른 자네가 그걸 여태 모르고 있었다니 참 알다가도 모를 일일세."

이웅은 뜻밖의 여자를 만나고 있었던 셈이다. 이고르가

흥분할만한 일이었다. 이웅은 뜻밖의 충격과 함께 새로운 고민이 생겼다. 이웅은 내심 이곤과 크세니아 관계가 남녀 관계로 진전되기를 바라왔었다. 이곤과 크세니아는 서로 이미 친분을 가지고 있었다. 이성이라기보다는 오누이 같은 느낌이었다. 특히 한국에서 크세니아가 모델을 하면서 더욱 가까워진 것으로 이웅은 알고 있었다. 올가와는 고모와 조카 사이다.

이웅의 생각과는 달리 이곤은 크세니아도, 이고르의 딸엘레나도 그렇다고 미사키 히카리도 명확하게 선택하진 못했다. 마음이 쓰이는 곳은 미사키였다. 아무런 배경도 없이 하루하루가 치열한 여자다. 치열의 결과는 온몸을 파고드는 피곤함과 끝을 알 수 없는 불확실성이었다. 타케루에게는 미안한 일이었지만 사랑은 협상하거나 양보할 수 있는 일은 아니지 않은가?

4

이상홍·사무엘·이웅

이고르가 가고 얼마 있지 않아 대통령궁으로부터 연락이 왔다.

"이웅 회장님! 요즘 반칙이 심하십니다."

예닌 대통령이 다짜고짜 던진 반칙이라는 말에 이웅은 움찔했다.

"갑자기 뭘 잘못한 것인지? …말씀해 주시지요."

"두 가지입니다."

예닌 대통령은 시크한 웃음을 지으며 긴장한 이웅 회장을 빤히 들여다본다. 나쁘지 않은 표정이다. 그리고 보드카 한 모금을 마셨다. 목젖을 크게 움직이며 꿀꺽 삼킨다. 보고서류 가운데서 종이 한 장을 끄집어내어 보여준다. 러시아어로 적힌 문서였다. 이 회장은 읽을 수가 없었다. 느낌으로 정보기관의 보고 내용 같았다. 언뜻 러시아 문장 중에 한글과 한자를 발견했다.

'이상홍(李相弘)'

순간 이 회장은 화들짝 놀란다. 치명적인 비밀을 들킨 것처럼 멍하니 글자를 다시 확인한다. 한동안 잊고 지냈던 이름이었다.

"회장님, 죄송합니다. 원치 않으셨을 텐데, 우리 SVR(러시아해외정보국) 유능한 정보원들이 이렇게 보고를 올렸더군요. 이상홍 황사손[3] 님 정말 영광입니다."

이웅은 당황스러웠다. 예닌이 과거를 들춰본 것도 그렇거니와, 근본을 알아낸 것이 그랬다.

"대통령님, 숨기려 한 건 아닙니다만, 이미 망한 왕조의 후손이 뭐 그리 자랑스러운 일도 아니고…."

이상홍은 이웅의 개명 전 이름이었다.

"나도 알려고 했었던 건 아닙니다. 친분이 깊은 이고르 의원의 파일을 본 적이 있었습니다. 그랬더니 이고르 의원의 조상 중에 조선의 러시아 공사관에 계셨던 베베르 공사님이 있다는 걸 알게 되었습니다. 나도 몰랐는데 그분이 조선의 국왕이신 고종황제를 공사관에서 모셨더군요. 이런 역사로 볼 때 우리 제정러시아와 조선의 관계가 예사롭지 않습니다. 그리고 그 공사관에서 나오며 출범한 대한제국 고종황제의 직계 후손인 황사손을 오늘 뵙게 되었고요."

이웅 회장은 모골이 송연했다. 얼굴이 화끈 달아올랐다.

---

3) 황사손(皇嗣孫): 황실의 대를 잇는 후손.

몽롱한 흥분이 가라앉기까지는 시간이 걸렸다.

"그리고 두 번째 반칙은…."

이웅은 자신도 모르게 침을 꿀꺽 삼켰다.

"올가를 만나고 있다면서요?"

"예, 저도 두 분이 남매인 줄은 조금 전에 알았습니다."

예닌은 이웅의 얼굴을 살폈다. 사업가로서가 아니라 올가의 남자로서 마땅한지를 다시 가늠했다. 예닌에게 올가는 아픈 손가락 같은 동생이었다. 늘 마음이 쓰일 만큼 올가의 삶은 굴곡졌다. 마땅한 남자가 있었으면 하던 터였다.

"결혼을 생각하고 있습니까?"

"올가하고는 이미 약속했습니다."

예닌의 얼굴에 미소가 일었다. 반대할 이유는 없었다.

"올가는 여왕, 아니 황후로 모셔야 합니다."

"당연합니다. 올가 부인은 그럴 자격이 넘칩니다."

예닌은 고개를 끄덕이며 술잔을 들었다.

"회장님이 황사손이라는 걸 올가도 알고 있습니까?"

"아뇨 올가는 모릅니다. 그건 적절할 때 직접 말할까 생각하고 있습니다."

예닌은 두 사람이 가문을 염두에 두지 않고 만난 것에 만족했다. 정략적이지 않은 순수한 동기에서 서로 사랑을 느꼈다면 올가가 좋은 짝을 찾았다고 생각했다.

"그래서 드리는 말씀인데, 이 회장님! 처남 매부가 된다면 내가 '나비의 꿈Ⅰ'에 이어 '나비의 꿈Ⅱ' 사업을 함께

해 볼까 합니다."

"나비의 꿈Ⅱ를요?"

예닌은 차분하게 프로젝트를 설명했다. 이웅은 침을 꼴깍 삼키며 긴장했다. 설명을 들으며 이웅은 점점 얼어붙었다. 어렴풋이 상상해본 일이기는 했지만, 막상 그것이 가능한지가 판단되지 않았다.

"가능한 일입니까?"

예닌은 당연하다는 듯 끄덕였다. 그리고 손을 내밀었다.

"처남 매부끼리 잘해봅시다."

예닌은 생각할 여유를 주었다. 하지만 너무 오랜 시간을 끄는 것은 원하지 않았다. 예닌은 대통령 재신임과 그 이후를 준비하는 것으로 보였다.

'사람들은 나를 보고 짜르라고 한다고 들었습니다. 하지만 이 시대에 진정한 종신 짜르란 없습니다.'

이미 '나비의 꿈Ⅰ'은 비행을 거의 끝냈다. '나비의 꿈Ⅱ'의 날갯짓을 시작하려 한다. 아주 작은 몸통에 커다란 날개 두 개. 날개가 아무리 커도 한쪽 날개로 하늘을 날 수는 없다.

*

이웅 회장은 예닌 대통령을 만나고 흥분된 마음으로 서울로 돌아왔다. 밤새워 뒤척이다 일찍이 일어났다. 일찌거니 남양주 홍유릉으로 간 이웅은 주변의 숲을 호흡하며 이곤을 기다렸다. 얼마 있지 않아 블라디보스토크에서 돌아온 둘째 아들 이곤도 홍유릉에 도착했다.

"건은 오지 못한다고 하더냐?"

"예, 아버지. 시간이 나면 따로 찾아뵙겠답니다."

"그래 그럼 시작하자."

이웅 회장과 이곤은 고종 황제와 명성황후가 모셔진 홍릉에서 예를 갖추었다. 명성황후는 을미사변 때 시신이 소실되어 옷가지만 모셨다가 고종의 인산 때 이곳으로 천장(이장)을 했었다.

두 사람은 후궁 묘역에 들어섰다. 호젓한 숲길에 비해 후궁 묘역은 볼품이 없었다. 묘소를 지키는 석물도 초라하고 묘소도 여염집 여인과 별반 다르지 않았다. 이웅은 묘역을 걷다 무춤 멈추어 섰다.

"곤아, 여기가 어딘지 아느냐?"

이곤은 묘비를 보고는 갸웃거렸다.

"글쎄요? 한자를 읽지 못해서요."

한자 공부를 하지 못한 이곤에게 이웅이 한 자 한 자 또박또박 읽어 내려갔다.

"'증 귀 인 덕 수 장 씨 지 묘' 그럼 누군지 알겠느냐?"

"덕수장씨? 그럼… 친 고조할머니 아니신가요?"

"그래 맞다. 용케 기억하는구나. 이곳에 천장을 하고 난 뒤에 너하고 온 것이 처음이구나."

역사적으로 명성황후의 시기와 질투로 비운의 후궁이 되었던 귀인 장씨였지만, 가장 많은 황손을 낳은 최후의 승자이기도 했다. 그 후손 중에 이웅이 걸출하게 모습을 드러낸 것도 귀인 장씨가 있었기에 가능했다.

이어서 청량리 영휘원에 들러서 이웅의 또 다른 증조모인 순헌황귀비를 배향하고 덕수궁으로 왔다.

덕수궁 정문에는 수문장 교대 행사가 한창이었다. 한때 왕궁으로 쓰였던 작지만 당차 보이는 공간이다. '大漢門'이라는 현판이 눈에 들어왔다. 이웅의 역사의 눈에 대한문이 대안문[4]으로 오버랩된다.

1906년 아관파천에서 돌아온 고종황제가 지친 몸을 이끌고 경운궁(덕수궁)으로 들어온다. 황제의 연이 도착하자 기다렸던 내인들이 예를 갖추고 늘어선다. 이어 순헌황귀비 엄씨 가마가 따라 들어 온다. 적지 않은 나이 43세에 영친왕을 낳으신 분이자 춘생문사건[5]으로 낙담하던 고종황제를 러시아 공사관으로 은밀하게 모신 분이다. 두 분이 계셨던 이곳 덕수궁은 국운이 기울고 외세에 휘둘리던 고종황제가 마지막으로 재기에 몸부림쳤던 대한제국의 심장이었다. 꺼져가는 불꽃을 피우기 위해 마지막 힘을 쏟던

---

4) 대안문(大安門): 덕수궁 정문 대한문의 원래 명칭.
5) 춘생문 사건: 을미사변 이후 친일정권에 포위되어 불안과 공포에 떨고 있던 국왕 고종을 궁 밖으로 나오게 하여 친일정권을 타도하고 새 정권을 수립하려고 했던 사건.

곳. 덕수궁에 선 이웅 회장은 저며 오는 가슴을 쓸고 또 쓸었다.

"곤아, 이곳의 역사를 잘 알고 있느냐?"

"선대왕께서 두 번 왕궁으로 사용한 궁궐로 알고 있습니다. 한번은 임진왜란 때이고, 다른 한 번은 아관파천 때였던 걸로 알고 있습니다."

이웅 회장은 흐뭇해했다. 집안의 슬픈 역사를 되뇌고 싶지 않아 아들에게 따로 교육한 적도 없었는데도 이곤은 제대로 알고 있었다. 정작 큰아들과 함께하지 못했지만 이곤의 존재만으로도 이 회장은 든든했다.

*

고종이 러시아 공사관에서 경운궁으로 돌아오듯 이상홍은 미국 뉴욕에서 한국으로 돌아왔다. 서른다섯 때였다. 뉴욕에서 광고대행사에 다니던 이상홍에게 어떤 남자로부터 연락이 왔다. 남자는 자신의 이름을 이상철이라고 소개했다. 남자는 한번 만나기를 부탁했다. 시간과 장소를 정하면 찾아가겠다는 것이다. 무슨 일이냐고 물었지만 남자는 찾아뵙고 직접 말하겠다고만 했다. 이상홍은 광고주는 아니라는 걸 직감했다. 은밀하게 접근하는 그에게 경계심이 없었던 것은 아니지만, 그렇다고 위해를 가할 인물도 아니라고 느꼈다.

이상홍은 광고의 거리 타임스퀘어 스타벅스에서 이상철을 만났다. 그는 60대로 자그마한 키에 정감 가는 외모를 가졌다.

"반갑습니다. 이상철입니다."

"예, 반갑습니다. 이상홍입니다."

"갑자기 만나자고 해서 미안합니다. 사람이 많군요. 조용한 곳이면 더 좋았을 텐데…."

이상홍은 그가 누군지 알지 못했다.

아메리카노 커피를 훅훅 불어 한 모금 마시더니 그가 이야기를 꺼냈다.

"저는 이상홍 님의 먼 집안사람입니다. 종친이라고 그러지요. 지금은 근처 뉴저지에 살고 있습니다. 일찍 미국에 이민을 와서 삽니다. 예전에는 세탁소를 했는데 지금은 손을 놓았습니다. 그리고 저는 별로 위험한 존재는 못되니 경계하실 필요는 없습니다."

이상홍은 침착하게 자리하고 있었지만, 그의 눈에는 여전히 불안한 모습이 보였던 모양이다.

"조용히 만나자고 한 것은 전할 이야기가 있어서입니다. 혹시 자신이 어떤 사람인지는 아십니까?"

"저 말입니까? 저야 그저…."

이상홍은 긴장하고 있었다. 그렇지 않아도 부모님이 왜 미국에 이민 온 것인지에 의문이 있었다. 입이 마른 지 서둘러 커피 한 모금, 두 모금 이어 마신다.

"아마 부모님이 갑자기 세상을 떠나시면서 아무런 말씀도 못 하신 것 같습니다. 그러니까 아버님은 황손이셨습니다."

이상홍은 황손이라는 말을 이해하지 못했다.

"화, 황손요? 그게 뭡니까?"

"조선 황실의 직계 자손이라는 거지요."

이상홍은 이상철의 설명을 한참 듣고 나서야 황손이라는 뜻을 이해했다.

"저희 아버지가 황손이셨다니요? 한 번도 들어본 적 없는 얘긴데요?"

이상홍은 비현실적인 현실 앞에서 혼란스러웠다.

"그래서 제가 설명해 드리려는 겁니다."

이상홍은 부정했다.

"그건 아닌 것 같습니다. 제가 전주이씨인 것은 맞지만, 아무리 그래도 아버지가 제가 어른이 될 때까지 아무런 말씀을 안 하셨을 수 있었겠습니까?"

"그것이 우리 종실의 아픈 현실입니다."

"그럼 황손이 사실이라고 칩시다. 그런데 설명을 하시는 이유가 무엇이지요?"

자신을 찾은 이유가 궁금했다. 혹시 다른 음모에 빠져드는 건 아닌지 의심스러웠다. 자신의 황실 신분이라고 하는 것도 거짓일 수도 있었다.

"지금까지 황실의 황태손이셨던 이환 황태손께서 별세하

셨습니다. 그런데 황태손께서 후사가 없어 가장 계승 서열이 높으신 이상홍 종친님을 황사손으로 추대하고자 합니다."

어안이 벙벙했다. 만화나 드라마에서나 있을 법한 이야기가 지금 눈앞에서 벌어지고 있다. 충격적인 현실을 수긍할 수가 없었다. 그러나 그가 눈앞에서 거짓을 말하고 있지도 않아 보였다. 나에게 거짓을 말해 얻을 이익이 없다면 그럴 필요가 없을 것이다. 머리가 혼란스러웠다.

집으로 돌아와서도 혼돈은 계속되었다.

"여보, 뭔 생각이 그리 깊어? 커피 다 식겠다. 애들 공부도 좀 봐줘야 하는데 어서 마시지 않고?"

"응. 마셔야지."

아직 아내에게 말할 수가 없었다. '여보 내가 황사손이 래'라고 하면 아내는 '무슨 손?'이라며 효자손 정도로 생각할지도 모른다. '여보 내가 조선 고종황제의 직계 증손자래'라고 하면, 아내는 창의적인 광고인의 재미없는 조크 정도로 생각할 것이다. 그는 비현실적인 현실에 대해 다시 곰곰이 생각했다.

이상철은 이상홍에게 종친회에서 황사손으로 추대키로 의견을 모았고, 응하면 곧바로 황사손으로 등극하게 된다고 했다. 우선 시일이 촉박해 이상철 자신이 왔지만, 의사를 표명해주면 한국에 있는 전주이씨대동종약원에서 모시러 온다고 했다. 이상홍에게 종약원 연락처가 남겨졌다. 만약 황사손이 된다면 봉사자가 되어 황실과 관련된 모든 제사를 주관 봉행해야 한다. 당장은 황태손에 대해 3년 상을 치러야 한다. 대관절 미국에서 생활해온 자유인이 초상, 소상, 대상을 치른다는 건 상상하기 어려운 일이다.

이상홍은 자신이 현실 속의 황사손일지라도 직접 맡는 것은 비현실적이라 생각했다. 이미 미국에서 광고인으로 자리를 잡은 자신이 황세손이 되어 알 수 없는 과거로 돌아간다는 건 옳지 않다고 판단했다. 대한민국에서 철저하게 배척당한 조선의 황실이 한국에서 할 수 있는 일이 있을까? 그리고 무엇보다도 아내가 이해하지도 감당하기도 힘들 것이다. 아내는 이민자 2세로 한국에 대한 정서는 신기루 너머의 아련한 아지랑이 정도였다. 의외로 찬성할 수도 있을까?

이상홍은 고민 끝에 한국 시각 오전 9시를 맞춰 종약원에 전화를 걸었다. 젊은 여자가 전화를 받았다. 종약원에서 일하는 여직원인성 싶었다.

"수고 많습니다. 나는 미국에서 사는 이상홍이라 합니다."

"그런데요?"

여직원은 대수롭지 않게 응대했다.

"이사장님 부탁합니다."

"이사장님은 종친 상으로 황세손 빈소에 계십니다. 메모 남겨 드릴까요?"

"아! 아닙니다. 연락번호를 주시면, 직접 전화 드리지요."

이상홍은 거절 의사를 표하려 전화했지만, 여전히 마음이 움직이고 있음을 깨달았다.

그는 결국 아들을 불러 앉혔다. 이제 초등학교를 갓 들어간 건과 유치원생인 곤은 파파의 이해할 수 없는 이야기를 들어야 했다.

*

덕수궁 중명전에서 선글라스를 낀 채 한참을 회상하던 이웅을 아들이 바라본다. 을사늑약을 맺었던 비운의 장소 중명전이 두 부자에게는 남다른 의미로 다가왔다.

"아버지, 오늘 좀 느낌이 달라 보이십니다. 수행원들도 없이 저하고만 홍유릉, 영휘원을 거쳐서 덕수궁을 찾으신다는 건 뜻하신 뭔가 있을 것 같습니다."

이곤의 말을 들은 이웅 숙연했지만, 어둡지 않았다.

"뜻하신 거라. 그래, 있지! 아들하고 나눌 얘기가 있다. 네 형과 함께라면 더 좋았을 텐데 상관없다. 오늘 애비하고 술 한잔하자꾸나."

"아버지, 어디로 모실까요?"

"흐음…"

이웅 회장은 잠깐 생각했다. 선글라스를 꼈으니 누가 알아보는 이도 없을 것이다. 아들과 가기 좋을 곳을 고민하

108

다 한 곳을 떠올렸다.

"오늘은 차 없이 둘이서 달려볼까 하는데 어때?"

"콜! 좋습니다. 아버지."

이웅은 종로의 막걸릿집을 찾았다. 고등학교 한국 유학 시절 건들거리던 친구들과 어울려 몰래 들락거렸던 곳이다. 막걸릿집은 여전히 초라했다. 그때는 초라했지만, 지금은 그 초라함이 콘셉트가 되어 근사하게 보인다. 세상이 변하면 보는 눈도 변하는 모양이다. 그때 여주인은 보이지 않았다. 그를 닮은 오십 남짓한 여자가 있었다. 누가 봐도 딸이다.

"어서 오세요. 편한 자리에 앉으세요."

"막걸리하고 파전, 튀김도 좀 주세요. 그리고 어머니는 요즘 안 나오시나 봐요?"

"여사님, …아니, 엄마는 천천히 나오세요. 관절이 좀… 그래요."

"아! 여사님이시구나. 죄송합니다."

"아뇨! 하도 욕을 잘하셔서 여사님이라 부르면 욕을 좀 덜 할까 해서 손님들이 부르는데…."

딸은 씩 웃으며 고개를 절레절레 저었다.

"여전하신 모양이네요. 하기야 그때도 욕 많이 얻어먹었죠. 대가리 피도 안 마른 것들이 술 처마신다고 말입니다."

이웅은 이곳이 마음이 편할 것 같아 들렀다. 알 듯 모를 듯한 사람들이 모여서 술 마시고 떠들고 하는 것이 사람 사는 것 아닌가? 그동안 사업하느라 근사한 곳만 찾아다녔던 시간이 힘들고 피곤했었다. 휴식 같은 공간에서 아들이 따라주는 막걸리 한 잔을 들이켰다.

"곤아! 오늘 말이다. 아버지가 사고를 치려고 한다. 사고! 말이다."

"사고라뇨? 아버지가 무슨 사고를요. 대형프로젝트가 있으신 모양이지요?"

"어허! 이놈아 애비가 사고를 친다면 치는 거다. 자! 이웅과 이곤 부자의 사고를 위하여!"

"위하여!"

이웅은 후련해서 웃고, 이곤은 황당해서 웃었다. 이웅은 눈짓으로 '진짜라니까, 이놈아.'라고 말한다. 이곤은 그제야 아버지에게 무슨 일이 있다고 생각한다. 이런 대폿집에서 주변의 사람들을 아랑곳하지 않고 이야기할 수 있다는 건 색다른 맛이다.

"썩을 놈들 막걸리는 그렇게 마시면 쓰나!"

그때 그 여주인이었다. 이제는 나이가 들어 할머니가 된 여주인이 나타났다. 장난기를 흘리며 욕 한 바가지를 퍼부었다. 오늘도 그녀의 손에는 노란 양은 주전자와 사이다 한 병이 들려 있었다.

"애비하고 자슥이 왔는가? 맞네! 닮았어. 자! 내가 하란 데로 해봐. 막걸리 두 통에 사이다 반병 타서 '막사'로 먹어야 제맛이지. 이게 무슨 지랄이여! 막걸리만 마시면 사람이 운이 안 틔어, 사이다를 타야 시원하게 운이 트이지."

이웅은 웃으며 추임새를 넣어 준다.

"여사님, 막사 한잔하면 정말 운이 트일까요?"

"말 많고 의심 많은 놈치고 끝내 잘되는 놈 못 봤어. 오만 지랄 다 틀어도 안 되던 놈들도 내가 타준 막사 한잔이면 안 되는 일 없이 다 돼. 아직 안 되는 놈 한 놈도 못 봤어. 참말이여!"

귀로 카타르시스가 느껴지고 입으로 오르가슴이 느껴진다. 욕 한 바가지에 귀가 뚫리고 막사 한 잔에 목이 뚫렸다.

이웅은 아들을 끌고 젊은 시절 방황하던 이곳저곳을 헤집고 다녔다. 다시는 이렇게 아들과 함께 도심의 골목을 헤집고 다닐 기회가 없을 거란 생각에서였다. 아버지와 아들이 교감할 수 있는 시간이 많지 않았다. 어릴 때는 보호자로 아이들을 챙겼다. 지금도 여전히 보호자지만 보호받기도 하는 쌍무관계가 되었다는 생각이 들었다. 어느 날 아이들이 크고 나니 이미 저만치 떨어져 있었다. 아들과 꼭 한번은 해보고 싶었던 일이었다. 함께 술 마시고 어깨동무해보는 것.

"아버지 이제 술도 되셨고, 좀 쉬셔야 하지 않겠습니까?"

집으로 돌아오자 어깨동무를 풀고 이웅을 안방으로 모시

려 했다.

"그래 쉬어야지. 그전에 오늘 미처 못 한 말을 해야겠다. 앉아 보거라."

이웅은 얼음냉수를 한잔 마셨다.

"곤아! 아버지가 취중이라 헛소릴 한다고 생각해서는 안된다. 아버지에게 새로운 목표가 생겼다. 그 목표를 향해 나와 함께 가 주겠지?"

"말씀하세요."

물을 벌컥벌컥 마셨다. 그리고는 자세를 가다듬는다. 덩달아 곤도 긴장하며 침을 꿀꺽 삼킨다.

"아까 했던 사고라는 말 어떻게 생각하느냐?"

"아버지 스케일로 보면 대형사고인 것은 같은데… 글쎄요."

이웅은 이곤에게 러시아 예닌 대통령과의 이야기를 들려주었다.

이곤의 심장이 뛰기 시작한다. 가능성이 전혀 없는 이야기는 아니었다. 피가 뇌로 몰리며 이명이 들렸다. 이곤은 한동안 멍하니 있었다. 아버지의 이야기는 음 소거된 팬터마임처럼 보였다.

"가능할 것도 같긴 합니다만."

이곤은 겨우 정신을 추슬렀다.

아직 이고르도 모르는 일이었다. 그동안 이곤이 해야 할 일이 있었다. 조만간 이고르와 함께 셋이서, 물론 이건이 온다면 넷이서 이야기해야 할 일이었다. 이웅은 모든 것이 끝날 때까지는 비밀이 지켜져야 한다는 걸 강조했다. 비밀이 새는 순간 모든 것은 수포가 된다.

"아버지! 옐닌 대통령이 약속을 지키지 않으면 어떻게 하실 생각입니까?"

"그럴 리야 없겠지만, 약속을 지키지 않으면 그것 또한 운명이라 생각한다."

이웅은 혁명적인 사업가가 아닌 보통의 사업가로 남더라도 후회하지 않는다고 생각했다. 다만 옐닌 대통령이 약속을 파기할 가능성은 희박하다 판단했다. 스스로 러시아의 희망 즉 메시아가 되어야 하기 때문이다. 세계 최고국가 러시아가 될 방법은 그것뿐일 것이다.

이웅은 소회에 빠져든 듯 보였다.

서재 책 사이에 끼워진 3대조인 고종의 어진[6]을 꺼내 한동안 바라봤다.

"그리고 말이다… 음…."

이웅은 이곤 앞에서 잠깐 뜸을 들였다. 그런 아버지의 흔치 않은 모습을 지켜보는 이곤의 표정이 신중해 보였다. 살짝 긴장한 아버지의 모습에 동화된 표정이다.

"나 결혼할 생각이다."

이곤은 동그란 눈을 뜨고는 멈칫했다. 당연하면서 생뚱

---

6) 어진(御眞): 임금의 초상화나 사진.

맞았다.

"예, 그렇게 하셔야죠. 혼자 있는 모습이 쓸쓸해 보였어요. 그런데 제가 아는 분인가요?"

"직접 만난 적은 없겠구나. 하지만 네가 알고 있는 사람은 맞다."

이곤은 잠이 오질 않았다. 이런 중대사에 어머니가 함께하지 못한다는 것에 마음 한쪽이 아려 왔다. 어머니는 아버지와 사랑했지만 헤어졌다. 그만큼 박탈감이 컸을 것이다. 어머니는 한국행을 감당할 수 없었다. 아버지는 그런 어머니에게 한국행을 강요할 수 없었다. 두 분은 그렇게 헤어졌지만, 아들로서 어머니는 어머니였다. 아버지가 황사손이 되겠다고 한국으로 돌아가려 했을 때, 어머니는 펄쩍 뛰었다. 어머니는 미국에서 태어나서 미국에서 성장했고 미국에서 결혼했다. 외모는 완벽한 한국인이었지만 내면은 완전한 미국인이었기 때문이다.

아버지가 한국에 왔을 때 형과 자신을 불러놓고 아버지의 입장을 설명했었다. 어린 애들이 알아들을 수 있는 이야기는 아니었다. 그때 아버지가 마지막으로 했던 말이 떠올랐다. '다음에 어른이 되면 물어볼 게. 아버지 하던 봉사자를 물려받을지 말지 선택하는 것을.'

이건과 함께 대사를 의논했으면 좋으련만 이건은 애초부터 방향이 달랐다. 특히 아버지가 어머니와 이혼하면서부터 이건은 아버지와 척지게 되었다. 그리고 중학교를 들어가면서부터 연예인 수업에 빠져들었다.

*

이웅이 로스앤젤레스를 찾은 것은 43년 만이었다. 미국 뉴욕에 거주할 때, 딱 한 번 올림픽을 구경하러 온 것이 전부였다. 당시 뉴욕대학에서 친분이 있었던 투포환 선수 애거시를 응원하기 위해 왔었다. 애거시는 금메달을 땄다. 응원의 힘이라고 믿으려 했다. 당시 세계 2위 기록 보유자였던 그가 금메달을 땄으니 그럴 만도 하다. 정작 금메달은 다른 이유에서였다. 당시 1위였던 동독의 막시밀리언이 올림픽 보이콧으로 출전을 하지 않았기 때문이었다. 지금은 다시 2028년 올림픽을 위해 임원으로 움직이고 있다는 소식은 들었다.

이웅은 산타모니카 해변을 걷고 있었다. 선글라스에 하와이안 셔츠 차림이다. 태평양에서 불어오는 바람에 셔츠가 팔랑였다. 희끗희끗한 머리칼이 바람에 흩날린다. 머리칼을 쓰다듬으며 걸음을 걷던 그가 해안도로에서 자신을 바라보는 여자를 발견한다. 그때처럼 앙증맞은 몸매를 가진 동양 여인. 잡힐 듯 말 듯. 잡았다고 생각하는 순간 어느샌가 빠져나가 버리곤 했던 여인. 이웅은 잠깐 그녀를 주시하더니 손을 흔들어 인사하며 다가간다.

"잘 있었어. 모니카! 오민숙 씨!"

"잘 지냈어. 사무엘! 이상홍 씨! 지금은 이웅 씨라 해야 겠네."

"오랜만인데 악수를 해야 하는 것 아닌가?"

둘은 악수를 한다. 손에는 세월의 촉감이 묻어난다. 탱 탱하던 탄력 대신 건조함이 느껴졌다.

"피터하고 케인도 잘 있지? 애들하고 전화 한지도 좀 됐 네."

"피터는 아이돌 한다고 나도 못 본 지 꽤 됐어. 케인은 나랑 같이 일을 하니까 자주 보지."

오민숙은 이상홍과 이혼한 사이였다. 건과 곤 두 아이의 생모이기도 했다. 이혼은 두 사람 사이의 문제로부터 시작 된 건 아니었다. 어느 날 이상홍이 이웅이 되어 한국에 가 면서 생긴 일이다. 평범한 미국 광고인인 사무엘 리 이상 홍이 이웅이란 이름으로 황가의 남자가 되어 버린 것이다. 황가의 남자가 되어버린 남편과의 이혼은 둘만의 합의라기 보다는 황가에 적응할 수 없었기 때문이었다.

"설리번하고는 잘 지내고?"

전 남편이 현 남편과의 사이를 물었다. 오민숙은 재미있 다는 듯 풋 웃고는 이내 진지해졌다.

"응, 잘해줘. 당신만큼이나."

"그리고 고마워."

"뭐가?"

"내가 한국에 간 뒤로도 애들을 학교 졸업 때까지 돌봐 준 거 말이야."

오민숙은 눈을 동그랗게 뜨고는 뭔 소리래? 하는 표정을 지었다.

"그런 말은 하지 말아. 걔들은 내 아이이기도 해. 엄마로서 함께 한 걸 도와줬다고 하면 어떻게 해."

"미안. 그래도 고마운 건 고마운 거지."

"여자가 생겼나 봐?"

오민숙이 이웅을 흘어 보며 대뜸 여자 얘기를 꺼냈다.

"여자?"

"난 당신 얼굴 보는 순간 알았어. 여자가 생겼다는 걸. 그리고 그 여자와 결혼을 할 거라는 것까지도 말이야. 그 얘기를 나에게 하려고 이 먼 곳까지 태평양을 건너왔다는 것까지. 고마워! 당신과는 헤어졌지만 존중받는 여자로 만들어 줘서."

오민숙은 운명을 알기라도 하듯 자신 있게 결혼 얘기를 꺼냈다. 그 말에 이웅은 점직해졌다.

"그런데 말이야. 나중에라도 내가 청혼을 한다면 받아 줄 거야?"

이웅은 엉뚱하게 청혼을 꺼냈다.

"청혼?"

오민숙은 재미있다는 듯 깔깔거리며 웃었다.

"당신을 좋아했고, 사랑했지. 지금도 여전히 좋아해. 그래서 여전히 헤어지는 중이지만 다시 결합하는 건 찬성하고 싶지 않아. '자유로운 영혼은 자유롭게' 그리고 왕가의 법도를 따를 수도 없고, 다만 애들만큼은 나에게서 뺏어가지만 말아줘. 언제라도 만나고, 함께 할 수 있고, 영원한 엄마, 마~덜. 그럼 됐어."

이웅은 재차 물었다.

"왕가의 법도를 포기한다 해도 청혼을 받아들일 수 없다는 거지?"

"왜 자꾸 물어~ 마음 흔들리게."

다시 깔깔 웃어댄다. 그녀의 웃음 속에는 '모든 걸 다 이해하고 초월하려 합니다.'라는 뜻이 담겨 있었다. 이웅 회장은 늘 마음속에 빚이 있었다. 자신의 선택이 잘못된 것이 아닌지 자신에게 묻고 또 물었다. 오늘은 되려 그녀에게 묻고 또 묻고 있다. 그녀의 선택이 잘못된 것인지 잘된 것인지….

"어떤 여자인지 물어봐도 돼?"

"응. 올가라는 러시아 여자."

"올가? 한국계? 카레이스키라고 하던가."

"아니, 순수 러시아계 여자야."

오민숙은 의외라고 생각했다.

"황가 법도는 어찌하려고? 혹시 피터한테 넘기려는 건 아니야? 실익도 없는 황사손인가 뭔가 하는 거 양위라도 하려고? 암튼 갠 안 하려고 할 텐데?"

"그건 내가 알아서 할까 해. 그렇다고 피터나 케인이 원하지 않으면 넘길 건 아니니까 걱정하지 마."

"그래서 황가의 법도를 포기하면 결혼해 줄 거냐고 라고 물어본 거야?"

오민숙은 마음을 정리한 상태였다. 젊을 때부터 해 오던 음악은 접었지만, 노후를 편안하게 함께할 설리번을 만났다. 오민숙은 그래도 자신을 찾아와 마음에 있는 얘기를 해주고 떠나는 이웅에게 고마움을 느꼈다. '나의 첫 선택은 나쁘지 않았어. 좋은 남자야. 생각지 못한 잠재 신분을 찾는 일이 없었다면 여전히 행복했을 거야. 잘 가~'

이웅은 결국 빅 플랜에 대해 말하지는 못했다. 오민숙의 마음을 흔드는 것은 또 다른 아픔이기 때문이었다.

*

박한 대통령 취임 1주년 기자회견장에는 내외신 기자들이 배정된 좌석에 앉아 대통령을 기다렸다. 시간이 가까워지자 정면 단상 뒤로 비서진들이 양쪽으로 나뉘어 섰다. 그곳에 대통령실에 새로 입성한 해외언론담당관 샘오도 눈에 띄었다.

"대통령님 나오십니다."

박한이 나오자 기자들이 모두 자리에서 일어나 박수로서 맞이했다.

"여러분 반갑습니다. 모두 자리에 앉으시죠."

앞자리에 앉던 여기자가 "대통령님 아이돌 같으세요." 라고 하자 모두 웃으며 박수로 공감을 표한다. 대통령은 무거운색 대신 밝은 청색 계열의 양복을 입었다. 언뜻 그 모습이 아이돌그룹이 입은 슈트를 연상케 했다.

먼저 대통령의 모두 인사가 시작됐다.

"사랑하는 국민 여러분! 저에 대한 사랑과 관심에 감사의 말씀 드립니다… 그리고 해외에 계신 동포 여러분에게도 감사드립니다. 국적은 다르지만, 대한민국 발전에 애쓰고 계시는 외국인 노동자분에게도 감사드립니다… 한국은 중국과 일본의 영원한 에너지 원이었습니다. 이제는 우리의 정기를 되찾아올 때라 생각합니다. 지정학적 한계를 벗어나는 새로운 역사를 시작해야 합니다… 일본은 특히 국가 위기 때마다 한국에서 해결책이 찾았습니다. 일본은 동쪽에는 약했고, 서쪽으로는 강했습니다. 메이지유신 이후 위기가 왔을 때 청일전쟁, 러일전쟁으로 기사회생하고 조선을 합방함으로써 기세는 더욱 등등해졌습니다. 그 지나친 자신감이 결국 아시아를 황폐하게 만든 주요인이 되었습니다. 심지어 태평양전쟁 패전으로 패망의 길을 걷다가도 한국전쟁으로 다시 부흥하기도 했습니다. …이제 우리는 JDZ 수호라는 국가적인 문제를 해결해야만 할 운명 앞에 섰습니다. 당당하겠습니다. 그리고 이루겠습니다…."

박한 대통령의 결의에 찬 연설이 끝나자 기자 질문이 시작되었다. 심기가 불편한 일본 기자들이 주춤하는 동안 한국 기자들의 질문이 시작됐다.

"모닝뉴스 유지훈 기잡니다. 오늘도 JDZ 수호를 강조하셨습니다. 하지만 이제 시효만료가 한 달 조금 더 남았습니다. 아직도 뚜렷한 결과물이 없는 것 같습니다. 아직 가능성이 남아 있는지 궁금하고요. 방법은 어떤 것인지 말씀해 주시기 바랍니다."

"가능성은 당연히 남아 있습니다. 방법에 대해서는 밝히는 것이 적절하지 않다고 판단됩니다."

박한은 기밀을 밝힐 수 없다고 정리하자 기자들의 질문은 방향을 틀었다.

"아시아일보 박수연 기잡니다. 대통령님의 국정 철학은 이미 잘 알고 있고, 누구보다도 역동적으로 활동하고 있다는 평가입니다. 그런 역동성을 함께 배가시킬 분이 있었으면 더 좋겠다는 국민적인 여망 즉 의견도 많은 거로 알고 있습니다. 사적인 질문일 수도 있지만, 결혼 계획은 있으신지요?"

순간 관심이 대통령의 입으로 모였다. 박한은 멋쩍은 듯 웃음 지으며 질문한 기자를 향해 엄지를 치켜세웠다.

"흠흠. 갑자기 목이 메입니다."

대통령의 너스레에 눈결 웃음바다가 된다. 분위기는 부드러워졌지만, 눈빛은 더욱 진지해졌다.

"저는 영국의 엘리자베스 여왕처럼 '짐은 국가와 결혼

했습니다.' 이렇게 말하지는 않겠습니다. 저는 결혼할 생각입니다. 시간이 조금 걸리고 있을 뿐입니다. 국민 여러분의 관심도 감사합니다만, 그보다 먼저 저희 어머니 김순애 여사께서 제가 결혼하지 않으면 가만히 안 계실 테니 오래 버티지는 못할 겁니다… 인생의 반려자로서 국정의 든든한 지원자로서 훌륭한 아내를 맞고 싶습니다."

"대통령님의 말씀으로 볼 때 현재 진행형이라는 해석도 가능할 것 같은데 그렇게 생각하면 되겠습니까?"

박한은 잠깐 뜸을 들인 후 입을 열었다.

"우리 경호처장께서 그것은 국가 기밀 사항이랍니다. 머지않아 국민 여러분께 좋은 소식을 알리게 되길 저 또한 간절히 바라고 있으니 조금만 기다려 주시지요."

*

이웅은 올가와 함께 아무르강이 내려다보이는 별장에 함께 했다. 그곳에서 이고르 부부를 기다렸다. 이고르는 모스크바에서 러시아 중앙의회인 국가두마에 참석했다가 부리나케 달려왔다.

이고르와 이웅은 친구였고, 인연은 시공을 관통했다. 이웅이 처음 러시아에 토목 사업을 시작할 때였다. 꿈에 돌아가신 아버지가 자주 나타났다. 아버지는 대한제국 제복을 입은 채 말없이 지긋이 이웅의 얼굴만을 바라보다 사라졌다. 이웅은 그것이 어떤 메시지라고 생각했다. 그러다 아버지, 할아버지, 증조할아버지를 생각하다 문득 구한말 러시아공사관의 베베르 공사를 떠올렸다. 모스크바에서 탐정을 고용해서 베베르 공사의 후손을 찾았다. 그렇게 찾은 후손이 이고르 파블로비치 베베르였다. 당시 이고르는 공교롭게도 서울 주한러시아대사관에서 2등 서기관으로 근무하고 있었다. 두 가문이 러시아대사관에서 다시 만난 것은 1896년 아관파천 이후 122년 만의 일인 셈이었다. 대한제국 고종의 3대손 이웅과 베베르 공사의 4대손 이고르와의 만남은 그렇게 시작되었다.

이웅과 올가가 이고르 부부를 초대한 것은 내밀한 얘기를 하기 위해서였다. 러시아에서 이미 유명인사가 된 이웅과 이고르는 사람들의 눈을 피하기 쉽지 않았다. 다양한 정보기관에서 그들을 살폈다. 러시아에서는 연방보안국(FSB)과 해외정보국(SVR)에서뿐만 아니라 CIA와 CIRO도 주목하기 시작했다. 그래서 이웅은 이고르와의 긴밀한 회동을 할 때는 눈을 피하려는 방법으로 부부동반을 하곤 했다.

"어서 오게, 이고르. 나탈리아 부인도 오시느라 고생하셨습니다."

"올가 부인도 잘 계셨지요?"

인사를 나누고 식사를 하기 전 이웅과 이고르는 윤슬 가득한 아무르강을 내려다봤다. 아무르강의 삼각주 평야 지대에 저녁노을이 내려앉기 시작했다. 아무르는 '큰 강'이라는 뜻이다.

"하바롭스크는 참 큰 도시인 것 같아. 두 강이 합쳐지는 곳이기도 하고, 이고르 정도의 거물 정치인을 키워내기에 적합한 곳이라고 생각되는구먼."

"이 사람 칭찬이 시작되는 것 보니 오늘 왠지 의심스러운걸."

이고르가 보기에도 이웅은 평소와 조금 다른 모습이다.

"의심스러운 일이 있긴 하지. 이고르가 몸을 던져야만 할 수 있는 일 말일세."

"몸을 던지는 건 다이빙 선수들이나 하는 일이고, 나는 지금은 못 던지네."

"이 사람 이러긴가?"

"자네도 바랄 걸 바라야지 보게 저 사나운 아무르강에 어떻게 몸을 던지겠나?"

이고르의 장난기 가득한 농담을 이웅은 비장하게 반사했다.

"그래도 자네가 던지라면 난 던질 걸세. 그것이 자네하고 약속 아니었나."

이고르는 이웅을 쳐다볼 뿐 말이 없었다. 깊은 이야기가 있다는 걸 느꼈다. 신중한 이웅이 함부로 말을 던지지는 않았을 것이다.

"이고르 자네하고 있으면 언제나 든든하거든 세상에 이

런 우군이 한 사람만 더 있으면 천하를 얻을 수도 있지 않겠나? 그건 욕심이겠지만."

이웅이 천하를 얻는 욕심 운운하자 이고르는 어색하다는 듯 웃었다.

"자네는 욕심을 부릴만하지 않는가? 올가 부인과는 어쩔 셈인가? 그냥 연인으로 남을 건가? 내가 보기에는 잘 어울리는데. 올가 부인도 꽤 오랫동안 홀로 지낸 것으로 아네만. 잘 해보게. 최고의 우군이 될 거니까."

이웅은 웃었다. 이고르도 예닌처럼 올가와의 결혼을 기대하고 있는 것 같았다.

"고맙네. 식사하고 천천히 얘기 나누세."

식탁에서는 올가와 나탈리아의 대화가 한창이었다.

"올가 부인! 이웅 회장님을 만난 지도 꽤나 되셨지요?"

나탈리아가 올가에게 말을 건네자, 올가는 셈을 하듯 잠깐 생각했다.

"네, 일 년이 조금 넘은 것 같네요. 지난해 봄꽃이 한창일 때였으니까?"

올가가 이고르에게 나탈리아를 칭찬했다.

"이고르 의원님. 나탈리아 부인하고 자주 뵈었으면 해요. 저보다 언니지만 감각이 젊으시고 세상을 보는 눈이 뛰어나셔서 볼 때마다 제가 감탄합니다."

나탈리아 칭찬에 이고르 표정이 환해졌다.

"부인, 정확히 보셨습니다. 제게 가장 위협적인 정적이

125

다름 아닌 바로 내 사랑 나탈리아입니다. 다음 선거 때는 제자리를 슬쩍 차지하는 건 아닌지 벌써 걱정됩니다."

이고르의 너스레에 올가가 쐐기를 박듯 묵직한 농담 한 방을 날렸다.

"저도 나탈리아 언니를 밀어드리고 싶은데 어쩌죠."

읍소형 표정을 자아낸 이고르가 연극 대사처럼 애원했다.

"올가 부인, 그러시면 안 됩니다. 절 살려주셔야지요."

식사 전 대화는 쫄깃하고 달콤 씁싸름하게 익어갔다.

음식이 차려졌다. 보르쉬와 빵, 커틀릿… 와인을 한 잔씩 채웠다.

"그럼 식사를 시작해 보실까요?"

식사가 시작되었다. 서로에게 덕담은 잼처럼 달곰했다. 이고르의 너스레가 시작되자 웃음이 샴페인처럼 빵빵 터지면서 대화가 무르익었다. 분위기 탓인지 와인을 거푸 두 잔을 마셨다.

식사가 끝나자 이고르와 이웅은 별장에서 가장 깊숙이 있는 서재로 자리를 옮겼다. 별장에서 일하는 사람들의 접근을 금지했다.

이고르는 이웅의 얼굴에서 평소 같지 않은 긴장과 흥분을 느꼈다. 올가 부인과 함께 온 것은 무언가 중요한 일이 있다고 생각했다.

"와인 한 잔 더 할 텐가?"

이웅은 고개를 끄덕였다.

"말해보게. 아무르강에 몸을 던질 만큼 큰일이 뭔지? ⋯ 내가 잘못 본 건가?"

"아니, 잘 본 거라 해야겠지. 나도 나지만 자네에게도 큰일이 생긴 거라 할 수도 있네."

"큰일? ⋯겁주지 말고 어서 말해보게."

이고르는 옷깃을 두 손으로 '팍팍' 소리 내며 여몄다. 말을 들어줄 준비가 다 됐다는 뜻이다.

"이고르 자네와 우리 집안이 어떤 관계인지는 잘 알고 있지 않은가."

"그야 물론이지. 자네는 전주이씨, 나는 하바롭스크 이씨 아닌가?"

이고르는 자신도 같은 이씨라고 늘 해오던 농담을 다시 꺼내며 웃었다.

"그 인연이 다시 시작되어야 할 것 같네. 자네와 나의 인연이 말일세. 자네 4대조인 베베르 공사님과 나의 3대조인 고종황제께서 절친이 되어 새 역사를 쓴 것처럼 말일세."

이고르도 긴장하는 눈치다. 서설부터 예사로운 일이 아니라는 것을 직감한 것이다.

"단도직입적으로 말하겠네. 자네와 큰일을 도모하려 하네."

장난기 많던 이고르의 표정이 진중해진다.

"뜸만 들이지 말고 말을 해보게."

이고르는 이웅의 말을 들으며 점점 눈이 커졌다. 처음엔 비현실적이라고 생각했지만, 생각보다 구체적이고 치밀한 계획을 세우고 있었다. 충격적인 프로젝트였고 그만큼 선택이 쉽지 않았다.

"이걸 아는 사람은 또 누가 있는가?"

"자네와 나 그리고 예닌 대통령과 작은아들 이곤, 이렇게 넷만 아는 사실이니 비밀을 지켜주게."

"예닌 대통령이 아신다니 뭔가 구체적으로 진행되고 있는 모양이군. 맞는가?"

"아직 시작일 뿐이네."

"내가 해야 할 일은 뭔가?"

이고르는 집으로 돌아와 깊은 생각에 빠졌다. 서재에서 그토록 오랫동안 나오지 않은 것은 연방 의원 출마를 결심한 이후 처음이었다. 밖에서 이고르의 칩거를 지켜보는 나탈리아도 남편이 무언가 큰일을 결심하고 있다는 것을 느끼고 있었다.

이고르가 첫 번째 칩거를 한 것은 벨기에 대사를 할 때였다. 영국 대사로 발령이 났다. 러시아 외교관으로서 영국은 미국 다음의 자리였다. 수많은 외교관이 가고 싶어 하는 선망의 대상이다. 이고르는 영국 대사와 정치 사이에서 고민했다. 칩거 끝에 결국 영국 대사 대신 정치에 뛰어들었다.

이고르는 그때처럼 칩거에 들어갔다. 이고르의 칩거가 시작되면 스스로 결정을 내리기 전까지는 밖을 나오지 않았다. 한동안 끊었던 담배를 피웠다. 결정하기 쉽지 않은 일임에는 분명했다.

이고르는 이웅 회장을 위해서는 두마 의원들을 설득하고 조직을 다독여야 한다. 하지만 최근 들어 의원들의 생각을 한곳에 모으기가 어려워졌다. 특히 모스크바에서 멀어지고 극동 지역으로 갈수록 구심력이 약해졌다. 그나마 다행한 것은 이웅 회장의 JS그룹 평판이 좋다는 건 고무적이다. 그러나 땅에 관한 한 러시아인의 집착도 만만찮다. 그러다가 자칫 일이 틀어지면 의원직에서 물러날 수도 있다. 지금이야 대통령과 이웅 회장의 사이가 두터워서 문제가 없다지만 정치는 살랑이는 봄바람에도 요동치는 것이다. 살랑 바람이 거대한 폭풍이 되는 것은 그리 어려운 일이 아니다. 그러나 목표는 정해졌다. 이웅이 나를 버릴 수 없듯이 나도 이웅을 버릴 수 없지 않은가?

그렇게 되면 엘레나는 어떻게 되는 것인가? 이건과 이곤 모두 친하게 지냈지만, 이제는 어른이 되었으니 이건이든 이곤이든 엘레나와 짝을 되었으면 좋겠다. 물론 아이들이 판단하고 결정해야 할 몫이다. 이고르는 서울에서 러시아 대사관 서기관을 하던 때를 떠올렸다.

그때 아이들은 서울에서 재미있게 어울려 놀곤 했었다. 미국에서 온 지 얼마 안 되었던 건과 곤은 영국 런던에서 서울로 온 엘레나와 영어로 소통하며 친하게 지냈다. 이고르는 영국주재 러시아대사관에 3등 서기관으로 근무하다 서울에 2등 서기관으로 발령을 받았었다. 서울은 런던과는 다른 역동성이 있었다. 한국의 미래가 기대된다고 생각했지만 지금 이 정도의 국가가 되리라고는 상상하지 못했었다. 이웅 회장이 이렇게 큰 인물이 될 줄을 몰랐듯이…

"나탈리아, 빵이라도 좀 줘! 배고파!"

서재 문을 벌컥 열면서 이고르가 소리쳤다. 깜짝 놀란 나탈리아가 멍하니 서 있다가 이내 활짝 웃는다.

5

어두운 밤 축제

일본 CIRO는 극동 지역 개발을 몇 년째 추적 중이다. 몇 년 전부터 진행되어 온 러시아 극동 지역 개발 변화가 갈수록 눈에 띄었다. 첩보 위성에서 보내온 사진으로는 버려진 땅으로 여기던 쿠릴지역에 공사가 급격히 늘어났다. 남쿠릴 즉 북방영토는 일본의 영유권이 걸린 땅이다. 그곳에 토목, 건설 공사가 증가한다는 것은 러시아가 돌려줄 의사가 없다는 것을 뜻했다. 한때 러시아가 북방영토의 절반을 돌려주려 했던 사실에 비교하면 얄궂은 일이었다. 일본으로서는 가만히 지켜볼 수만은 없었다.

CIRO는 북방영토 첩보를 정기적으로 총리실로 보고했다. 미야기 총리는 느낌이 좋지 않았다. 미야기 총리는 타구치 실장에게 북방영토 개발에 대해 세밀한 분석을 제출할 것을 지시했다.

미야기 총리는 나아토 관방장관과 다무라 외무대신을 불

렀다. 더는 결단을 미룰 수 없다고 판단했다.

"아무래도 조짐이 좋지 않습니다. 버려진 땅으로 생각했던 쿠릴에 건설 붐이 일고 있다는 건 어떤 의미일까?"

나아토 관방은 조심스레 몇 가지 가능성을 제시했다. 반환하지 않겠다는 것과 반환 가치를 높이려는 것이다. 러시아가 아예 북방영토를 반환할 생각이 없다면 일본 투자 자본 회수로 대응해야 한다. 가능성은 적지만 투자를 바란다면 공동투자를 진행해 볼 만하다. 그것도 아니라면 극동 지역의 대대적인 개발비 마련을 위해 북방영토 반환금을 올리려 할지도 모른다는 생각이었다.

미야기는 보상문제는 아니라고 생각했다.

"사진으로 볼 때 무언가 있습니다. 버려진 땅. 그래서 우리 일본에 곧 돌려줄 것처럼 했던 것이 얼마 전의 일이었소. 도대체 북방영토를 왜 개발하려 할까요? 외무대신은 생각이 어떠시오?"

외무대신은 우선 건설 주체가 누군지를 알아야 답이 나올 거로 생각했다. 주체가 러시아 중앙정부인지 아니면 지방정부인지? 그것도 아니라면 JS그룹인지? 분명하지 않으면 항의하기도 쉽지 않다는 것이다. 북방영토에 대해 개발하는 건 그동안 쌓아온 일본과 러시아와의 신뢰 관계를 크게 위협한다고 항의는 할 수 있지만, 러시아가 내정 간섭이라고 한다면 마땅히 견제할 방안도 없다는 것이다. 쿠릴에 사는 주민들의 삶의 질을 높이려는 것이라면 대응이 마땅치 않다.

미야기는 타구치에게 지시해놓은 러시아 극동개발 프로젝트 입수에 기대를 걸었다. 비밀프로젝트가 있다는 첩보는 있었지만, 그 실체를 파악하지는 못했다.

"그럼 CIRO에서 새 보고가 들어올 때까지 기다려 봅시다. 그동안 관방과 외무대신께서는 항의 방법을 잘 마련해두시고요."

*

수상관저에 보고하러 들어가는 타구치 정보관은 마음이 무거웠다. 북방영토에 비밀스런 일이 벌어지고 있다는 것은 분명했다. 그것이 뭔지는 알 수가 없었다. 확실한 건 러시아가 한국 자본으로 대대적인 공사를 하고 있다는 것이다. 크렘린궁의 휴민트도 아직 비밀프로젝트에 대한 자료를 보내오지 못했다. 그만큼 개발정보가 통제되었다. 러시아의 쿠릴 개발을 비밀로 한다고 하더라도, 일본 정치권과 국민이 알게 되는 데는 그리 오래 걸리지 않을 것이다. 공개되면 한바탕 바람이 몰아칠 것이다. 북방영토를 가져오겠다던 약속은 공염불이 될 가능성이 커졌다. 만약을 대비해서 센카쿠열도와 다케시마(독도)를 상대로 분쟁이라도 일으켜 해법을 찾아야 할까. 그렇게 해서라도 지지율 지옥에서 탈출해야 한다. 하지만 신중해야 한다. 자칫 일을 키울 수도 있다.

수상관저 회의실 앞에서부터 무게감이 느껴진다. 타구치가 가장 싫어하는 분위기다. 노회한 정치인들을 집중포화를 상대해야 한다.

회의실 문을 들어서자 가상의 사각 링이 그려진다. 사각 링에는 그림자 닌자 같은 상대들이 처연하게 앉아있다. 시선이 타구치에 쏠린다.

미야기 총리가 회의를 시작했다.

"타구치 정보관을 내각회의에 바로 불렀습니다."

타구치는 공손하게 인사한다. 곤혹스럽다는 몸짓이다.

북방영토는 활용도가 낮고 거주민도 적어 러시아나 일본 관점에서 사실상 경제적인 가치는 없는 땅이었다. 일본도 북방영토 반환을 계속 요구하고 있지만, 국토 회복과 자존심이 걸린 문제였지 사실상 경제적 가치 때문에 요구했던 것은 아니었다. 그러는 동안 첩보 활동이 정지되었던 지역이었다.

"먼저 지도를 보시겠습니다."

타구치는 모니터에 나타난 지도를 보며 설명을 시작했다.

"저희 홋카이도 동북쪽 끝에 위치한 이 섬이 구나시리입니다. 여기서부터 동북 방향으로 비스듬히 올라가며 에토로후, 우룻푸이고, 다시 아래로 내려오면 구나시리 동남쪽에 시코탄, 하보마이군도가 있습니다. 우리가 말하는 북방영토는 우룻푸를 제외한 섬들입니다. 이번에 파악된 것은 구나시리섬을 중심으로 외곽으로 대규모 토목 공사가 진행되고 있고, 샤나에 건설 공사도 이루어지고 있습니다. 그럼 첩보 위성이 찍은 구나시리 모습을 확대해 보겠습니다. 오른쪽은 오늘 모습이고 왼쪽은 1년 전에 찍은 것입니다. 지금 위성을 통해 실시간 사진을 받으려 했으나, 상공에 구름이 짙어 이 사진으로 대신 설명하겠습니다."

사진은 확연한 차이를 보였다. 구나시리섬 동남 해안에는 기존의 항만을 대대적으로 확장하는 토목공사가 이루어지고 있고, 군사용 활주로도 보완공사를 하는 것으로 나타났다. 주목할 것은 에토로후를 비롯한 구나시리, 시코탄, 우룻푸에 발전시설을 건설한다는 것이다. 발전용량을 아직 알 수는 없지만, 러시아가 본격적으로 쿠릴을 개발하고 있는 것은 분명했다.

타구치의 설명을 들은 각료들의 표정은 심각했다. 러시아의 개발 의지는 분명했다. 러시아를 압박할 카드를 만들어야 했다.

"정보관! 러시아가 왜 개발을 시작했는지에 대해 알아낸 것이 있소?"

나아토 관방도 답답하다는 몸짓으로 질문을 던졌다.

"확인되지 않은 것이라도 좋으니, 뭐라도 첩보가 있으면 말해 보시오."

타구치는 머뭇거렸다. 첩보 분석은 비관적이었다. 북방

영토 반환을 취소한 것으로 분석했다. 사실이라면 미야기 내각에도 치명적이다. 첩보에 따르면 러시아는 일본 자본의 극동지방 투자를 기대했었지만, 이제는 포기하고 새로운 파트너와 사업을 하기로 확정했다. 한때 북방영토의 절반을 주겠다고도 제의했었지만, 일본 자본 유치 지지부진으로 방침을 바꿔 한국 자본을 유치하기로 한 것으로 판단됐다.

나아토는 한국이나 JS그룹 간의 구체적인 협약 내용을 의심했다. 개발 대가로 장기 운영권을 주었을 수도 있다. 그 경우라면 시간이 걸리더라도 북방영토 반환 가능성이 여전히 남아 있다. 타구치는 이면 계약이 있다면 극소수만이 내용을 알고 있는 것으로 생각했다. 한국의 고위 휴민트로부터 한국이 공식적으로 예닌 대통령과 밀약을 맺지는 않았다는 정보를 받았다. 예닌 대통령과 이웅 회장 둘 사이의 밀약이라는 뜻이다.

나아토 관방은 개발 규모에 의문을 제기했다. 3000~4000m급으로 대형 국제공항 수준의 비행장과 대규모 항만시설에 이어 대용량 발전시설은 의문이었다. 작고 버려진 섬에 일어나고 있는 개발 붐치고는 상식적이지 않았다. 외형으로만 보면 대규모 산업단지 조성에 따른 인프라 구축으로 보인다.

"대규모 공항과 항만은 단순 국토 개발로 보기에 기형적이긴 합니다."

타구치가 다른 목적이 있다는 뉘앙스를 던지자. 미야기는 민감하게 반응했다.

"그럼 군사 기지를 확장한다는 것이오? 누구를 공격하려고 거기에 만든다는 것이오?"

타구치는 신냉전 시대에서 러시아와 중국을 중심으로 한 미국 견제의 한 방편일 수도 있다고 생각했다. 쿠릴에 군사력을 높이면 일본과 미국을 한꺼번에 견제하는 효과를 노릴 수도 있었다.

타구치는 미야기의 흥분을 가라앉혔다.

"제가 보기에는 첨단 산업기지를 만드는 것이 아닐까 합니다."

나아토 관방장관이 현실적인 분석 의견을 내놓았다.

"첨단 산업단지라도 일할 사람이 있어야 하는데 북방영토에 인구라고 해봐야 얼마나 되겠습니까? 그리고 첨단이라면 마음만 먹는다고 아무나 할 수 있는 것도 아니고 말이오."

미야기 총리는 러시아 대통령궁과 한국 대통령실, JS그룹을 통해 어떻게든 개발에 대한 정보를 캐도록 지시했다.

타구치를 내보낸 뒤 총리는 다무라 외무대신에게 북방영토 반환 요청을 다시 하도록 지시한다.

"예닌 대통령에게 북방영토 건을 꺼내면 무슨 반응이 있지 않겠소? 유추 가능할 정도의 반응이 나오면 좋긴 한데. 상대가 워낙 크렘린이라서…."

구나시리, 에토로후, 시코탄, 하보마이… 미야기 총리가 며칠 전 꾸었던 꿈이 계속 마음에 걸렸다.

총리는 꿈속에서 손녀 스미레와 바둑을 두었다. 일곱 살짜리 손녀가 바둑을 두자고 졸랐고, 손녀의 앙증맞은 애교 공세에 못 이겨 바둑을 두었다. 총리는 시로(백)을 쥐고 손녀는 구로(흑)을 쥐었다. 손녀는 접바둑을 두지 않고 맞바둑을 두겠다고 우긴다. 바둑이 시작되자 몇 점 포석하더니 손녀가 바둑을 대각선으로 축 바둑을 두기 시작한다. 총리는 재미 삼아 모르는 척 축 바둑으로 대응한다. 총리가 그때는 별 뜻 없이 흘려들었던 손녀의 중얼거림이 있었다. 축 바둑이 바둑판을 대각선으로 가로지를 때쯤 총리가 백돌을 놓으려는 순간, 갑자기 바둑판 위로 흑돌 하나가 '뚝' 떨어진다. 일순 축 바둑이 깨지며 난장판이 된다. 총리는 당황스러워하다 잠에서 깨어났다.

꿈은 반대라는 말이 있기도 하지만 찜찜했다. 이어서 선뜻한 기억 하나를 떠올렸다. 손녀가 축 바둑을 한 점씩 둘 때마다 웅얼거렸던 단어들이다. 오키나와, 규슈, 시코쿠, 츄코쿠, 간사이, 도카이, 고신에쓰 호쿠리쿠, 간토, 도호쿠, 홋카이도…. 일곱 살짜리가 알고 있을 단어는 분명 아니었다.

*

이곤은 홋카이도 네무로로 향했다. 구로카이와의 약속을 지키기 위해서였다.

오늘은 구로카이가 말했던 어두운 밤 축제가 시작되는 날이었다. 얼마나 많은 신도가 축제에 참여할지, 어떤 축제일지 아직은 알 수 없다.

뮤타리의 신도는 어림잡아 3000명 수준이다. 그중 아이누는 2000여 명이고, 오키나와로부터 올라온 뮤족이 500여 명, 나머지는 일본 본토인이거나 일부 외국인들이다. 원래 고향으로 가고 싶어 하는 아이누와, 계시에 따라 움직이는 뮤족, 환란을 피해 도피하고자 하는 일본인과 외국인 신봉자들인 셈이다.

네무로행 기차 안에서 이곤은 아버지의 이야기를 떠올렸다.

"아이누만 상대하는 것이 꼭 옳은 것만은 아닌 듯싶다. 한번 섞여보는 것이 좋을 듯싶구나. 곤의 생각은 어떻냐?"

"아직 판단이 서질 않습니다."

"도전도 할 수 있을 때 하는 거다. 늘 성공하기만 바란다면 두려움이 커지지. 두려움은 몸을 움츠리게 만들고 덩달아 정신도 움츠러들게 만든다. 매사를 두려움만으로 포기한다면 큰일을 할 수 없다."

이옹은 이곤이 맞이할 축제가 어떤 것인지 어렴풋이 알

고 있었다. 이곤에게는 당혹스러운 일이 될 것이다. 성장하기 위해서는 그런 경험도 필요하다 판단했다. 다만, 일본 정보기관에서 JS그룹을 집중적으로 관리하고 있다는 점이 마음에 걸렸다.

뮤타리교의 어둠운 밤 축제는 정확히 일몰에 맞춰 시작되었다. 이곤이 성전에 들어섰을 땐 이미 온 신도들이 무언가를 중얼거리며 집단 기도를 올리고 있었다. 성전에는 뿌연 연기가 피어오르고 일부 신도는 무아의 세계로 들어간 듯했다. 뿌연 연기와 함께 무언가 탄내가 났다. 곧 몽환적인 기운이 감돌았다.

구로카이는 성전 중앙에 가부좌를 틀고 앉아 말없이 수행 중이었다. 신도들은 점점 몰입하고 있었다. 이곤도 마찬가지였다. 몸이 이완되고 정신은 자유로워진다. 몸이 이완되자 걱정이 사라진다. 희열이 온몸 구석구석을 잠식하기 시작했다. 몽환적 자유의 세계가 펼쳐진다. 정신을 놓으면 안 된다는 생각을 할수록 정신을 놓고 싶다는 욕구가 함께 강해졌다.

이윽고 성전 안의 불이 모두 꺼졌다. 도심과 떨어진 숲속 성전으로 완전한 어둠이 밀려왔다. 그믐날 밤. 빛이라고는 전혀 없는 완전한 어둠 속에서 '어두운 밤' 축제가 시작된 것이다. 몽환적 상태에서 구로카이의 목소리가 낭랑한 주문처럼 들려왔다.

"만물은 어둠 속에서 태어난다. 어둠은 이 땅의 모든 것을 만든다. 이 세상 끝 네무로에서 우리는 새로운 세상을 만들어야 한다. 새로운 땅, 새로운 사람, 새로운 사랑, 새로운 행복을 찾아야 한다…내 몸 안의 신을 만나라. 신은 내 몸 안의 슬픔과 아픔, 희열과 행복이 모두 소진되었을 때 그 끝에서 너는 만날 것이다. 참신을 만나면 그때 진정한 자신의 행과 불행을 조절할 수 있다. 부끄러워 마라! 원래의 자신으로 돌아가라….”

뿌연 연기 속의 신도들이 몽환적인 분위기 속에서 알몸이 되어갔다. 이곤도 주체할 수 없는 욕망이 끓어오른다. 자신을 완전히 내던지는 물아일체가 되는 느낌. 어느샌가 그들 사이에 들어가 있다. 몸이 엉키고 마음이 엉키기 시작한다. 귀에는 계속되는 구로카이의 목소리가 들려온다.

“사랑하라. 받아들여라. 신을 맞이하라. 내 몸과 네 몸 내 영혼과 네 영혼이 완전히 하나가 되어야 영접할 수 있느니라. 하나가 되어라. 서로 나누어라. 모든 것을 끄집어내라. 그리고 버려라!”

구로카이는 사람의 몸 안에 화이트홀과 블랙홀이 있다고 했다. 그것은 우주에도 있고, 지구에도 있고, 사람의 몸속에도 있다고 했다. 블랙홀과 화이트홀은 그 끝이 서로 물려있어 무한 반복한다고 했다. 단, 동성이 아닌 자웅이 함께 완전한 사랑을 나누었을 때 블랙홀로 들어가 화이트홀로 새로운 몸인 자식을 남긴다고 했다. 사랑이 완벽에 가까울수록 우수한 DNA를 남긴다. 완전한 어둠일수록 완전한 사랑과 완전한 블랙홀이 열린다.

이곤이 눈을 떴을 때는 눈부신 아침이었다. 몸은 개운했고 정신은 맑았다. 주변의 신도들은 사라지고 없었다. 무언가에 홀린 기분이 들었다. 지난밤 무슨 일이 있었을 거란 생각은 들었지만, 어느 순간부터 도대체 기억할 수 없었다.

"좀 어떠신가?"

고개를 돌렸다.

구로카이였다. 그의 뒤로 후광이 비쳤다. 창을 통해 들어온 햇살이 근엄하고 신비로운 분위기를 자아냈다.

"어떻게 된 거죠? 무슨 일이 있었는지 전혀 모르겠습니다."

"기억이 나지 않았다니 제대로 축제를 즐기신 것 같군."

"축제는 어떻게 즐기는 것이지요?"

"아무런 생각이 나지 않게 즐기는 것이지. 생각이 난다면 슬픔의 문을 열어버린 것이고….."

"슬픔의 문을 열기도 합니까?"

"문을 잘못 여는 이도 있긴 하지. 드물기는 하지만….."

"기억이 나지 않는 것은 무엇 때문입니까?"

"GHB같은 마약을 쓴 것은 아니니까. 걱정하지 않아도 되오. 그렇지 않아도 일본후생노동성 홋카이도 후생국 마약취체부에서도 몰래 '어두운 밤'축제에 숨어든 경우가 있었소."

"그래서 어찌 되었습니까?"

"마약 성분은 검출하지 못했고, 잠입했던 두 사람은 신도가 되어 매번 행사에 참석하고 있소. 인간은 행복하기 위해 사는 것이란 걸 깨달은 거지."

구로카이는 '어두운 밤' 축제에 대해 더는 말해 주지 않았다.

*

"JS그룹과 예닌 대통령이 연관이 있긴 있는 모양이군. 정보관 말해보게."

"그렇지 않아도 JS그룹에 대한 첩보가 있어 3개월 전부터 추적을 해오고 있습니다. 첩보는 크렘린에서 받았습니다."

타구치는 그동안 JS그룹과 이웅 회장에 대한 조사를 차분하게 설명한다.

이웅 1962년생. 현재 JS그룹 회장. 어린 시절 정보는 현재 미확보. 개명한 것으로 보임. 미국 뉴욕대에서 광고학 전공. 미국 광고전문회사 입사. 이후 한국으로 돌아와 광고, 출판, 토목, 건축, 부동산개발, 자원개발, 플랫폼 사업으로 사업 영역 확대하여 JS그룹 만듦. 사업 규모는

연 매출 800억 5000만 달러 규모로 파악되고 있음. 가족 관계는 부인과 이혼 현재 독신임. 자녀는 아들만 둘인 것으로 확인. 차남은 JS그룹 블라디보스토크 사업본부장 겸 그룹 과장으로 근무하고 있으나 장남은 확인 안 됨. 현재 사업 중인 극동 지역 자원개발 사업과 인프라 구축사업, 수산물가공 사업 운영 중. 반도체 파운드리 공장은 신축 중. 플랫폼 사업에도 진출 중임. 기업인으로서 극동 지역에서 절대적인 위치에 있음. 특이 사항은 남쿠릴열도 4개 섬 중 하보마이 군도를 제외하고 3개 섬 개발 사업임. 3개 섬에는 해안선 정비 및 쓰나미 방호장벽 설치 등 개발을 본격화하고 있음. 거주용, 상업용 현대식 건물이 들어섬. 규모로 볼 때 대대적인 이주 계획이 있을 것으로 분석됨….

정보로는 대규모 산업단지와 주거 단지를 조성하는 것으로 보였다. 하필 인프라가 형편없는 북방영토에 대규모 산업단지를 건설하는 것인가? 북방영토 반환 의지를 꺾는 동시에 국토개발을 시도하는 것인가?

타구치는 흥미로운 첩보를 꺼냈다.

"그런데 이웅 회장이 만나는 여자 중에 올가라는 여자가 있습니다."

"올가?"

"올가라는 여자가 예닌 대통령의 여동생이라는 첩보가 있습니다."

미야기는 뭔가 구체화하는 느낌이다. 예닌과 이웅의 밀

약 가능성이 컸다. 예닌-올가-이웅으로 이어지는 삼각 구도다. 외부로부터 침입을 막아내려는 단단한 카르텔 같았다. 삼각 구도에는 무슨 비밀이 담겨 있을까.

"좀 더 파악해 보게. 특별하군."

미야기는 이웅 회장 자체가 미스터리하다고 생각했다. 어릴 때 정보가 없는 것이 그랬다. 정보의 단절은 개명한 탓이기도 했다. 부모를 모르니 원래 재벌가 자식인지 아닐지도 모른다는 얘기다. 타구치는 재벌가는 아닌 것으로 분석했다. 재벌가였으면 정보망에 쉽게 파악되었을 것이다. 개천에서 용이 났다는 것이다. 오히려 그것이 부담스러웠다. 맨손으로 저 정도 사업가가 된다는 건 예사로운 인물이 아니라는 것이다.

"뒤만 캘 게 아니라 일본과 사업을 하자고 한번 불러보는 것도 나쁘지 않을 것 같은데 어떤가?"

"그것도 좋은 방법인 것 같습니다. 준비해서 보고하도록 하겠습니다."

"그건 그렇고."

미야기는 이어서 올림픽을 꺼냈다. LA 올림픽 이야기는 자연스럽게 Q 이야기로 옮겨갔다. Q는 여전히 골칫거리였다. 일본의 고민은 Q가 한국과 밀착되었다는 것이다. 그러나 그가 JDZ협약 만료일까지 한국을 도울 수 있는 물리적인 시간은 이미 지났다. 가능성과는 별개로 지질을 조사하고, 지각 변동을 일으킬 일련의 과정 준비에는 적지 않은 시간이 필요했다. 그런데도 미국은 여전히 그를 제거하려 한다. 첫 번째는 올림픽을 위해서고, 두 번째는 국제질서 관리라는 대명제에서였다. 미야기는 Q 카드를 고민한 적이 있었다. 일본의 장래를 위해 능력을 활용할지에 대한 고민이었다. 결국, 일본은 미국과 같이 제거를 결정했다. 일본에는 계륵이지만, 한국과 중국이 품으면 세계 곳곳에서 황금알을 낳을 수도 있기 때문이었다.

"한국은 여전히 적극적이란 말이지?"

한국은 여전히 Q를 가지려 했다. 미국과 팽팽한 기 싸움도 여전했다. 일본은 미국이 제거해 준다면 최상의 결과를 얻게 될 것이다.

미야기 총리는 판이 커지고 있다는 것을 느꼈다.

"방위대신 JDZ 협정 만료일에 맞춘 해상자위대 작전은 이상 없겠지요?"

니시무라 방위대신은 당연하다는 표정이었다.

"그렇습니다. 오늘도 사세보기지에서 출동 및 해역 방어 훈련을 했습니다. 해양보안청과 함께하는 작전 훈련입니다."

"그러니까 6월 22일 0시에 JDZ를 접수할 수 있도록 다시 한번 점검하세요."

"예, 그리하겠습니다."

"중국 해군은 움직임이 없습니까?"

"중국해군도 링보 동해함대 사령부 예하 부대가 훈련 중인 것으로 알고 있습니다. 당일 0시를 기해 해상 배치가 이뤄질 수도 있을 겁니다."

미야기는 더는 한국이 포기하길 기대하지 않았다. 그렇다고 선심 쓰듯 뭉텅 선을 새로 그어 지분을 넘겨줄 수도 없었다. 일본의 여론이 허용할 리 없는 일이었다.

"문제는 한국이 아니겠습니까? 도대체 포기할 생각이 전혀 없으니, 충돌 가능성이 충분하다 할 수 있지요. 지난번 교전 시뮬레이션에서는 일본이 우세인 것으로 나왔다지요? 그런데 변수라는 게 있지 않소? 변수를 어떻게 보시오?"

"총리님. 해군 전력은 일본과 중국이 대등하고 그다음 한국 순이라고 자평합니다. 하지만 현대전은 해군력만으로 전력을 평가하긴 곤란합니다."

방위대신은 공군은 물론이고 육군도 함께 움직인다는 걸 성명했다. 특히 한·중·일 군사 강국의 경우에는 미사일과 드론, 무인 로봇 전단 전력이 변수로 작용할 가능성을 우려했다. 육상에서 극초음속 미사일, 집속탄, 중력탄을 쏠 경우 사실상 요격이나 회피가 어려워진다. 그나마 제트기류라는 변수가 있긴 했다. 제트기류는 목표물 타격 정확성을 떨어뜨릴 가능성이 있다. 그럼에도 한국의 미사일 전력이 만만찮아 확전이 된다면 일본에 심대한 타격을 줄 수도 있다. 특히 한국해군에는 아스널함이 3척이나 있어 위협적이다. 현무급 미사일을 1500발을 한꺼번에 쏠 수 있어 바다를 떠도는 벌집 통이라 할 수 있다. 단, 그나마 다행한 것은 중국의 JDZ 개입이다. 한국과 맞대결을 벌이면 전쟁 가능성이 커지지만, 중국이 개입하면 3국이 견제하는 구도라서 전쟁 발발 가능성은 급격히 감소한다.

"그렇게 만만하게 볼 일이 아닙니다. 전쟁 가능성은 충분합니다."

옵서버로 참석한 도쿠시마 아오 통합막료장이 이견을 제시했다.

"어떤 근거로 그렇게 생각합니까?"

"전쟁 억제력은 군사력에도 있지만, 민간인 살상이 발목을 잡기도 합니다. 즉, 민간인이 전혀 없는 JDZ는 부담 없이 싸울 수 있는 공간이기도 합니다. 특히 3국은 대규모 함대를 동원하겠지만 최일선에는 무인 로봇 전단과 드론 전단을 배치할 가능성이 큽니다."

인명 피해가 적을수록 교전 가능성이 크다는 도쿠시마의 이야기를 듣던 미야기가 고개를 끄덕였다.

"인명 피해도 없어 사이버 게임을 하는 느낌이라면, 훨씬 개전하기가 쉽다는 뜻이군."

"무기 시장에 내놓을 신무기 홍보의 장이 될 수도 있고요."

미야기 총리는 한숨을 크게 내쉬었다. 여전히 현실은 잦은 지진으로 불안해하는 국민, 북방영토 반환은 점점 멀어져가고, 동중국해 JDZ도 한국이 절반 분할과 협정 연장을 집요하게 주장하고 있다. 한국을 제압하려면 중국과 공동 전선을 펴야 했다. 하지만 미국의 감시 눈초리는 여전하다. 북한 카드를 사용하는 것이 좋을까? 휴전선 근처에 군사적 움직임을… 아니면 대륙간 탄도 미사일 시험 발사를? 하지만 북한이 응할 가능성은 적다. 북한도 언젠가는 합쳐야 할 땅의 일부라 생각하기에 JDZ를 뺏기려 하지는 않을 것이다.

*

　엎친 데 덮친 격으로 미야기 총리의 새로운 고민이 하나 늘었다. 그것은 대마도였다. 일본에서는 관심에서 멀어지는 땅이라면, 한국에서는 소유하고 싶어 하는 땅이다. 일본인 거주인구는 계속 줄고 있다. 먹거리도 빈약했다. 국민 실구매 GDP는 2017년을 기해 한국이 일본을 추월했다. 명목 GDP 또한 이미 작년에 한국에 추월당했다. 그러던 차에 대마도에 사는 '사토'라는 고등학생 유튜버가 장난 삼아 한 투표가 문제의 발단이었다. 대마도가 일본으로 남아 있기를 원한다, 한국으로 편입하기를 원한다를 놓고 대마도민을 대상으로 한 인터넷 투표였다. 결과는 놀라웠다.

　문항은 1번 '일본으로 남아야 한다.' 2번 '한국으로 편입되어야 한다.' 3번 '대마도 북부는 한국, 남부는 일본으로 분리하는 것이 좋다.' 4번 '어디에 속하든 관심 없다.'였다.

결과는 1번 13%, 2번 8%, 3번 5%, 4번 51%였다. 투표는 재미 삼아 시작했지만, 일본 정부는 심각하게 받아들였다. 겉으로는 한국 네티즌이 공격 명령에 따라 일제히 투표에 참여했다고 별스럽지 않은 듯 깎아내렸다.

사토의 생뚱맞은 도전은 새로운 것은 아니었다. '하필학파'에서 오래전부터 주장해 오던 미래정치 패러다임이 있었다. 하먼과 필립 교수는 민주주의도 사회주의도 수명이 다했다고 주장했다. 그렇다고 전제주의인 중국식의 정치형태도 성공할 수 없다는 것을 지적했다. 국가의 새로운 트랜드는 국가가 국민을 선택하는 것이 아니라 국민이나 지역 공동체가, 때에 따라서는 거대 자본이 국가를 선택하는 시대가 온다는 것이다.

미야기의 불안감도 그랬다. 대마도가 만약 국가 선택에 대해 고민하게 된다면, 오키나와가 반응할 가능성이 커진다.

국가 간의 전쟁으로 나라를 세우거나 망하는 것이 아니라, 국민의 선택을 많은 받은 나라는 국력이 커지고, 반대가 되면 패망하는 새로운 국가 패러다임이 출현할지도 모른다. 절대적 빈곤보다 상대적 빈곤이 더 무섭다는 것이다. 일본과 중국의 고민이 시작됐다. 갈등의 씨앗은 조건이 맞을 때 싹을 움트게 마련이다.

정치가 국가를 만들고 지탱하는 것이 아니라 경제가 국가를 만들고 지탱하는 세상이 도래한다면, 세계는 이합집

산의 세상이 될 가능성이 커진다. 사람에게 국가 선택권이 생긴다면 가난하거나 정치적인 핍박을 받는 나라에 살 이유가 사라지기 때문이다. 그 전제 조건은 보편적 핵 무장이다. 국가 대부분이 핵 무장을 하는 시대가 온다면, 정치 군사적 대국은 몰락하고, 경제적 대국이 부상할 가능성이 크다.

*

현세현 원장은 미국이 마나도에서 Q를 참수하려다 실패했다는 사실을 넌지시 끄집어냈다. 셀레나 정보장은 Q에 대해 시치미를 뗐다. 지난번 인도네시아 마나도 참수 작전은 전혀 모르는 일이라고 했다. 현 원장은 셀레나 국장에게 마지막 통보를 했다. 'Q에 손 떼지 않으면 미국의 마나도 작전을 언론에 공개할 수도 있다.'

펠튼은 펄쩍 뛰었다. 극비리에 한 작전을 한국이 알았다는 것을 심각하게 받아들였다. 한국이 확보한 증거가 어느 수준인지도 불확실했다. 펠튼은 영국의 M16을 의심했다. 한국이 직접 알았다기보다는 M16으로부터 입수했을 가능성이 컸다.

"누가 한국에 정보를 준 겁니까? 그리고 그게 공개되면 어찌 되는 줄 아시오!"

"M16이 아닐까 합니다."

미국은 작전을 모르는 일이라고 발뺌할 수도 있지만, 한국이 알고 있는 정보 수준에 따라서 역풍을 맞을 수도 있다. Q를 간절히 원하는 한국과 즉시 제거해야만 하는 미국의 대처법은 전혀 달랐다.

"막으세요. 작전이 알려지면 올림픽도 대통령선거도 다 날아갑니다."

펠튼과 셀레나는 협상을 고민했다. 셀레나는 애초 한국이 손을 쓰기 전에 전격적으로 제거할 생각이었다. 증거를 없애면 한국도 어찌할 수 없다는 것이다. 하지만 펠튼은 생각이 달랐다. 한국이 물러나게끔 조건을 제시하자는 것이다.

펠튼이 두려워하는 것은 Q가 아니라 박한 대통령이었다. Q는 아직 능력을 검증하지 못했다. 가능성이 있지만, 실패할 확률이 더 높다는 것이 전문가 의견이다. 박한이 두려운 것은 만약 JDZ를 한국의 뜻대로 가져간다면, 다음은 절대적 지지율과 경제적 능력을 활용해 핵 개발을 완성할 게 우려되었다. 한국 능력으로 볼 때 핵 개발은 단순한 시간 싸움일 뿐이다. 아직 핵 개발 명분을 막기 위해 주한미군을 주둔시키고 있지만, 한국은 언젠가 미군이 한국을 떠날 것이란 사실을 잘 알고 있다. 경제 제재 압박에도 죽기 살기로 핵 개발을 하겠다고 달려들면 마땅한 제어 장치가 없다. 이미 커져 버린 한국의 경제력을 제어하기란 만만치 않다. 그렇다고 한국을 누르기 위해 현실적인 적 중국과 손잡을 수도 없는 노릇이었다.

변수도 존재했다. 한국과 타이완이 공동 핵 개발을 추진한다는 첩보가 꽤 오래전부터 있었다. 양국은 비밀리에 프로젝트를 진행해온 것으로 의심되었다. 양국의 가장 큰 무기는 반도체였다. 세계 시장을 석권하고 있는 양국이 반도체를 무기 삼아 핵 개발을 진행한다는 것이다.

"한국과 타이완이 핵을 보유한다면 중국을 막을 가장 큰 방패가 되겠지요?"

펠튼은 핵의 긍정적인 부분도 염두했다. 중국의 꿈을 꺾는 방법으로 이이제이를 쓸 것인가였다.

"타이완이 핵을 보유하는 순간 중국의 타이완 점령의 꿈은 그것으로 사라지게 됩니다."

"문제는 핵확산과 미국의 입지 변화겠지요."

"그렇습니다. 핵을 가지는 순간 중국은 제어 가능해지지만, 한국과 타이완 일본까지 우리와는 반 발짝 멀어지게 될 겁니다."

펠튼은 고개를 끄덕거렸다.

"셀레나 국장 직접 협상을 하세요."

하와이 호놀룰루에서 현세현 국정원장과 셀레나 정보장이 만났다. 양국 정보수장의 관계는 머쓱했다. 악수하면서도 얼굴 한가득 정치적 웃음을 흘렸다. 수비적인 포커페이스 대신 공격적으로 상대를 교란하려는 의도였다.

셀레나가 먼저 입을 뗐다.

"진주만에 다녀오셨다면서요?"

"진주만은 참 아름답더군요."

눈결 셀레나는 1941년 진주만 공습을 떠올렸다. 평화
롭던 진주만의 파란 하늘은 검은 화염으로 덮였고, 바다는
붉게 물들었다. 일본 제로기의 기습 공격으로 함대는 처참
하게 침몰했다.

"아름다움에는 그만큼의 아픔이 있기도 합니다."

셀레나가 과거의 아픔을 얘기하는 동안, 현세현은 미래
의 아픔을 떠올렸다.

"결국, 미국을 위해서 Q는 제거되겠군요. 일본과 함
께…."

셀레나는 웃었다. 그리고는 담배를 꺼냈다. 현세현은 담
배를 거부했다. 셀레나는 다리를 꼬고 앉았다. 담배를 피
우면서 말을 이었다.

"세계평화를 위협한다면 선택해야 하지 않을까요?"

미국의 결정을 막지 말라는 뜻으로 해석됐다. 세계를 주
무를 수 있는 권한은 오로지 미국에만 있다. 미국은 세계이
고 세계는 곧 미국이다. 과거 소련도, 일본도, 지금의 중국
도 미국 즉 세계와 싸우다 뭉개진 꼴을 보았지 않았느냐?

"현 원장님. 미국과 한국의 이익이 부딪치고 있습니다.
좋은 해결책을 가지고 오셨습니까?"

셀레나의 방향전환에 현세현은 대뜸 미국의 잣대를 꼬집

었다.

"미국의 우방은 일본입니까? 한국입니까?"

"대관절 그걸 왜 물으십니까? 양국 모두 우방이라는 건 잘 알고 있지 않습니까?"

셀레나는 어물쩍 넘겼다.

"그것 또한 선택하셔야 할 때가 되었다고 생각합니다. 그리고 선택하셔야 하고요. 그래야 우리도 해결책을 내놓지요."

현세현은 셀레나를 몰아붙였다. 지금도 여전히 일본과 함께 Q 제거 작전을 펴고 있다는 것을 상기시켰다. 셀레나는 일본과 합동작전은 DNI에서는 있을 수 없는 일이라고 했다. 일본이 Q를 제거하려 한다는 첩보는 들은 적이 있지만 한 번도 함께 작전한 적은 없다는 것이다.

기 싸움은 계속되었다.

셀레나는 미국이 Q를 제거하려 한다고 근거 없는 소문을 내기라도 한다면, 반대급부로 박한 대통령이 곤경에 처하게 된다고 경고했다

셀레나의 강수에 현세현은 불쾌한 내색을 했다.

"협상이 아니라 경고하러 오신 거라면 일어나겠습니다."

셀레나는 웃는다. 생각대로 만만찮은 정보수장이었다. 박한과 결이 비슷했다. 펠튼도 박한을 다루기 어려워하던 것이 배팅 능력이었다.

"미국 조야에서 쓰는 농담이 있습니다. 킴!, 팍! 이렇게 말입니다."

"킴, 팍? …김씨, 박씨 뜻인가요?"

"그렇습니다. 골치 아프다는 뜻입니다. 노스 코리아의 킴, 사우스 코리아의 팍 모두 다 말입니다. 핵과 관련되어 있기도 하고요. 이제는 '현'도 넣어야 할 것 같습니다. 킴! 팍! 켠!"

셀레나는 한국의 핵 개발과 Q 제거를 협상 조건으로 꺼냈다.

*

박한은 턱에 손을 괴고 집무실을 바장거렸다. 현 원장의 보고가 마음에 걸렸다. 희망과 함께 받아들이기 껄끄러운 과제를 안고 돌아왔다.

미국은 JDZ 절반을 나눠 한국과 일본에 넘겨줄 테니 한국이 Q에서 손 뗄 것을 제안했다.

'JDZ를 일본과 반반으로 나누게 해준다면, Q에서 손 뗀다고 약속 해줘야 합니다.'

미국으로서는 과한 제의였다. 반반을 가를 수 있는 권리는 어디에도 없었다. 일본으로서는 내정 간섭이자 권리 유린일 수밖에 없다. JDZ 절반 분할 건은 일본을 설득할 수 있느냐의 문제가 남아 있다. 일본이 동의할 가능성은 적어 보인다. 버티면 내 것이 되는 바다를 굳이 한국과 나누어 가질 이유가 없다. Q의 능력을 믿지 못한다면 더욱 그럴 것이다. 한국이 미국의 제의를 받아들이거나, 뿌리치면 예정대로 Q를 제거하려 할 것이다.

박한이 고민하는 동안 선택의 기회는 사라졌다. 일본은 JDZ 분할에 대해 명확한 거부 의사를 표시했다.

미국은 다른 조건으로 한국의 핵 개발을 들고 나왔다.

'한국의 핵 개발은 허용할 수 없습니다. Q는 지구 파괴자입니다. 다만, 핵 개발을 중단한다면 Q를 사용할 기회를 한번 드리지요. 단, 딱 한 번뿐입니다.'

이율배반적이다. 파괴자를 쓸 기회를 주겠다는 것이다. 미국의 제의를 들어주는 것은 곧 국익과 함께 도덕적인 문제가 발생한다. 핵 개발은 협상의 여지가 남아 있다. 타이밍의 문제일 뿐이다. 하지만 나 살자고 누군가를 희생시키려는 것이다. 국제정치로는 정당성이 부여되지만, 국가 대 국가가 아닌 국가 대 개인의 일이다. '국가를 위해서'라는 지고지순한 대의명분으로 얼마나 많은 사람을 희생시켰는가. 토사구팽하겠다는 것이다. 그렇다고 미국의 제안을 무턱대고 거절하기도 어려웠다.

미국은 올림픽 전에 JDZ에 섬이 만들어지는 데는 반대였다. 망망대해에 섬이 생기면 더욱 치열한 쟁탈전이 벌어질 것이다. 그런데도 섬 만들기에 도전할 권한을 주겠다는 것은 또한 어떤 의도일까? 미국 영향권을 벗어나려는 일본에 강력한 경고의 의미일까?

Q는 어떻게 진행되더라도 제거 대상으로 굳어졌다. 제거는 어찌할 수 없는 상수인가? 미국과 일본을 위해서는 사라져야 하고, 수몰 위기 국가를 위해서는 살아남아야 했다.

현세현 원장도 미국의 태도에 의구심을 가졌다. Q 사용 권한과 핵 개발을 맞바꾸자는 것은 무게 중심이 맞지 않았다.

"심증이기는 합니다만 Q와 미국의 물밑 접촉이 의심됩니다."

"미국이 이중 플레이를 하겠다는 건가요? Q와 한국을 각각 속여서… 핵 개발 저지와 Q 제거를 모두 하려는 계획을 세울 수도 있겠지요."

Q가 생존을 위해 미국과 타협할 가능성을 염두에 둔 것이다. 그걸 현 원장이 우려하고 있었다. 미국은 Q를 한국에 넘겨주고 한국의 핵 개발을 저지한다. 동시에 Q에게는 한국의 JDZ 프로젝트에 응해주는 척 시늉만 하고 실패하도록 한다. 그렇게 하면 원천기술을 폐기하는 조건으로 살려주겠다고 협상을 했을지도 모른다는 것이다.

"Q가 일부러 실패할 수도 있다는 것이군요?"

"그렇습니다. 생존을 위해서는 우선 살고 볼 수도 있겠지요. 하지만 결국은 미국이 Q를 제거할 겁니다."

박한은 Q가 미국과 접촉을 했을지라도 자신의 꿈을 버리지 않을 것으로 판단했다. Q에게는 버릴 수 없는 꿈이 있었다. 뮤제국의 부활이다. 21세기에 새롭게 탄생한 '뉴뮤'라는 국가를 만들고 싶어했다. 그의 저서 뮤의 역습에 그는 꿈이 고스란히 담겨 있었다.

현 원장은 박한이 이미 Q를 꿰고 있다는 사실에 놀라는 눈치다. 릴리아나의 영향이었는지 만난 적도 없는 존재의 생각을 얼추 유추해낸 것이었다.

"그래도 자신의 목숨이 달린 문제인데도 피하지 않고 당당할 수 있을까요?"

"릴리아나를 보면 Q를 알 수 있지요."

현 원장은 박한의 뉘앙스에서 예전부터 릴리아나를 마음에 두고 있을 수도 있다고 생각했다. 박한에게 영부인 후보가 하나 더 는다는 것은 선택의 여지가 넓어지는 동시에 선택이 어려워진다는 뜻이다. 그것이 Q의 처리에 주저했을지도 모른다. 대통령이 결정을 주저한다면 문제를 키울 수 있다. 릴리아나에 대한 마음이 단순한 호감인지 그 이상까지도 염두에 두는지는 아직 알 수 없었다.

"우선 Q를 JDZ에 활용해보고 미국을 다시 설득하는 것이 좋을 것 같습니다."

박한은 JDZ를 얻고 Q를 살리는 방안을 고심했다. Q의 마음이 진심이라면 박한은 또 다른 꿈을 꿀 수도 있다고 생각했다. 설령 JDZ를 놓치더라도 Q를 살릴 수 있다면, 더 큰 미래가치를 남기는 것이다.

"Q의 기술을 믿는다는 뜻이군요. 나도 미국이 이렇게 제거하려고 집착하는 걸 보면 기술을 어느 정도 검증했다고 생각합니다. 그게 아니라면 무고한 인간을 킬 하려 하겠습니까?"

"그럼 어쩌시렵니까?"

"기간 단축에 대한 해법을 알고 있다고 하니 믿고 기다려 봅시다."

현세현은 박한의 생각이 궁금했다.

*

그동안 진행해온 Q를 통한 JDZ 수호 프로젝트는 난관에 부딪혔다. 미국과의 협상은 답보 상태였다. 미국의 스텐딩오더로 마나도 참수 작전이 진행된 바 있었다. 당한 것은 Q의 대행이었다. 그 일로 Q는 몸을 꼭꼭 숨겼다. 최근에는 소재 확인을 위해 국정원, CIA, CIRO… 모두 상대 정보원을 추적하는 꼬리잡기 놀이를 벌이고 있었다.

"소재 확인은 된 겁니까?"

허훈 안보실장이 물었다.

"최종 확인은 마쳤습니다. 다만 그를 움직일 방법이 현재로는 마땅치 않다는 것입니다."

현 원장도 답답한 마음을 꺼냈다.

"미국 때문인가요?"

"그렇습니다. 또 다른 축으로는 일본도 있고요. 일본 CIRO 요원도 혈안이 되어있습니다."

"일본 내각은 왜 큐를 사용하지 않고 버리려 할까요?"

큐의 기술을 쓰기가 어려웠을 것이다. 일본 연근해에서 큐의 기술을 쓴다는 자체가 도박일 수 있다. 그것으로 인해 일본열도의 지각이 흔들리기라도 한다면, 내각도 함께 흔들리게 될 수밖에 없다는 것이다. 내가 쓰지 못할 카드는 아예 없애 버리겠다는 것이다.

침묵했던 박한이 Q의 소재가 궁금했는지 입을 열었다.

"Q가 있는 곳은 어디지요?"

"필리핀 남서부로 보입니다. 구체적인 지역은 대통령께 별도로 보고 드리겠습니다."

박한은 Q가 안쓰럽다는 표정이었다.

뉴뮤를 재건할 남태평양은 제 몸 하나 숨길 곳이 없었다. 신변 안전을 지켜줄 만한 확신이 없었을 것이다. 한국은 사업과 신변 안전을 도모할 만했다. 하필이면 시점이 미국의 LA 올림픽과 대선에 겹쳤다. 미국은 필사적이었다. 결국, 필리핀 이슬람 반군 지역으로 숨어든 것이다. 하필 필리핀에 갔을까? 마젤란이 살해당한 곳을… Q가 만든 회사 CPM도 콜럼버스, 피사로, 마젤란의 머리글자로 마젤란 이름이 마지막에 들어있었다. 삶의 마지막이라 생각하고 그곳으로 가진 않았을 텐데….

박한의 관심사는 촉박한 상황이나마 Q를 마지막 카드로 쓸 수 있느냐였다. 시선은 자연스레 대통령에게 모였다. 대통령의 결단을 기다린다는 눈빛이다.

6

헤라클래스 죽이기

2028년 5월 31일 오전 10시 부산 북항에서 '바다의날' 행사가 진행되고 있었다.

북항에 보안 요원이 깔렸다. VIP가 온다는 뜻이다. 먼저 온 국회의원, 해양수산부장관과 부산시장이 보인다. 23대 국회가 어제부터 개원해서인지 국회의원 2일 차 새내기 초선의원들은 유독 활기찼다. 해군군악대의 팡파르가 울리며 입구 쪽에서 봉황문양의 승용차가 들어온다. 차는 붉은 카펫 입구에 정차했다. 경호원의 경호 대형이 펼쳐진다. 박한 대통령이 모습을 드러낸다. 올해 나이 39세의 박한 대통령은 싱그러운 웃음을 지으며 차에서 내려 손을 흔들었다. 대통령이 바다의날에 직접 부산까지 행사하러 온 것이었다.

대통령은 축하연설을 위해 단상에 올랐다. 바다가 보이는 접안시설에는 한국의 항공모함 김구함이 보인다. 그 옆에는 한·중·일 크루즈인 파라다이스드림호가 정박해있다.
대통령은 축하연설을 시작했다.

"자랑스러운 대한민국 국민 여러분. 그리고 부산시민 여러분 대한민국 제21대 대통령 박한 인사드립니다. 여기 부산은 대한민국 물류의 상징이자, 한국전쟁에서 쓰러져가던 대한민국을 다시 일으켰던 시발점이기도 한 곳입니다. 이런 부산에서 저는 오늘 약속과 당부의 말씀을 드리고자 합니다. …먼저 저는 지난해 대통령 후보였을 때 제가 건 공약을 지키려 합니다. 지금 상황은 좋지만은 않습니다. 하지만 그것은 저의 의지와 저를 믿는 국민 여러분의 뜨거운 격려가 있다면 극복할 수 있으리라 생각합니다. 그것은 잘 아시다시피 JDZ 수호입니다. JDZ는 제주도 남쪽에 자리 잡은 과거 제7광구라고 불리던 한일공동개발구역을 뜻합니다. 그동안 일본과의 공동개발을 위해 노력해 왔으나, 이제 다음 달 22일이면 조약이 만료됩니다. 이대로 조약이 만료된다면 우리 대한민국에게 재앙이 될 수도 있습니다. 그래서 저는 어떤 가능성도 모두 열어 두고 JDZ 수호를 위해 모든 노력과 역량을 쏟아부을 것입니다….'"

박한의 연설은 쾌도난마였다. 그만큼 위험한 연설이기도 했다. 역대 대통령이라면 스스로 책임을 지고 불구덩이 속으로 뛰어들겠다는 자충수를 두지 않았을 것이다. 오히려 고도의 정치적 발언으로 요리조리 빠져나갔을 것이다. 젊은 지도자는 출구전략 대신 정면 돌파를 시도했다.

연설은 한국과 특히 일본 정치권에 충격을 주었다. 일본 언론은 여러 경로를 통해 대통령의 정확한 선언 의미를 알기 위해 분주했다. 지상파와 공중파 방송은 예정에 없던 긴급 대담프로그램을 편성했다. 대담의 주요 쟁점은 대통령이 천명한 JDZ 수호를 위해 전쟁까지 불사할 것인가였다.

대통령의 의중이 정치적이라는 해석을 하는 쪽에서는 곧 있을 국제해양법재판소에 한국 측이 제소한 'JDZ 의무 불이행에 관한 건' 판결에 영향을 주려는 것으로 해석했다. 세계 여론을 유리하게 만들면서 일본 정부를 압박해 대화 테이블에 나오게 만들기 위해서라는 것이다.

그런가 하면 대통령이 직을 걸고 국가를 위해서 승부를 던졌다는 주장이 나왔다. 대통령이 마지막 수단으로 전쟁도 불사한다는 해석이다. 차기 대선 주자들은 실패하면 하야하겠다는 뜻이라고 아전인수로 해석했다. 성공을 바라는 국민과 실패를 바라는 차기 대선 주자들….

*

논란은 한국보다 일본이 더 뜨거웠다. 일본 정부는 곤혹스러웠다. 조용히 삼키려던 JDZ를 공개 진열대에 올려놓고 해결해야 하는 부담을 걸머지게 되었다. 일본 언론도 뜨거워지기 시작했다. 군국주의자들은 한국 대통령의 발언을 망언으로 규정하고 대대적인 시위를 준비했다. 미야기 총리는 노회했지만, 투우사 같은 노련함 만으로 한국의 젊은 대통령의 패기를 감당하기에는 벅찼다. 미야기의 지지 파벌은 고작 56석으로 전체 400석에 비하면 소수에 불과했다. 파벌 지지가 약한 탓에 퇴진 주장이 빈번하게 나오는 터였다. 약 3주 후면 일본의 바다가 될 JDZ를 한국의 젊은 대통령이 순순히 포기 않겠다는 의지를 또다시 표명한 것이다. 미야기는 나아토 관방장관을 불렀다.

나아토 관방장관은 미야기 총리의 마음을 읽었다. 타구치 정보관과 니시무라 방위대신, 도쿠시마 통합막료장을 총리 관저로 들어오라 통보했다.

"먼저 조치하셨군요. 수고하셨습니다. 관방!"

미야기 총리는 나아토 관방장관에게 감사를 표했지만 내심 불쾌했다. 관방이 총리 의견도 묻지 않고 심기를 다 읽었다는 듯이 관련자를 부른 것이었다. 그것은 총리 권한에 도전을 의미했다. 그러나 현실은 나아토 관방이 가지고 있는 계파는 80명에 이르렀다. 계파의 저변이 약한 미야기 총리는 관방에 권력을 일부 양보한 듯 보인다. 애초부터 총리는 나아토 관방의 연합 계파의 지원을 등에 업고 출범했다. 총리의 목소리는 범 나아토 계파와 크게 다르지 않았다. 그래서 미야기 총리의 별명은 '복화술사'였다. 똑같은 표정 똑같은 입 모양에서도 여러 이야기가 나온다는 뜻이다.

총리 집무실로 타구치 정보관과 니시무라 방위대신, 도

쿠시마 통합막료장이 들어왔다.

"어서들 오세요. NSC(국가안전보장회의)에 앞서 먼저 실무 최고 책임자의 의견을 듣고 싶어 보자 한 것이니 조언 바랍니다."

나아토 관방은 시가 케이스에서 시가를 꺼내 케이스 위를 톡톡 친다.

"한 대 피우시죠?"

미야기 총리의 심기가 편안한 것을 눈치채고는 담배를 권했다. 총리는 20년 전에 담배를 끊었다. 그러다 국가 중대 결정 사안이 있을 때면 한 대씩 피우곤 했었다.

"총리가 심지가 약해 압박감을 느낄 때마다 담배를 피운다는 얘길 듣고 싶진 않소. 먼저 이번 동중국해 JDZ를 어찌 하는 게 좋겠소?"

미야기 총리가 의견을 묻자 나아토 관방은 도쿠시마 통합막료장을 쳐다봤다.

"통합막료장께서 군사행동에 대한 의견을 밝히는 것이 좋을 듯싶소만?"

통합막료장은 이미 여러 차례 보고한 일본, 한국, 중국의 전력 분석 대신 시뮬레이션을 준비했다. 동중국해에서 일·한 또는 일·중·한 3국이 해상 대결을 벌였을 때를 가정한 것이다. 도쿠시마 통합막료장은 시뮬레이션 영상을 시작했다.

미야기 총리의 표정이 만족스러웠다.

"통합막료장, 이렇게만 만들어 주시오. 그럼 더 바랄

게 없소."

미야기 총리에 비해 니시무라 방위대신은 표정이 그리 좋지 않았다.

"통합막료장! 시뮬레이션은 통쾌하게 마무리되었지만, 우리 자위대는 방어 위주의 훈련을 해왔지 않소. 만약 한국이 JDZ 해역을 선점하고 있을 경우도 유리하게 전개 가능하시오?"

도쿠시마 통합막료장은 섬이 아닌 바다라는 것에 방점을 찍었다.

"마땅한 지적이십니다. 하지만 우리는 섬을 탈환하는 것이 아닙니다. 바다에서 선점은 의미가 없습니다."

도쿠시마 통합막료장의 설명에 대부분 수긍했지만, 유독 니시무라 방위대신은 그렇지 않았다. 딱히 아니라고 할 수는 없지만 깔끔하게 수긍할 수는 없었다.

"모두 알다시피 JDZ는 역사상 유례가 없는 아주 특이한 대결 구도입니다. 적이 하나가 될 수도 있고 둘 또는 셋이 될 수도 있는 상황입니다. 한국은 일본과 중국을 각각 적으로 상정하고 준비를 한 것으로 알고 있습니다. 하지만 우리와 중국은 하나일 수도 있고 둘일 수도 있습니다. 한국은 전면전까지도 불사한다는 방침이 이미 서 있습니다. 준비를 잘하셔야 할 겁니다."

방위대신은 플랜B로 준비해왔던 비장의 카드를 점검했다. JDZ에서 고전할 경우를 대비한 카드였다. 도쿠시마 통합막료장에게 플랜B 준비를 확인했다.

"수륙기동단 훈련은 잘되고 있소?"

"지난달부터 훈련을 강화했습니다. 그동안 쿠릴, 센카쿠, 다케시마 탈환 훈련을 해왔지만, 지금은 다케시마로 특정하여 훈련하고 있습니다."

수륙기동단은 양동작전을 하기 위해 훈련해왔다. 자위대라는 수비형 부대에서 유일하게 공격형 훈련을 받은 특수부대였다. 적진을 강습하거나 섬 또는 육지에 상륙하여 장악하는 임무를 수행한다.

"훈련 잘 시키시오. 변수에 즉각 대비할 수 있도록 말이오."

니시무라 방위대신의 준비에 미야기는 흐뭇했다. 하지만 절대 열세가 절대 우세를 뒤집는 것이 전쟁이기도 했다. 미야기는 한국이 일본과 중국을 동시에 감당할 때는 절대 열세지만 쉽게 생각하면 낭패를 당할 수 있다는 것을 강조했다.

보고를 마친 도쿠시마 통합막료장은 자리에서 일어났다. 그러자 미야기 총리는 그를 다시 자리에 앉혔다.

"통합막료장은 잠깐 남으시오."

타구치 정보관의 보고를 통합막료장도 공유해야 한다는 뜻이다. 전시를 대비해 종합적인 시각이 필요했다. 전쟁은 장수의 몫이지만, 정치 환경도 알아야 하기 때문이었다.

"정보관 보고해보세요."

한국은 박한 대통령의 바다의날 연설 이후로 민의가 움직이고 꿈틀댔다. 서울 광화문에서 주말이면 대규모 규탄 시위가 벌어지고 있다. 특이한 것은 애초 정치, 경제문제로 정권퇴진 운동을 벌이던 시위가 위안부, 강제징용 시위와 합쳐지며 자연스레 대일 규탄 집회로 변질했다. 한국 정부가 민간주도의 시위에 JDZ라는 폭발성이 강한 인화 물질을 던진 것이라 할 수 있다. 의도적인지는 분석 중이다. 시위는 지방의 대도시로 다시 중소 도시로 파급되고 있다. 한국 정부로서는 대통령 탄핵의 덫에서 벗어날 절호의 기회를 만난 것이다.

"한국 대통령이 부럽군. 그 젊은 친구가 부럽다는 말일세."

미야기 총리는 호흡을 가다듬듯 조용히 한숨을 쉬었다.

"다음은 국내 문제입니다. 지난해 아소 화산 폭발 이후로 일본 지질에 대한 국민의 불안 심리가 증폭되고 있습니다. 화산과 지진이 그 이후로도 계속되었고 통계로도 최근 5년 사이에 일어난 화산과 지진의 빈도나 규모가 눈에 띄게 증가한 것도 사실입니다…."

지진에 대한 우려에도 불구하고 미야기 총리의 표정은 어둡지 않았다. 믿는 구석이 있었다. 오전에 도쿄대 지질학 교수 안도 박사로부터 지질 연구 보고를 받았기 때문이었다.

"그건 아시다시피 내일 안도 박사가 일본 지층에 관해 연구 결과를 발표할게요. 그동안 연구를 진행했는데 결과가 좋아요."

미야기 총리는 웃으며 안도 박사의 연구에 만족감을 나
타냈다.

*

2028년 6월 2일 도쿄 도쿄대학교 기자회견장에는 일본
을 비롯한 외신기자들로 북적였다. 오전 10시에 발표를 앞
둔 안도 박사는 연구실에 대기하고 있었다. 공교롭게도 지
난밤 도카이 해상에서 진도 6.9의 지진이 있었던 터라 국
민의 불안은 증폭되어 있었다.

안도 스바시 박사가 기자회견장에 모습을 드러냈다. 카
메라 플래시가 섬광처럼 연이어 번쩍였다.

"동경대에서 지질학을 가르치고, 지구 판 구조 이론을
연구하고 있는 안도 스바시입니다. 오늘 이렇게 많은 기자
분이 오신 걸 보면 국가적 또는 국제적 관심이 크다는 걸
느낄 수 있습니다. 그럼 제가 그동안 연구해온 연구 결과
를 말씀드리겠습니다."

안도 박사는 화상 자료를 중심으로 설명을 시작했다.

"결론부터 말씀드리자면 일본열도는 바다 밑으로 침강
하지 않습니다."

실내가 웅성거렸다. 일본열도가 침몰하지 않는다는 단
호함에 나지막한 희망의 탄성이 함께했다.

일본열도는 일본 국민이 불안하게 생각하는 만큼 불안정하지는 않다. 다만 조금 활달하다는 것이 불안을 만든 것이다. 이것은 활달하게 움직이는 아이는 스트레스가 높지 않은 것과 같다. 조용하게 있지만, 스트레스를 차곡차곡 받은 아이는 언젠가는 폭발하게 마련이다. 오히려 그것이 무서운 것이다. 그래서 지금 일본열도는 침강의 전조로서 지진과 화산이 잦은 것이 아니다. 대폭발과 대지진으로 가기 전에 적절하게 힘을 빼 가면서 응력을 조절하고 있다.

판구조론으로 본 일본의 위치를 보면, 일본열도는 서쪽의 유라시아판의 끝에 자리 잡고 있다. 북부는 북아메리카판, 남쪽은 필리핀판, 동쪽에는 태평양판이 있다. 지구의 판은 크게 해양판과 대륙판으로 구분된다. 같은 해양판이나 대륙판끼리 만나면 서로 힘겨루기한다. 대표적으로 인도판과 유라시아판이 서로 부닥쳐 힘겨루기한 결과 생겨난 것이 히말라야산맥이다. 에베레스트산은 8858m나 되는데 아직도 힘겨루기가 끝나지 않았다. 언젠가는 1만 미터가 넘는 산이 나올 수도 있을 것이다. 그러나 대륙판과 해양판이 만나면 해양판이 고개를 숙이고 밑으로 기어들어 간다. 그래서 태평양판과 필리핀판은 유라시아판과 북아메리카판 아래로 섭입되고 만다. 그리고 섭입대 위로 마그마가 생성되어 지표로 나오면 화산폭발이 되는 것이고, 섭입이 거칠게 진행되면 응력이 모였다가 일시에 작용하여 지진이 되는 것이다.

171

잦은 지진과 화산폭발은 이런 상호작용이 정상적으로 작동되고 있다고 보면 된다. 그리고 늘 관심과 불안의 대상이었던 일본열도 침몰은 태평양판과 필리핀판이 열도 밑으로 들어가며 장기적으로는 땅을 오히려 밀려 올리고 있다는 것이 연구 결과였다.

안도 박사의 설명이 끝나자 기자들의 질문이 이어졌다.

"도쿄방송 겐지 기자입니다. 어제와 같은 도카이 지진도 불안해 할 것이 아니라, 오히려 안정화 되는 것으로 이해해야 하는 겁니까?"

"그렇습니다. 평소 과묵하던 사람이 참다 참다 끝내 성을 내면 폭발적이고 위험하듯이, 스트레스를 그때그때 적절하게 푸는 것이 지금의 일본열도 지진입니다."

TV를 통해 중계를 보고 있는 미야기 총리 입가에 미소가 번졌다.

'안도 교수를 정치에 입문시켜야겠군.'

"마이니치 사토 기자입니다. 조용한 것이 위험하다고 하셨는데 그럼 조용하지만, 위험한 곳은 어디라고 생각하십니까?"

"국내에서는 화산 대부분 활동성을 지니고 있어 대폭발 가능성은 적습니다. 굳이 지적하자면 일본은 아니지만, 영향을 줄 수 있는 곳으로 백두산을 들 수 있습니다. 백두산은 대형 화산임에도 조용하게 응력을 키워온 화산입니다."

미야기 총리는 흡족했다. 국내 불안을 국외로 시선을 돌려 버리는 안도 교수의 정무 감각이 세련되어 보였다.

"만약 백두산이 폭발한다면 우리 일본에는 어떤 영향을 줄 거로 생각하십니까?"

"백두산은 궁극적으로 북한과 중국 러시아 남한에 영향이 큽니다. 일본의 경우 계절에 따라 다르기는 하지만 홋카이도가 화산재 영향을 받을 가능성이 있습니다. 그렇게 되면 항공기 운항에 문제가 되고, 햇빛을 가리게 되어 기온이 내려가서 그로 인해 농업에 영향을 줄 겁니다. 물론 장기적으로는 산성화된 토양을 중화시켜 옥토를 만드는 데 도움이 되기도 합니다."

"아사히 고마 기자입니다. 박사님 오사카대 니시무라 교수는 안도 교수님과는 반대 이론 즉 일본 침강론을 펴고 있는데 여기에 대해 한 말씀 해주시지요."

"니시무라 교수는 아시다시피 세계적인 지질학자이십니다. 그분 나름의 의견은 있을 수 있으나, 저는 이번 연구에 저의 명예를 걸었습니다. 언젠가 같이 만나서 토론을 하는 것도 좋을 것 같습니다."

질문이 쇄도했지만, 기자회견은 서둘러 정리되었다. 안도는 회견을 마치며 혼자 중얼거렸다.

'이제 내 몫은 끝났다. 일본열도는 언젠가는 침몰할 수도 있다. 다만, 그전에 정치, 경제와 기후가 일본을 침몰시킬 것이다.'

*

2028년 6월 5일 JDZ 구역.

일본 큐슈 가고시마 가노야 기지를 출발한 해상자위대 초계기가 선회한다. 한국 제주기지에서는 KF21 전투기가, 중국 상하이에서는 J-20 전투기가 경계 비행을 나선다. 일본 초계기는 한국 전투기를 발견하자 해상을 선회하다 유유히 기지로 돌아갔다.

대통령실은 JDZ에 제집 관리하듯 나타나는 일본 항공자위대 초계기 출현에 강경 대처를 검토했다. 각국의 AID-Z(항공식별구역)가 겹치는 지점에 한·중·일 3국의 군용기가 겹치는 것은 자연스럽기는 하지만, 서로의 주장이 겹친다는 것은 언제라도 충돌할 수 있다는 것을 의미했다. 협약 만료일이 다가오자 일본은 JDZ 장악을 공표라도 한 듯이 행동했다. 그러나 더 이상의 상대를 자극하는 행동은 자제하는 분위기다. 자칫 JDZ에 시빗거리가 생겨서 좋을 게 없었다. 가뜩이나 민감해진 한국을 자극할 필요는 없다. 예기치 않은 충돌이라도 발생하면 다 된 밥에 코 빠뜨리는 격으로 일을 망칠 수 있기 때문이다. 'JDZ는 일본 수역이다'라는 메시지는 주되 충돌할 정도의 빌미를 주지 않는 것이 일본의 기본자세였다.

미야기 총리에 보고하던 니시무라 방위대신이 걱정스럽다는 듯 한국군의 움직임에 대해 되물었다.

"만약 22일 이후 한국공군이 무력시위를 하면 매뉴얼 대로 대응하는 것이 좋겠습니까?"

"매뉴얼 대로 실행해야지."

미야기는 당연하다고 생각했다.

"때에 따라서는 교전도 가능하다는 겁니까?"

"그런 일은 없으리라 생각하지만, 상황이 벌어진다면 그래야겠지. 하지만 한국도 그렇게 쉽게 치고 나오지는 못할 거요. 명분이 필요하기 때문이지. 일본이 국제해양법에 따라 평화적인 점유를 하는 데 한국이 무력으로 점유하긴 어려울 거요. 그것은 국제사회에서 한국이 외교적으로 고립된다는 뜻이 될 테니까."

"꼭 그렇게만 볼 게 아닌 것 같습니다만⋯."

"무슨 뜻이오?"

미야기는 불쾌한 듯 반응했다.

"만약 한국이 JDZ를 더는 점유할 수 없다면 극단적인 카드를 쓸 수도 있지 않겠습니까? 이를테면 해군력과 공군력을 이용해서 해상 점유를 하고, 의도적으로 군사적인 충돌을 유도하는 것 말입니다."

미야기는 니시무라의 뜻을 재빨리 알아챘다.

"그래서 군사적 충돌로 세계 경제가 불안해지고, 공산품 가격이 상승하면 국제적인 경제문제를 해결하기 위해 강대국들이 중재에 나선다. 그러면 중재안으로 JDZ를 반반씩 나누라고 제의한다. 일본은 반대하고 한국은 찬성한다? ⋯

중재안을 거부한 일본은 국제여론의 질타를 받는다….”

“불가능한 시나리오는 아니지 않습니까? 어쨌든 강대국
이 개입하게 되면 한국은 손해 볼 것이 없다고 판단하지 않
겠습니까?”

미야기는 고개를 끄덕였다.

“그건 그렇긴 하네만, 우리는 한국과 시비에 휘말리지
않도록 철저하게 대비하도록 해야 하네. 그리고 베이징에
연락해서 중국과의 약속에 문제가 없도록 관리를 하도록
하시오”

“알겠습니다.”

“그런 일은 벌어지지 말아야 하겠지만 한국이 국지전이
라도 일으킨다면 말일세. 중국이 적극적으로 개입하면 미
국이 중국 개입을 곱지 않게 볼 것이야. 미국이 일·중을 의
심하게 된다면 말일세. 부담스러운 일이지….”

*

베이징 중남해에서 일본과 중국의 비밀회담이 열렸다.
회담 내용은 양국의 극비문서로 처리될 예정이다. 다무라
일본 외무대신 일행과 류타오다이 외교부장이 자리를 함께
했다. 일·중 외교장관 회담은 사실상 일·중 군사회담을 위
한 트릭이었다. 겉으로는 양국의 외교문제를 원만하게 해
결한다는 것이었지만, 속은 달랐다. 본 회담은 JDZ 점령

을 두고 서로 이권 나누기 막바지 조율을 하고 있었다. 배석한 것이 야마모토 츠바사 국토성대신과 장페이 중앙군사위원회 부주석이었다.

그들의 마지막 협상 퍼즐이 맞춰지고 있었다.

'JDZ 협정 만료일을 기해 일본이 JDZ를 장악하는데 중국은 지원한다. 지원은 군사적 외교적 경제적인 것을 망라한다. 일본은 그 대가로 JDZ 경계 또는 일·중 경계수역에 위치한 롱진(야스나로), 돤차오(구스노키), 텐와이텐(가시), 춘샤오(시라카바) 유전의 관할 및 소유권을 인정한다. 또한, 일·중 EEZ 중첩지역 3곳에 중국의 인공섬 구축을 인정한다….'

"류타오다이 부장님 이제는 얼마 남지 않았습니다. 마무리하는 것이 좋지 않겠습니까?"

"당연합니다. 다무라 대신님! 저희 주석께서도 기대가 크십니다. 양국의 관계 진전만이 미래를 꿈꿀 수 있습니다."

다무라는 류타오다이의 의례적인 말치레에 미소 지었다. 그리고는 군사적인 지원에 대해 주제를 넘겼다.

"중국에서도 동해함대를 위시해 북해함대, 북부전구에서도 사전 훈련이 있는 거로 알고 있습니다. 미국이 개입할 가능성에 잘 대비해 주시기 바랍니다."

류타오다이는 대답과 함께 일본의 대응을 슬쩍 건들었다.

"중국은 정상적으로 움직이고 있습니다. 일본은 미국이 개입하더라도 중국과 연합전선에서 빠지면 안 됩니다. 그래서는 결과를 내기가 어렵지요. 일본도 언제까지 미국의 눈치를 볼 수만은 없는 것 아니겠습니까? 이제 세계의 중심은 동북아시아입니다. 일본도 능력에 걸맞게 중국과 함께 세계의 중심이 되어야 하지 않겠습니까?"

다무라는 류타오다이의 속내를 들여다봤다. 중국의 목표는 동중국해에서 교두보를 확보하고, 동중국해가 시끄러울 때 전격적으로 타이완을 점령하려는 것이다. 동중국해가 시끄러우면 시끄러울수록 효과적이다.

"미국이 개입하면 오히려 중국이 빠지겠다는 출구전략처럼 들립니다."

다무라의 의외의 일격에 류타오다이는 버럭 반응했다.

"출구전략이라니요? 무례하십니다."

마지막 단계에서 신뢰 문제가 걸렸다. 중국은 일본이 미국의 눈치를 벗어나지 못하리라 생각했다. 일본은 중국이 적당한 핑계로 군사행동에서 빠지면서 타이완에서 실리를 챙길 거로 생각했다. 동상이몽이었다.

양국 대표의 논의는 계속되었고 원론적인 이야기가 되돌이표처럼 돌고 돌았다. 회담은 한차례 휴회를 했다.

일본은 50년을 버텨왔다. 한국에서 끊임없이 제기하는 공동개발 요구는 지하자원이 맹탕이라서 경제성이 없다는 주장을 무한 반복했다. 동시에 막대한 양으로 예상되는 석유, 희토류 등의 자원을 독차지하기 위한 노력을 계속했다. 학자에 따라서는 JDZ에 매장된 석유의 양이 사우디아라비아보다 많다는 이야기도 공공연하게 알려진 사실이다. 미야기 총리가 지지율 상승과 집권연장 필승 패로 JDZ를 잡은 것은 당연한 일이다.

중국은 79년을 기다려 왔다. 리신 국가주석은 타이완 점령과 동중국해 교두보 확보로 중국의 굴기를 보여주려 했다. 미국과의 대결에서 이제 한고비를 넘으면 패권의 패러다임을 바꿀 수 있다고 생각했다. 미국을 제압하고 세계 패권국으로 우뚝 설 출발점에 섰다고 상상했다. 미국이 개입하면 대치하는 것만으로도 충분한 가치가 있다. 미국은 LA 올림픽을 앞두고 동북아가 전운에 휩싸이는 걸 바라지 않을 것이다. 그렇다면 미국보다는 중국의 운신 폭이 넓어진다. 이런 상황을 잘만 정리하면 의외의 대어를 낚을 수도 있다.

최종 협약은 조인되었다.

하지만 일본과 중국의 미국 제7함대 사용법은 서로 달랐다.

중국 리신 주석은 동중국해에서 일본과 한국이 전격적으로 해상 충돌을 일으키게 할 작전을 준비시켰다. 명령은 곧바로 원자력 잠수함 기지인 칭다오 제1잠수함기지로 하달되었다.

*

스페인과 모로코 사이의 지브롤터해협에서 6.7 규모 지진이 발생했다. 좀체 발생하지 않은 지역에서의 지진에 사람들은 놀라워했다. 지진은 지하 10㎞에서 발생한 천발지진이었다. 모로코에 비해 피해가 미미한 스페인 언론은 여유 있는 논조였다. '헤라클래스가 기둥을 밀어냈다.'라는 표현으로 유럽과 아프리카 대륙을 상징하는 기둥 이야기를 꺼냈다. 유럽과 아프리카가 너무 가까워질까 헤라클래스가 시기했다는 신화적인 해석이었다.

미국은 달랐다. 지진이 이상하다는 걸 감지한 것이다. P파와 S파의 파형과 지진파가 동심원을 그리며 퍼져 나가는 것으로 인공 지진이었다는 걸 알아챘다.

정보분석실에서 최종적으로 두 가지 가설로 정리했다. 인공 지진의 목적은 첫째 지브롤터해협 인공섬 만들기, 둘째는 우발적 사고였다. 펠튼은 첫 번째 가설을 충격적으로 받아들였다. CIA에서 입수한 '헤라클래스 죽이기'라는 프로젝트를 대입했을 때 상당 부분 가능성이 확인되었다. 그 배후에 Q가 있다는 의심이 일었다.

Q의 '헤라클래스 죽이기' 프로젝트 첩보는 그리스신화로부터 시작되었다.

그 옛날 유럽과 아프리카는 같은 대륙이었다. 그러던 어느 날 괴물 게리온의 소를 잡으로 가던 헤라클래스는 바다를 가로막은 산을 만난다. 그는 산을 부숴서 바다를 열어 지브롤터 해협을 만들었다. 그리고는 남북으로 기둥을 세웠다. 그래서 남았던 흔적이 지금의 유럽의 지브롤터 산이다. 아프리카 쪽 기둥은 명확하지 않다. Q의 상상력은 그렇게 시작되었을 것이다. '헤라클래스 죽이기' 프로젝트는 헤라클래스가 벌려 놓은 두 대륙을 도로 붙이겠다는 뜻이었다. Q가 21세기의 헤라클래스가 되어 두 대륙을 도로 붙이는 것이다. 대륙을 붙이는 용접기술은 Q가 가지고 있다. 지중해 지브롤터해협을 막아 지중해를 지중호수로 만든 다음, 없어진 지브롤터해협에 지브롤터 운하를 파서 수에즈 운하처럼 통행세를 받겠다는 것이었다. 그래서 그곳에 위치한 스페인, 모로코, 영국이 비밀리에 Q를 보호했다. 국제적인 비난을 피하고자 Q가 단독행동을 취하고, 3국은 영해에 운하가 생긴다는 이유로 모르는 척 숟가락을 얻으면 될 일이었다. 황당하지만 Q의 기술이 통한다면 가능할 법도 한 시나리오라는 것이다. 만약 사실이라면 뜬금없이 길을 막고 통행세를 받는 21세기의 첨단 해적이 되는 셈이다.

펠튼은 더는 시간을 둘 수 없다고 판단했다. JDZ에 신경 쓰는 동안 뜻하지 않게 지브롤터에서 의도적으로 보이는 Q의 몸부림을 확인했다. 지진으로 해저에 30m짜리 암초가 솟은 것으로 확인됐다. 최대 깊이 300m의 해협에서는 존재가치가 없었지만, 최초로 지표 위로 암초를 만들었다는 가능성을 발견한 것이다.

*

지브롤터에서 암초를 만들어 낸 사실이 비밀리에 퍼져 나갔다. 수몰위험국에서는 희망의 빛을 보았다며 들뜨기 시작했다. 완전하지는 않지만, Q의 능력은 확인된 셈이었다. 그러나 Q는 몸을 숨겼다.

지브롤터 성과는 한국에도 희망을 주었다. 박한은 방법을 가리지 않고 Q를 데려오도록 지시했다. 하지만, Q가 오려면 미국과 일본의 감시를 피해 감쪽같이 움직여야 한다. 은밀하게 데려오기 위해서는 잠수함밖에 없었다. 문제는 시간이 너무 오래 걸리는 것이었다.

"신 장관님, 잠수함이 어렵다면 다른 방법은 없습니까?"

"잠수함은 최단 거리로 이동하고, 나머지는 항공을 이용하는 것이 좋을 것 같습니다."

국정원은 Q를 설득하기 위해 대면 접촉을 준비했다. 한편 항공으로 한국에 들어오게 하기 위해서는 신분 세탁이 필요했다.

"대면 요원은 누굴 보낼 생각입니까?"

"비밀 요원과 필리핀 다바오 명예영사관 현지인과 함께 보낼 생각입니다."

현세현은 가능한 비밀리에 접촉하려 했다. 미국과 일본

이 눈치채면 일은 틀어진다. 박한은 D-DAY를 잡았다.

　페르난도 다바오 명예영사는 소형 고깃배인 방카를 준비해뒀다.

　요원과 명예영사 집사는 어부 차림으로 방카를 타고 Q가 은신해 있는 이슬람 반군 지역의 섬에 도착했다. 두 사람은 섬에 도착하자 반군 안내인의 안내를 받았다. 우거진 나무 사이로 지나자 Q의 은신처이자 병영이 보였다.

　Q는 수척해진 모습으로 응접실에 나타났다.

　"더운 곳에 오느라 수고 많으셨습니다."

　자리에 앉자 뜨거운 차가 나왔다.

　"한국에는 아아라는 것이 인기라지요?"

　"아! 아이스 아메리카를 아십니까?"

　"릴리가 그러더군요."

　요원은 한국의 계획을 전했다. Q는 고심했다. 미국이 자신을 노린다는 것을 잘 알고 있기 때문이었다. 신변 위험을 감수하고 한국으로 갈지를 생각했다.

　"아예 한국으로 들어가면 완전한 경호를 하겠습니다. CIA가 손댈 수 없도록 말입니다."

　"그게 가능할까요?"

　"가능합니다. 미국은 한국이 민간인을 노리거나 위해를 가했다는 증거를 잡을까 노심초사합니다. 그래서 상대적으로 한국이 보호하면 손대지 못할 겁니다."

Q는 그것은 맞지만, 허점이 있다고 생각했다. 한국도 미국의 강압을 이겨내지 못할 수도 있다는 걸 염두에 두었다.

요원은 타고 갔던 방카를 남겨 두고 은신처를 떠났다. Q가 갈등했지만, 한국에 가는 것을 동의했고, 작전일시를 알려주었다.

*

2028년 6월 5일 CIA에서는 새로운 작전을 수립하였다. 상부로부터 올림픽 개막 이전에 Q를 제거하라는 '조용한 참수' 명령이 내려왔다. Q가 필리핀 민다나오 이슬람반군 지역에 있는 것을 확인했고, CPM사의 시추선이 있는 인근 해역에 있는 거처도 확인을 끝냈다. 그런데 일주일 전부터 거처에서의 움직임이 전혀 파악되지 않았다. 분석실에서는 한국 정부와의 연관성이 있을 것으로 분석했다.

CIA 그레고리 국장으로부터 잠적 보고를 받은 셀레나 DNI 정보장은 한국의 막다른 선택을 주의 깊게 관찰했다.

"거처를 뜬 겁니까?"

"움직임만 없을 뿐 거처를 떠났다는 증거는 없습니다."

"한국에서 Q를 보호하려 들 겁니다. 신중해야 합니다."

셀레나는 Q 제거는 또 다른 문제를 가져오리라 생각했다. 한국과의 관계가 악화할 것을 우려했다. 일본이라는 우방은 남겠지만, 한국이라는 우방은 멀어질 것이다.

"JDZ가 시효 만료되면 일본이 대부분을 차지한다는 말씀이시군요?"

"그렇습니다. 그래서 한국이 그냥 넘어가지는 않을 거라는 거지요."

셀레나의 말에 그레고리도 확전을 우려했다.

"중국도 JDZ를 탐내고 있는 것으로 보이는데, 판이 점점 커지는군요."

셀레나가 CIA 활동 강화를 주문했다.

"중국이 차지하는 일은 없어야겠지요. 한국, 일본이 차지하는 것은 당연하지만, 중국이 차지하게 된다면 문제가 커집니다. 베이징 활동을 강화해야겠습니다."

그레고리는 일본과 중국의 거래를 의심했다.

"중국이 직접 JDZ를 차지할지는 두고 볼 일입니다. 아마 일본과 다른 딜이 있을 겁니다."

셀레나는 한국의 대응을 우려했다. 박한이 미국의 주문에 응할 생각이 없다는 것이 불안했다. Q를 제거하는 순간 한국은 반발할 것이다. 그리고 미국의 Q 제거 사실을 공개할지도 모른다. 국익을 위해 판단하겠지만, 미국이 생각하는 한국의 국익과 한국이 생각하는 국익은 달랐다. 박한은 여전히 전쟁 불사를 외치고 있다. 빈도나 강도로 볼 때 정치적인 발언은 넘어선 것으로 판단된다. 일본이 한국 야당에 손을 써 나서 교전까지 가지는 쉽지 않을 거로 보는 시각도 있었다. 문제는 박한이 독단적 선택을 할 경우였다.

"한국이 국제법을 위반해가며 전쟁을 불사한다면 문제가 큽니다. 잘 설득 해야 할 텐데 말입니다."

그레고리도 생각이 같았다.

"한국 행정부에 강력한 메시지를 줘야지 않겠습니까?"

"위험한 장난을 하지 말라고 경고하란 소리군요. 한국이 듣지 않는다면 대책이 있어야 합니다. 무턱대고 경고한다고 들을 한국도 아니고요. 자칫 내정 간섭으로 생각하면 관계가 급속히 냉각될 수도 있어요. 핵 문제도 여전히 남아 있고요."

미국은 한국이 동중국해에 섬을 만들려는 시도를 무산시키기로 했다. 섬과 망망대해는 차원이 다르다. 분쟁을 일으키더라도 섬이 있으면 명분도 집착도 강해지기 때문이었다. 문제는 올림픽을 목전에 두고 있다는 것이다. 자칫 일이 일그러지면 낭패다. JDZ 만료일은 6월 22일이고, 올림픽 개막은 7월 21일이었다.

셀레나는 Q를 제거하더라도 정작 다른 곳에서 문제가 불거질 것을 우려했다.

"중국은 타이완을 함께 노릴 겁니다. 타이완이 핵 무장을 하기 전에 통일해야 하려면 지금이 기회라고 생각할 겁니다."

"그렇지 않아도 칭다오 핵잠수함 기지에서 한급 092 핵잠수함이 사라져서 유심히 관찰 중입니다."

말레이시아 보르네오섬 사바주 산다칸으로 국정원 요원
이 파견되었다. Q가 잠수함으로 말레이시아로 넘어오면
그때부터 신분을 위장해서 산다칸공항을 이용해 한국까지
함께 오기 위해서였다. 한국 잠수함이 은신처 해역에 가기
위해서는 아직 38시간이 필요했다.

Q는 한국 요원이 남기고 간 잠수 장비로 잠수 훈련을 반
복적으로 연습하고 있었다.

비장한 눈빛이 그의 처지를 말해 주고 있었다. 자신의
지난 시간을 돌아보면서 생각에 잠겼다. 한국에 가면 오
랜만에 릴리도 만날 수 있다는 생각에 절로 기분이 좋아졌
다. 한편 한국 JDZ 의뢰 건 이후를 생각했다. 더는 미국
이 자신을 노릴 수 없는 거물이 되어야 했다. 그러기 위해
서는 한국을 지렛대로 삼아야 한다. 그것이 꿈의 세상인
뉴뮤를 만드는 가장 확실한 방법일 테다. Q도 미국의 눈
밖에 나고 싶지는 않았다. 다만 공교롭게도 한국과의 거사
는 미국 LA 올림픽을 앞두고 잡혀있다. 미국은 자신이 이
곳에 있는지 알고 있으리라 생각했다. 어차피 이곳마저 안
전하지 않다면 한국으로 가는 것이 옳을 것이다.

2028년 6월 6일 오후 10시 술루해를 잠항하고 있는 특
수 목적 잠수함 김시현함에서는 UDT 요원들이 초조하게

작전 시간을 기다리고 있었다. 오랜 훈련을 반복했지만, 실전에 투입되는 것은 처음이었다. 실전에는 늘 변수가 있게 마련이었다. 그 변수 중에 가장 피하고 싶은 것은 미군과의 조우였다. 그 경우 전투를 할 것인지 말 것인지가 모호했다. 어느 한쪽이 사격을 시작하면 교전이 벌어질 것이다. 동맹국 특수전 부대끼리의 교전이라는 초유의 사태가 어떤 파장을 일으킬지….

팀장은 대원에게 주의를 환기했다.

"반복한다. 미군과의 교전은 피한다. 다만, 먼저 사격을 할 경우는 응사한다."

세계 최강이자 우방인 미군과 교전을 벌일 수도 있다는 사실에 모두 긴장했다.

"미군과 조우 가능성이 있습니까?"

"우리는 은밀하게 움직이고 있다. 미국이 알고 있거나 미군도 작전 중이어서 우연히 같은 시점 목적지에서 맞닥뜨릴 수도 있다. 작전에 대해서 다시 숙지하고 잠시 휴식을 취해라."

목적지까지 도착 예정시간 5시간이다. 막상 휴식을 취하기는 하지만 이미 몸은 긴장하고 있었다. 대원들은 제각각 마인드컨트롤에 들어갔다.

2028년 6월 7일 새벽 1시 30분.

필리핀 남쪽 셀레베스해에서 일주일째 잠항 중이던 미국 핵잠수함 '투싼'에 명령이 떨어진다. 투싼은 필리핀 남부 쪽으로 접근을 시도한다. 미국 정찰위성은 필리핀 서남부 민다나오 타위타위섬의 작은 섬 바칸다쿨라를 관측한다. 섬 안의 섬 바칸다쿨라는 내해 작은 섬이다. 남북 쪽으로만 바닷길이 열려 있어 방어가 쉬운 섬이다.

핵잠수함에서는 소형 침투용 잠수정이 분리되어 나온다. 해안 2㎞까지 접근한 잠수정에서 추진기를 타고 네이버 씰 대원이 3개 팀으로 침투를 시작한다.

새벽 2시 필리핀 남쪽 셀레베스해에서 남중국해로 가던 해군 강습함인 리처드 함에서 델타포스를 태운 특수전 침투용 헬기 2대가 출발한다.

같은 시간 김시현함에서 선발팀이 잠수함을 빠져나간다. 추진기를 타고 목적지인 바칸다쿨라 북쪽 수로를 타고 들어가 섬에 안착해서 위치를 확보했다.

"해달, 위치 확보했다. 방카 확보한다. 갈매기 띄워라… ."

안창호 함에서 드론이 발사되었다. 촬영용 드론이다. 드론이 바칸다쿨라 섬 상공을 비행하며 야간 투시 촬영을 시작한다. Q의 거처로 예상되는 방에 불이 켜진다. 방에서 움직임이 포착된다.

Q를 살리려는 자와 죽이려는 자의 생사의 레이스가 펼쳐졌다. 살리려는 자는 북쪽 술루해에서 죽이려는 자는 남쪽 셀레베스해에서 각각 접근 중이다.

바칸다쿨라 섬 별장에는 이슬람 반군이 경계를 서고 있다. 밤늦은 시간 별장은 어둠 속에 외곽 초소를 중심으로 조명등을 줄지어 서 있고 별장은 고요 속에 묻혀있다. 메인 서치라이트가 별장 주변을 비춘다. 전력 사정으로 비상시에만 가동하던 서치라이트를 비춘다는 것은 이례적이다. 별장에서 중요한 일을 벌이고 있거나 경계를 강화할 필요가 있다는 걸 의미한다. 모로민족해방전선이 관장하고 있는 자치주 별장에 얼마 전부터 외국인이 거주하고 있다는 소문이 돌았다. 모로민족해방전선의 수장인 아부 잔잘라니의 보호 아래 별장 거주 외국인은 호화로운 생활을 했다. 인근 주민들은 그가 누군지에 대해 궁금했지만, 아부 잔잘라니의 비호와 함구로 더는 관심을 두지 않았다. 소문으로는 아부 잔잘라니가 외국인으로부터 막대한 보호비를 받는다고 했다. 실제 아부 잔잘라니가 인프라 투자를 하는 등 최근 들어 부쩍 자치주의 지지기반을 강화하고 있다는 평가다.

"오 마이 갓!"

미국 작전실에서 바칸다쿨라 북쪽 해안에서 움직임을 포착했다. 어둠 속이라 확인은 어렵지만, 특수전 병력이 침투한 모습이다. 작전실은 그들이 누군지를 확인하느라 분주하게 움직였다. 가능성은 Q를 제거하거나, 살리려는 병력 중 하나이다. 일본일까? 한국일까?

"즉시 확인하라! 해역에 활동 중인 잠수함 추적 바란다!"

참수조는 드론을 띄웠다. 북쪽 해안의 잠입 병력의 실체를 확인해야 했다. 그들이 적인지 아군인지부터 확인해야 했다. 괌 기지에 잠수함 추적 조회를 의뢰하는 한편 주한 미국 사령부와 주일미군사령부에 사실 여부를 확인하라고 지시했다.

"팀장님, 잠수함 신호가 잡힙니다."

김시현함 함장은 긴급하게 UDT 팀장에게 알렸다.

"어디 잠수함입니까?"

"정확히는 알 수 없지만, 미국이나 일본 잠수함 같습니다."

"저들도 우리를 인식했을까요?"

"아마 그럴 겁니다. 한국 잠수함이라는 사실은 모르고 있겠지만."

팀장은 고민에 휩싸였다. 적함이 스스로 멀어지지 않고 계속 거리를 유지한다면, 작전 수행이 어려워진다. Q가 방카를 타고 조우 지점까지 나오더라도 접선이 어려울 수 있다. 방법이 없을까?

"국적을 알아볼 수는 없겠습니까?"

"상호적입니다. 우리가 알면 저들도 우리를 안다고 봐야 합니다."

그렇다고 작전에 발목이 잡힐 수는 없었다. 전시도 아닌데 잠수함을 격침 시킬 수도 없는 노릇이고, 머뭇거릴 수도 없었다. 미국이나 일본 잠수함이 아니길 바랄 뿐이다.

"확인합시다."

팀장은 심경이 복잡해졌다. 하필이면 일본 잠수함이었다. 일본 잠수함이 이곳에 온 것은 어떤 의미인가? Q를 노리고 온 것일까? 그건 아닐 것이다. 일본은 자체적으로 잠수함으로 요인 암살 작전을 수행할 능력을 갖추지는 못했다. 그렇다면 무슨 일인가?

"팀장님, 접선 예정시간 30분 전입니다."

무슨 수라도 써야 했다. 일본 잠수함을 따돌려야 했다. 우선 긴급 이동을 시도하기로 했다. 목표지점을 벗어나다가 재빠르게 회항하는 방법을 선택하기로 했다. 그래도 여전히 따라붙으면 의도가 분명한 것일 테고, 그렇지 않다면 우연히 조우한 것일 수도 있다.

괌 기지로부터 통신이 날라왔다. 북쪽 해역에 한국 잠수함과 일본 잠수함이 근접 잠항을 하고 있다는 것이다. 그렇다면 북쪽 해안 병력은 일본 병력일까? 한국 병력일까? 현실적으로 일본 자위대에는 UDT 역할을 할 부대는 없을 것이다, 그렇다면 한국군일 가능성이 농후했다.

미국 투싼 잠수함에서 추진기를 타고 들어온 네이비씰 대원 중 EOD 요원들은 해역에 설치된 폭발물을 점검했다. 전시 상황이 아니기에 기뢰 설치는 없었지만 바칸다쿨라의 별장 진입지역에 부비트랩을 설치해 놓을 수 있다는 것을 염두 했다. 별장의 한쪽은 바다를 끼고 있어 접근을 막기 위한 부비트랩 수준의 폭발 장치 설치 가능성은 있었다. EOD 요원들은 폭발 장애물을 하나씩 제거해나갔다. 이어 섬에 안착한 미국 네이비씰 대원들이 잠수 슈트를 벗고는 경무장을 한다. 7명씩 2개 팀이 각각 자리를 잡았다. 스나이퍼 2명과 침투를 위한 침투조도 위치를 잡는다. 멀리 해상에는 침투용 강습 헬기가 저공비행으로 바칸다쿨라에 접근했다.

"미상의 움직임 포착!"
김시현함에서 띄운 드론이 바칸다쿨라 남쪽 해안에서 작전 중인 병력을 발견했다. 팀장은 즉시 상황을 선발대에 전파했다. 그리고 곧 그들이 미군 참수팀이라는 걸 확인했다. 인근 해역을 항해 중인 리처드 강습함과 그곳을 떠나 바칸다쿨라를 향하고 있는 강습부대 움직임도 포착했다.

우려했던 일이 현실이 되는 순간이다. Q를 확보하기 위해서는 교전이 필요할까? 결단을 내려야 했지만, 팀장이 모든 것을 책임져야 할 것은 아니었다. 팀장은 상부에 보고했다. 교전을 허락할지를 물었다.

미국 작전실에도 결단을 내려야 했다. 이미 구경꾼이 생겨버렸다. 구경꾼의 눈을 피하거나 속여야 한다.

네이비씰 대원은 우선 풍속을 체크하고 저소음 초경량 드론을 띄운다. 점멸 신호가 없는 침투용 드론 카메라로 별장 상황을 살핀다. 별장은 대략 8000㎡ 크기로 안채와 별채가 각각 1채씩 있다. 경비초소는 6군 군데였고, 안채 지붕에는 2곳의 초소가 있다. 초소마다 2명의 경비병력이 있지만, 경계는 느슨했다. 별채는 담벼락에서 30미터쯤 떨어져서 침투가 쉬워 보이지만 안채는 한가운데에 위치해서 접근이 어려웠다.

제1팀장은 수신호로 각자 임무를 부여한다. 1팀은 안채 침투, 2팀은 별채 침투, 3팀은 침투 지원 및 참수 드론 및 침투용 드론 지원. 시간은 3분 뒤인 3시 20분이었다. 1팀장은 마지막으로 작전 및 퇴각 매뉴얼을 주지시킨다. 작전 시간 2분 전. 대원들은 침투 준비를 마치고 목표물을 주시했다.

참수 드론이 모 드론에 실려 밤하늘을 날아올랐다. 모 드론에 비친 영상에 목표물이 들어왔다. 목표물은 어쩐 일인지 한밤중에 샤워하고 있었다. 지난번 마나도 참수 작전에서의 실패를 보강하는 차원에서 모 드론에는 여섯 대의 드론을 실었다. 암살용 모기 드론 2대, 참수 확인용 드론(DNA 채취 드론)으로 신원파악 드론과 적외선 카메라 드론 각 1대, 개척 드론 2대가 실렸다. 문제는 잠을 깊이 자는 것이 아니라 자리에서 일어나 움직이고 있다는 것이었다. 드론이 목표물이 있는 창가에 접근하여 목표물의 신원파악을 시작했다.

신장 188㎝, 체중 75㎏, 검은색 곱슬머리, 귀 뒤쪽 검은점… 일치율 99.9%

본부에서 목표물 확인 신호가 떨어졌다. 즉각 참수 작전에 돌입했다.

개척 드론이 창문 감전 시스템을 무력화시켰다. 모기 드론이 목표물에 접근했다. 순간 목표물은 시계를 보더니 순식간에 방문을 열고 나갔다. 긴급 상황이 벌어졌다. 모기 드론이 접근하기에는 목표물은 빠르게 움직였다. 시간에 쫓기는 사람처럼 허겁지겁 밖을 나간 목표물은 맹그로브숲 길로 들어섰다.

모기드론은 속도를 높였다.

목표물도 빠르게 뛰어갔다.

가까스로 목표물의 등에 안착했다. 이어서 침을 찔렀다.

"윽!"

목표물은 움찔했다.

독극물을 주입했다.

두 번째 드론은 숲길을 통과하다가 속도를 이기지 못해 나뭇가지에 걸려 추락했다.

목표물은 맹그로브숲을 빠져나오자마자 쓰러졌다.

세 번째 드론이 목표물의 DNA를 채취했다. 드론은 다시 모 드론으로 돌아왔다. 카메라 드론은 목표물의 반응을 확인하기 위해 계속 현장에 머물렀다.

목표물의 경련이 심해지면서도 고통스럽게 꿈틀거렸다.

갑자기 개들이 짖기 시작하자 어두웠던 가옥들에서 불이 켜지기 시작했다. 인근 개들이 미세한 드론 소리에 반응해서 짖는 것으로 보였다. 개 한 마리가 짖자 동네 개들이 따라서 짖기 시작한다. 개 짖는 소리에 경비병들은 급히 잠에서 깨어 주변을 수색하기 시작한다. 요원들은 급히 리턴 작동으로 드론을 회수했다. 그리고 개들이 진정하기를 기다렸다. 난감한 순간이다.

'작전은 수행했다. 성공 여부는 아직 확인하고 있다. 그들이 깨어났다. 더는 지체하면 교전을 벌여야 한다.'

'철수하라 교전은 피하고 흔적은 제거하라!'

참수팀은 미처 돌아오지 못한 모기 드론을 자체 소각 모드로 소각시켜버렸다.

경비병은 한 번 잠에서 깨어났기에 경계는 강화될 것이 분명했다. 별장 외곽으로 반군의 수색 부대가 움직이는 것이 포착됐다. 작전은 흔적을 남기지 말아야 하므로 불가피

한 긴급 상황 말고는 전투는 피해야 한다. 요원들은 다시 슈트를 착용하고 잠수를 시도한다. 반군 수색대는 탐색견을 이용하여 외부 침투 흔적을 찾는다.

별장에 불이 켜지고 모든 서치라이트가 가동된다. 외부 흔적을 찾았다는 뜻이다. 곧이어 반군 지역에 비상이 발동됐다.

미국 특수전 부대의 작전은 전격적으로 마무리되었다. 리처드 함에서 출발했던 델타포스와 참수팀도 긴급 복귀했다.

김시현함은 일본 잠수함을 따돌리고 접선지역으로 돌아왔다. 바다 위로 부상한 채 기다렸지만, 선발 침투조와 Q는 시간이 지나도록 나타나지 않았다. 밤하늘 멀리서 헬리콥터 소리가 들려왔다.

한국 UDT는 해안으로 뛰어오다 쓰러진 Q를 발견했다. 독극물 중독 증상을 보이는 Q에 해독제를 놓고는 긴급 철수했다. 반군 병력이 이미 접근하고 있었기 때문이었다. 교전도 피해야겠지만, 의식이 없는 Q를 김시현함으로 이동시키는 것은 생명의 위험이 따랐다. 치료가 급한 그를 무리한 작전으로 자칫 목숨을 잃게 만들 수는 없었다.

7

흰고래호

아침이 되자 아부 잔잘리니는 긴급 발표를 했다. 지난밤 자신의 병영으로 외국 특수전 부대가 침투하여 마르띤이라는 CPM사 회장을 암살하려 했다는 것이었다. 그들의 암살은 실패했다고도 밝혔다. 침투 흔적은 북쪽과 남쪽 모두 있었고, 격추된 암살드론을 확보했다고 밝혔다.

"암살을 기도한 조직은 어디로 보십니까?"

"미국일 것으로 보입니다."

"근거가 있습니까?"

"그렇게 고급 기술을 쓸 수 있는 나라는 미국뿐입니다. 그리고 확실한 증거를 가지고 있습니다."

뛰어난 기술과 장비가 오히려 비밀을 보장하지 못하게 만드는 된 경우였다.

"무엇인지 밝혀주십시오."

"그건 차차 밝히겠습니다. 단, 만약 미국이 그 근거마저 없애려고 무리한 행동을 자행한다면, 즉시 밝힐 것입니다."

박한은 수심 가득한 표정으로 물었다.
"아직도 의식이 없습니까?"
"차도가 없습니다."

그나마 UDT 대원이 현장에서 쓰러진 Q에게 해독 주사를 놓아서 숨은 끊기지 않았지만, Q는 여전히 혼수상태였다. 박한은 필리핀 다바오 병원에 있는 Q를 한국으로 이송할지를 고민했다. 이제는 한국이 Q를 확보하더라도 미국에서 간섭하기는 어려울 것이다. 그들이 민간인을 상대로 참수 작전을 했다는 증거를 한국이 확보했기 때문이었다. 그래도 그랬을 경우 JDZ프로젝트 실행이 공개되는 역효과도 있었다. 혼수상태라고는 하지만 CIA에서 다바오병원에 입원한 Q의 마지막 숨통을 끊는 것은 그리 어려운 일이 아니었다. 이미 릴리아나가 경호팀을 만들어 경호를 맡기고 있지만, 충성심은 확신할 수 없었다. 더 큰 조건이 제시되면 그쪽을 따르는 것도 이상하지 않았다.

릴리아나는 다바오로 떠날 채비를 차렸다. 아버지의 신변 보호는 자신이 직접 챙기겠다는 것이다. 박한은 위험에 노출될 것을 우려해 말렸지만, 릴리아나는 단호했다. 박한은 이미 미행이 있었던 것이 마음에 걸렸다. 물론 모로코에서 보호를 위한 미행이라고 밝혀지긴 했지만, 그마저도

개운하게 오해가 풀린 것은 아니었다. 의뢰인이 왕세자인
지 왕세자비인지도 불확실했기 때문이었다.

현세현이 대통령 집무실로 들어왔다.

"한국으로 이송하는 것이 좋을 것 같습니다."

박한은 반색했다.

"그게 좋겠지요?"

"우리가 확보하고 있어야 생사를 모르게 할 수 있습니
다."

"냉정하지만, Q의 회복과는 상관없이 협상 카드로 쓰자
는 거군요."

선택해야 했다. Q를 회복시켜 JDZ 프로젝트를 완성해
볼 것인가? 아니면 절반이라도 얻어낼 실리적인 협상 카드
를 선택할 것인가…두 가지 모두 한국에서 Q를 보호하고
있어야 가능한 일이었다.

박한은 득실을 따졌다.

"만약 한국에 와서 치료 중 문제가 생기면, 미국이 한국
을 공격할 빌미가 되지 않을까요?"

"한국이 Q의 원천기술을 넘겨받고는 제거해버렸다는 프
레임 말입니까?"

박한은 고개를 끄덕였다. 그럼 서로서로 허물을 덮는 것
으로 협상할 수는 있지만, 한국과 미국의 관계는 어떻게
되는가.

"대통령님! 결국은…"

현세현 국정원장은 침통한 표정으로 Q의 사망을 알렸다.

박한은 Q의 사망 소식을 듣자 절망에 가까운 탄성을 토해냈다.

"오!~ 사실입니까? 확인됐습니까?"

"정보는 정확합니다. 이제 Q를 통해 일을 도모할 수는 없게 되었습니다."

박한의 얼굴이 굳었다. 이내 창백해졌다. 어지러운 듯 눈을 지그시 감았다.

박한은 허탈했다. 미국이 전격적으로 Q를 제거한 것에 분개했다. Q의 안전과 핵 개발 중단 안을 제시했었다. 한국이 결정하기도 전에 미국이 전격적으로 Q 제거를 실행했다. 박한은 한국이 무시된 것으로 받아들였다. 미국은 한국의 핵 개발은 통제 가능한 것으로 판단했다는 뜻이다. 결국, Q 제거를 주장했던 일본의 손을 들어줬다.

박한은 분노를 가라앉히려 애썼다. 분을 삭이고 새로운 도전을 준비해야 했다. 필연적으로 미국과의 거리는 멀어질 수밖에 없었다. 한국의 미래는 동중국해에 걸렸다. 박한은 지도 앞에 섰다. 결코, 넘겨줄 수 없는 바다였다.

"릴리아나도 알고 있습니까?"

"아마 그럴 겁니다. 그래도 알려야 할 것 같습니다."

"그렇게 하세요. 원장께서 직접 예를 갖춰 전달했으면
합니다."

"직접 만나도록 하겠습니다."

"부탁합니다. 위로는 제가 별도로 하겠습니다."

이제 Q는 돌이킬 수 없는 버려진 카드가 되었다. JDZ
를 확보하기 위해서 할 수 있는 것이 무엇일까? 그렇다면
그 마지막 카드라도 써야 하는 걸까? 박한은 Q가 시추전문
가라는 사실에 그가 쓸 수 있는 원천기술에 대해 고민해본
적이 있었다. 원천기술을 가지고 있다면 그 원천기술은 어
떤 것일까?

박한은 집무실로 해양지질학자 강민우 교수와 수중 폭파
전문가이자 EOD 팀장을 지냈던 어대철 중령을 불렀다.

"단도직입적으로 물어보겠습니다. 강 교수님, 해저 지
질을 물리적으로 자극해서 지각 변동을 일으킨다는 것이
가능합니까?"

"거대한 힘을 가한다면 가능할 수도 있겠지요."

"어느 정도의 힘이면 됩니까?"

"사실상 전략핵 정도는 되어야 할 겁니다."

"현실적으로 불가능에 가깝다는 것이군요."

"가능하게 하려면 여러 가지 조건이 맞아야 할 겁니다.
지질 구조가 어떨지, 취약한 곳은 어딘지…."

"그럼 두 분에게 묻습니다. 어떤 사람이 해저에 어떤 자극을 주어서 해저 면이 솟아올랐다고 한다면, 그 사람은 어떤 방법을 썼을까요?"

"인위적으로 할 수 있는 것은 지각에 충격을 준다는 것 말고는 달리 방법이 없습니다."

강 교수와 어 중령은 서로의 얼굴을 쳐다봤다. 두 사람은 동시에 같은 생각을 했다. 지질학자와 폭파 전문가를 불렀다는 것은 폭발력으로 해저지형에 충격을 준다는 걸 의미했기 때문이었다.

"두 분께 숙제를 드리겠습니다. 가능한 방법을 찾아주세요. 시간은 많지 않습니다."

박한은 두 사람에게 해법을 찾으라고 부탁했다.

릴리아나의 눈은 부어 있었다. 박한을 바라보는 눈빛이 슬펐다. 박한과 마주하자 회한의 눈물이 얼굴을 타고 주르르 흘러내렸다.

"미안합니다. 일이 이렇게 되어서 드릴 말이 없습니다. 나를 원망하세요."

"아닙니다. 아빠는 아빠의 꿈 때문에 먼저 가신 겁니다. 대통령님 탓은 아닙니다."

"아닙니다. 제가 찾지만 않았어도 이렇게 빨리…"

릴리아나는 고개를 저었다. 미안해하지 않아도 된다는 뜻이다. 그녀는 고개를 돌려 울먹였다. 좁고 가냘파 보이는 어깨가 들썩인다. 가련한 여인이 눈앞에서 울고 있다. 울음은 소리 나지 않았다. 슬픔이 소리마저 삼켰다.

박한은 조용히 어깨를 토닥였다. 박한의 토닥임에 릴리아나가 가슴에 와락 안겼다. 온몸으로 흐느낌을 전해져왔다. 그렇게 한참을 가슴에 안겨 울었다.

"미안해요. 기댈 곳이라고는 대통령님뿐이라서….."

릴리아나는 빠르게 마음을 추슬렀다. 강단 있게 마음을 다잡은 모습에 박한은 가슴이 뭉그러졌다.

"필리핀 다바오에는 언제 가실 겁니까?"

"어머니가 스페인에서 출발하셨다고 하니까. 저도 오늘 필리핀으로 갈 겁니다."

"필리핀 대사관에 연락해놨습니다. 부담 갖지 마시고 도움을 받으세요."

"감사합니다."

"본국으로 모실 겁니까?"

"어머니와 의논하겠지만 키리바시에 모실 수도 있고, 세비야에 모실 수도 있습니다. 아버지가 콜럼버스가 묻힌 세비야도 사랑했지만, 마젤란처럼 태평양에서 생을 마치는 것도 나쁘지 않다고 늘 말해 왔었거든요."

박한은 Q가 뮤를 사랑했다는 것을 떠올렸다. 릴리아나의 말에 따르면 그는 새로운 세계를 꿈꾸어 온 것만은 분명해 보였다. 그의 회사 CPM처럼 콜럼버스, 피사로, 마젤란이 미지의 세계를 찾아 떠난 탐험가 정복자라면, 그는 미지의 세계를 만드는 창작자인 셈이다. 결국, 미지의 세계를 만드는 대신 미지의 세계로 떠나버렸다. 이로써 신의 영역에 도전했던 Q는 그렇게 떠났고, 릴리아나는 Q와 그의 사업을 위해 한국을 떠났다.

*

대통령실에서 허훈 국가안보실장 주재로 국가안보회의를 열었다.

박한은 김철과 대통령실 뜰을 걸었다.

"공기가 맑아서 좋습니다. 머리가 깨어나는 느낌입니다. 처장님."

"대통령님도 좀 쉬셔야지요. 그동안 젊음을 너무 과신하신 것 아닌가 싶습니다."

"건강은 회복하면 되지만, 결과는 회복할 수 없습니다."

"Q 건은 참 안타깝게 되었습니다. 결국, 대통령님 부담만 커진 것 같아 옆에서 보기에…."

"안타까운 일이기는 합니다. 하지만 상관없습니다. 안 되면 방법을 찾아야지요. 잊으셨습니까? '박한 이병 안 되면 되게 하라!'라고 혼내셨던 그때 그 시절 말입니다."

박한은 애써 웃음 지어 보였다.

"회의에서 좋은 의견이 나왔으면 좋겠습니다."

"나올 겁니다. 안 나오면 내가 생각한 것도 있고…."

박한은 얼굴에 피곤함이 잔뜩 묻어 있었다. 국정에 시달린 흔적이자 공직자로서 최선을 다한 흔적이다. 그 흔적이 쌓이고 쌓여서 훈장이 되었으면 좋겠지만, 건강도 잘 돌봐야 한다. 자신의 건강을 잘 돌보는 것도 공직자의 자세이기 때문이다. Q의 사망 소식에 충격이 컸다. 릴리아나를 위로하고 난 뒤부터 우울했다. 자신의 선택이 소중한 생명을 잃게 했다는 죄책감과 릴리아나에게서 느껴지는 아픔과 연민 때문이다.

박한이 산책하는 동안 국가안보회의는 격론의 장이 되었다. 박한은 자리를 비워줌으로써 대통령의 의견에 좇는 회의가 아닌 자신들의 주장으로 격론을 벌이는 자리를 만들어 주고 싶었다. 일사불란은 모든 결론이 난 이후부터 시작되어야 하고, 그 이전까지는 치열하게 논쟁해야 한다는 것이다. 그동안 대통령의 권위가 얼마나 많은 패착을 만들었으며 결국 실정으로 이어진 경우가 많았는지 박한은 기억하고 있었다.

회의는 매파와 비둘기파의 설전으로 정리되어 갔다.

"대통령께서 JDZ 수호를 천명하셨고, 어떻게 해서라도 대국민 약속을 지키신다는 의지엔 변함이 없습니다. 외교적이든 군사적이든 경제적이든 묘안을 찾아야 합니다. 저는 그것이 군사적인 충돌이라도 필요하다면 해야 한다고 생각합니다."

매파의 좌장격인 허훈 국가안보실장이 의견을 피력하

자, 비둘기파의 좌장격인 정혁 국무총리가 반대 의견을 꺼냈다.

"JDZ 수호에는 모두 찬성하실 겁니다. 하지만 교전까지 확대되는 것은 옳지 않습니다. 야당에서 반대가 심할 겁니다. 한국과 일본은 물론 때에 따라서는 중국을 포함한 교전이 발생한다면 여파는 엄청나게 증폭될 겁니다. 이미 국방이나 경제적으로 덩치가 커질 대로 커진 3대 군사 강국이 교전한다는 것은 세계 경제에 막대한 영향을 줄 것입니다. 교전도 마찬가지입니다. 3국이 가지고 있는 화력은 자칫 동북아전쟁으로 확대될 수 있고, 그곳에 미국이 자리를 잡고 들어오게 된다면 세계대전으로 확대될 수도 있습니다. 끔찍한 일이지요."

신두석 국방부 장관이 정혁 총리 의견에 반대했다.

"국무총리의 말씀대로 모든 가능성이 열려 있는 것은 맞습니다. 하지만 그럴 가능성이 있다는 것만으로 JDZ를 포기할 수는 없습니다. 설령 전쟁이 일어난다고 하더라도 우리의 바다를 일본에 빼앗길 수는 없습니다. 지금도 일본과 중국의 행태를 보세요. 과거 임진왜란이 생각나지 않습니까. 양국이 조선 땅을 두고 할지(割地)를 논의한 것 말입니다. 실리도 얻어야 하지만 정신적인 자부심도 얻어야 합니다. 전쟁을 염두에 두지 않는다면 결국 이득을 얻기 힘듭니다. 패가 약한 쪽이 지는 것이 세상 이치 아닙니까? 대통령께 강력한 패를 쥐여 주어야 승리할 수 있습니다."

정혁도 물러서지 않았다.

"맞는 말입니다. 하지만 국민을 생각해 보세요. 전쟁하고 싶은 국민은 없을 겁니다. 그런 민의를 무시할 수는 없습니다."

"전쟁을 무조건 하자는 것이 아니지 않습니까. 전쟁을 배제한 회담은 처음부터 무게가 실리지 않는다는 것이지요. 당장 다음 세대에서 JDZ를 뺏긴 정권을 뭐라고 평가할까요. 우리는 다음 세대에게 무엇을 남겨 주는 것이고요. 패배감이라는 굴욕적 문화유산을 또다시 남겨야 하겠습니까?"

논의는 계속되었다. 박한은 처음부터 논쟁의 끝을 예상하고 있었다. 논쟁의 끝은 결국 대통령의 판단에 맡기는 것으로 결론이 난다는 것을….

＊

박한은 강민우 교수에게서 Q의 실루엣을 보았다. 그의 보고서에서 희망을 본 것이다. 아주 멀리 흐릿했지만, 분명한 한 줄기 희망이었다. 캄캄하고 굴곡진 동굴 속을 헤매다 아득한 한 점 빛을 본 느낌이다. JDZ 해결에 실낱같은 희망. 가능성은 크지 않았다. 실패하면 비난만이 난무할 것이다. 박한에게는 해봄 직한 모험이며, 가치 있는 도전이었다. 박한은 자신의 입지를 지키기보다 국가의 미래를 열어야 한다고 생각했다.

"그럼 준비를 시작하세요. 시간이 없질 않습니까."

박한은 두 사람의 창의력이 자신의 상상과 비슷한 것에 놀라워했다.

"우선 급한 것은 해저 지질조사입니다. 그러자면 조사선이 있어야 하는데 일본의 감시가 만만찮을 겁니다."

강 교수는 해저에 폭발물을 설치하고 폭발하려면 취약한 지질을 찾아내야 했다. 과거 조사한 자료가 있기는 하지만 자원에 초점을 맞춘 조사였다. 지질에 대한 정밀 조사가 필요했다. 일본의 감시가 문제였다. 예상되는 곳만 포인트로 찍어서 조사해도 바다 위에 장기 정박해야 한다. 그렇게 되면 일본 해상자위대나 해상보안청 제10관구 순시선이 가만히 있지 않으리라는 것이다.

강 교수는 벽을 만난 기분이 들었다. 상상력은 상상으로 끝나고 마는 것인가. 짧은 시간 안에 모든 걸 끝내야 했다. 일본의 감시를 피해서 조사선을 띄우고, 지질조사를 한 다음, 취약한 곳을 폭파해야 한다. 문제는 그 전 과정까지의 난제를 어떻게 푸느냐는 것이다. 강 교수는 Q가 죽기 전에 시간 단축 방법을 알았다는 뜻을 유추했다. 분명 방법을 찾았기에 그런 말을 했을 것이다. 그는 어떤 방법을 생각한 것인가?

유레카! 무슨 생각이 났는지 강 교수가 질문을 던졌다.

"어 중령님 해저에 좁고 기다란 관 안에 폭약을 설치할 수 있겠습니까?"

어 중령도 시추관을 생각해냈다. 하지만 시추관 설치가 음료수에 빨대 꽂듯 그리 단순한 일은 아니었다.

"가능은 하겠지요. 시간만 충분하다면요. 그런데 관을 해저에 박을 시간이 있겠습니까? 모르긴 해도 거대한 시추선이 그곳까지 가서 작업한다는 것은 물리적으로 불가능할 것 같은데요. 일본이 가만히 보고만 있겠습니까?"

어 중령은 일본의 감시 속에서 사전 작업이 가능할지에 의문을 제기했다.

"시추선은 필요 없습니다. 제 기억이 맞는다면 말입니다."

어 중령은 고개를 갸웃거렸다.

"어떤 기억 말입니까?"

강 교수는 흥분되었다. 자신이 생각해도 꽤 기발하다는 생각이 들었다.

"그러니까 과거 1980년대에 일본과 공동으로 JDZ에 시추한 곳이 예닐곱 곳 정도입니다. 그 폐 시추공이 아직 JDZ에 남아 있을 겁니다. 그 위치 도면을 구해서 시추공을 찾는 것이지요. 그것은 어 중령께서 정예 잠수 요원을 지원해야 합니다."

어 중령도 함께 흥분하기 시작했다. 기존의 시추공을 활용해서 그중 가장 취약 지층을 공략하자는 뜻이다.

"폐 시추공은 밀봉된 것으로 알고 있습니다. 밀봉을 뜯고 그 안에 폭약을 설치하는 것입니다. 시추공 깊이가 깊어서 어떨지 모르겠습니다. 전문가이시니까 그 부분은 해결해주세요."

"깊이가 얼마나 됩니까?"

"대략 2000~3000m 될 겁니다."

"예? 그렇게나 깊습니까? 그건 만만치 않은 작업입니다. 사례도 없고, 고민해보겠습니다. 3000m 정도면 최소 폭발력으로도 최대의 파급력을 내게 되겠군요."

"사실 그것도 지각을 흔들 만큼의 깊이는 안 됩니다. 요즘은 10000m 이상까지도 시추할 수 있지만, 그 시절에만 하더라도 대단한 기술이었지요. 아마 대통령께서는 Q라는 존재가 이런 방법으로 지각 변동을 유도한다고 유추하신 것 같습니다. 하지만 유추가 아니라 현실이 되도록 하는 것은 어 중령님이나 제가 해야 할 일이기도 하고요."

두 사람의 대화를 조용히 듣고 있던 박한은 무언가 떠올렸다.

'긴 파이프와 폭약'

박한은 안가 모처에서 비밀프로젝트를 진행 중인 원종균 박사를 불렀다.

*

2028년 6월 9일 오후 3시.

부산 용호만 선착장에는 부경대학교 실습선인 나라호가 출항을 앞두고 있다. 나라호에는 '나라호 100회 출항, 나라의 역사는 멈추지 않는다.'라는 현수막에 축하 휘장이 드리워져 있다. 나라호는 이번이 100회째 출항이다.

선착장으로 승무원이 모이고 도열 하자 이례적으로 검정색 차량 2대가 도착했다. 그들은 승무원과 악수를 하며 환송했다. 나라호가 출항 준비를 마쳤다. 그 시각 나라호 출항을 살피고 있는 눈들이 있었다. 일본 정찰위성과 CIRO 요원들이다. 일본은 한국이 JDZ 협약 시효만료 전에 무언가 작전을 감행할 거란 예측을 하고 있었다. 일본의 감시를 피해 기습적으로 JDZ에 자원 탐사를 할지도 모른다고 의심했다. 설사 공동개발을 위반했다고 일본이 항의하더라도 매장자원이 확인되면 일본의 경제성 없다는 주장을 일축하기 위해서다. 다른 계략은 JDZ를 분쟁지역으로 부각한 다음 실익을 챙기는 계획일 수도 있다. 그래서 관심을 가진 것이 역설적이게도 부경대학교 해양탐사선인 나라호였다. 나라호는 규모는 작고 기능도 제한적이어서 은밀히 움직이기에 적합했다. 한국도 대표 탐사선인 이사부호가 움직이면 일본이 이를 모를 리 없다는 걸 잘 알고 있다. 그래서 일본에서는 이사부호 대신 오히려 지방 대학 탐사 실습선인 나라호를 주목했다.

2028년 6월 9일 오후 3시 30분에 거제도 장목에서는 이사부호가 출항을 시작한다.

'이사부호 2028년 6월 9일 오후 3시 30분 한국해양과학기술원 남해연구소 출항. 승선 인원 30여 명, 항로 불분명 추적 바람.'

'나라호 2028년 6월 9일 오후 4시 부산 용호부두 출항. 승선 인원 30여 명, 한국해양지질연구원, 한국해양과학기술원 5~7명 탑승. 일부 기기 반입 있었음. 목적지 JDZ 예상. 항로는 위성 추적 바람.'

CIRO는 한국이 이사부호를 트릭으로 먼저 제주도 방향으로 출발시키고 그 관심의 공백을 이용해서 나라호를 출항할 거란 걸 예측했다. 출항은 예상과 일치했다.

일본 동경 수상관저에서 미야기 총리는 CIRO의 메모를 읽었다. 한국이 은밀하게 대학 실습선을 개조한 것으로 보이는 나라호와 국가 연구선인 한국해양과학기술원의 이사부호가 30분 시차로 출항했다는 내용이다. 한국 지방 대학의 실습선 하나를 별도 보고하는 것은 이례적이지만 총리로서는 그만큼 신경이 쓰고 있었다. 총리는 JDZ 협정이 만료되는 시점이 다가오자 한국 대통령실 움직임에 대해 면밀하게 감시하여 특별 보고하도록 하달했었다. 이사부호는 일본의 눈을 속이기 위한 것이고, 정작 탐사는 지방 대학 조사선인 나라호가 할 것이란 예측이다.

나라호는 부산 외항을 향했다. 광안대교와 이기대가 점점 멀어진다. 일본 위성은 나라호를 계속 추적하고 있다. 나라호도 일본 위성이 계속 추적하리라 예상하고 있었다. 날씨는 쾌청했다. 황사가 조금 있긴 했지만, 농도가 높지 않았다. 멀리 대마도가 뿌연 형체를 드러내자 선장은 항로를 울산으로 변경했다. 공해로 나간 나라호는 높아진 파고에 롤링을 시작했다. 선장은 기상 점검을 지시했다.

"기상예보가 틀린 건가? 낮부터 비가 내린다더니 화창하기만 한데."

"좀 기다려 보시지요. 바다라는 게 한 변덕 하지 않습니까."

선장이 기상예보에 불신을 표하자 항해사는 여유 있게 대답했다.

배는 계속 흔들렸고 하늘은 여전히 맑았다. 배 안의 선원에 비해 승선 경험이 적은 연구소 연구원 몇몇은 뱃멀미 조짐을 보였다. 울산 쪽 영남알프스 위로 먹구름이 다가오는 것이 보였다.

"먹구름이 여기까지 오려면 얼마나 걸릴 것 같소?"

"상층 풍속이 명확하진 않지만 아마 가지산에서 여기까지가 대략 62㎞ 정도니까 4~50분 정도 걸리지 않을까 보입니다."

"그럼 운항 속도를 10노트 정도 줄이고 구름을 기다립시다."

나라호가 속도를 줄이자 일본 CIRO에서는 신경을 곤두세웠다. 비구름이 몰려와서 한동안 나라호를 덮고 있으면 경로를 놓칠 수도 있기 때문이었다.

"현재 AIS(선박자동식별장치) 작동은 정상적으로 되고 있습니다. 장치를 끄지만 않으면 항로 추적에 문제는 없습니다만, 구름으로 위성 추적이 불가능한 상태에서 장치를 꺼버리면 추적에 혼선이 올 수도 있습니다."

"사카이미나토 미호통신소와 쓰시마에서 해상자위대 레이더로 잡는 건 어떻소?"

"시도는 하지만 선박이 소형이고, 인근 해역에서 대한민국 해군 제1·3함대 합동훈련이 있어 재밍(전파방해)이 심한 편입니다."

위성 카메라에서 나라호의 모습이 구름 속으로 묻혀버렸다. 마음이 조급해진 타구치 정보관은 AIS 신호에 집중했다. 신호는 계속 이어졌고 항로는 북쪽을 향했다. 그렇게 10분이 지났을 무렵 AIS 신호가 끊겼다. 불행히도 예측한 대로였다. 어느 순간 방향을 남쪽으로 틀 것이다. 나라호의 위치는 불분명해졌지만, 목적지는 더욱 선명해지는 순간이었다. '총리께서 걱정했던 대로 JDZ 인가?' 타구치 정보관은 나라호의 추적을 계속 지시했다. 일몰 전에 구름이 걷혀야 한다. 일몰 후에 비가 그친다면 목표물을 놓칠지도 모른다.

"아마 다시 남으로 항해 중일 가능성이 클 걸세, 신호 중단 시점으로부터 최대 항해속도를 고려해서 추적해보게 특히 남쪽으로….."

타구치 정보관은 나라호의 목적지가 JDZ라고 생각했다.

오후 8시 10분 서서히 일몰이 시작된다. 초조해진다. 아직 위치를 확인하진 못했다.

"정보관님 위치가 잡힌 것 같습니다!"

"확실한가? AIS를 다시 가동한 건가?"

"그것은 아니고 다행히도 위성에서 잡아냈습니다."

나라호의 위치가 확인된 것은 경상북도 영덕 앞 해상이었다. 타구치는 의아해했다. 'AIS를 끄고 은밀하게 움직인다면 남쪽으로 가야 했다. 어떻게 북쪽으로 계속 항해하는 건지 머리가 복잡해졌다. 그렇다면 다케시마로 가는 걸까?'

"이사부는 어디쯤 있나?"

"이사부호는 제주를 향하고 있습니다."

"그렇다면 이사부호로 보란 듯이 탐사를 시작한다는 뜻

인가? 어떤 노림수가 숨어 있는 걸까? 아니면 분쟁을 일으키려는 작전일 수도 있긴 하지."

이사부호는 일관되게 JDZ를 향했다. 그런 항로가 타구치로서는 무언가 복선이 깔려 있다는 걸 의심하게 했다. 정부 조사선이 대놓고 JDZ 제7광구를 향한다는 건 정면도전이다. '분쟁을 일으키겠다는 뜻인가?'

이사부호는 제주 동남동쪽으로 계속 이동했다. 방향으로 보면 정확히 JDZ로 향하고 있었다. 일본 정부는 한국측에 이사부 호의 방향에 대해 이의를 제기하기보다는 계속 항로를 추적하기로 했다. 이사부호가 거침없이 항해를 계속하자 해상초계기를 띄워 주변을 선회 비행하며 경계하고 있음을 분명히 했다. 이사부호는 속도를 늦추지 않고 계속 전진했다. 일본은 한국의 의도가 분쟁일 수 있다는 가능성에 무게를 두기 시작했다.

*

그 시각 영도 깡깡이 마을 대평조선소에서 어둠 속으로 배 한 척이 출항한다. '흰고래'라는 선명이 적힌 폐선 직전의 허름한 트롤 어선이다. 어선은 부산 남항의 원양어선 틈 사이를 미끄러지듯 조용히 빠져나와 외항으로 향했다.

흰고래호는 지난 1년간 대평조선소 실내 도크에서 개조를 마쳤다. 외형은 그대로였지만 실내와 바닥은 대대적으로 개조되었다. 흰고래호는 부경대학교에서 2020년 폐선 결정한 실습선 '가야호'였다. 가야호는 해체 대신 국내 대학교 최초로 '모비딕'이라는 해상카페가 되었다. 모비딕은 용호만에 정박하는 동안 부산의 유명 관광 코스가 되었다. 사진 명소로 사랑받던 해상카페는 안전성 문제가 발견되었다. 결국, 2027년 5월 폐선처리가 결정되어 영도 대평 조선소로 옮겨졌다.

한국 정부는 은밀히 일회용 비밀작전에 폐선 활용을 선택했다. 그동안 비밀리에 가야호 개조 작업을 해왔다. 일본의 감시를 피해 해저 탐사 장비를 은밀히 배치하기 위해서였다. 그동안 투입 계획은 번번이 무산되었다. 그러던 중 마지막으로 출항명령이 떨어졌다.

출항 전날 밤 모처에서 컨테이너에 실려온 나무 박스들이 밀봉된 채 실려졌다. 밀봉된 물건은 어창을 가득 채웠다.

흰고래호에 선원으로 위장한 한국해양지질연구원과 한국해양과학기술원의 연구원들이 타는 것으로 출항 준비를 모두 마쳤다.

"우리 흰고래호는 단 1회 출항으로 항해를 마치는 특수목적 선입니다. 물론 단 1회 출항으로 끝나버린 비운의 선박 '타이타닉'과는 다릅니다. 우리는 타이타닉처럼 좌초하지도, 수많은 희생을 만들지도 않을 겁니다. 오히려 대한민국을 살리는 희망의 배가 되길 기대합니다. 그럼 지금부터 승무원과 임무에 대한 설명하겠습니다."

선장은 자신을 해군 소령 김동호이라 했다. 흰고래호는 해군특수전부대 대위 출신 갑판장과 특수전 부대원인 갑판원, 부사관급인 기관장, 통신장, 항해장. 그 외 연구원들을 차례대로 소개되었다.

*

2028년 6월 10일.

요코하마 닛산스타디움으로 일본 젊은이가 몰려들기 시작한다. 한국을 대표하는 뮤지끄엔터테인먼트에서 쇼케이스 형식으로 '음악의 바다로'(To the sea of music)라는 타이틀로 한·중·일 해양도시 순회공연 중이다. K팝 열기는 여전했다. 이곳 공연장을 가득 메우는 데는 오래 걸리지 않았다. 특히 아이돌 최대 팬덤 KJK 공연을 보러온 여성 팬들은 열광했다. 공연 티켓은 6개월 전에 매진되었고, 암표 가격은 연일 치솟았다.

KJK는 무대 뒤에서 닛산스타디움으로 스며드는 엄청난 기운을 느꼈다. 수만 명이 모인 공간에는 열광하는 팬들로 가득했다. 공연 이사는 공연장 분위기에 휩쓸려 무리할까 걱정했다. 팬들의 환호에 빠져들면 목소리 한 옥타브 정도는 쉽게 더 올리기도 했었다. 자칫 성대결절을 걱정해야 하는 것이 라이브공연현장 분위기였다. 그나마 일본은 한국에 비해 조용한 편이기는 하지만, KJK는 일본 소녀들을 흥분시키고 열광하게 만들기에 충분했다.

진행자의 멘트가 깔리고, 시작을 알리는 불꽃과 조명이 스타디움을 흥분시킨다. 소녀들의 고음이 밤하늘로 발사되기 시작한다.

"그럼 여러분의 남자친구, 여러분의 사랑, 바로 나의 남자 KJK를 불러봅니다.

"소리 질러! 뿜~ 뿜."

소녀의 함성이 스타디움을 메아리치며 웅웅거린다.

"만화 속 왕자님을 닮은 나만의 왕자님 보컬 하늘!"

"자 공주님들 소리 질러!"

"긴 생머리 왕자님 보컬 무토!"

"속사포에서 감미로움까지 래퍼 미누!"

멤버 소개만으로 흥분은 이미 최고조에 올랐다.

공연이 시작되자 얼마 지나지 않아 흥분이 지나친 호흡곤란 소녀들이 하나둘 구급차로 실려 나오기 시작한다. 불빛과 조명 레이저가 KJK의 음악에 따라 춤춘다.

나가사와 아야카는 슈코의 휴대폰으로 전화를 한다. 생중계하듯 공연현장을 보여준다. 함성에 공연 소리는 묻히고 떼창과 비명 환호가 뒤섞이며 물결처럼 일렁인다. 화면은 휴대폰 짐벌 기능의 한계치를 넘어 풍랑 위의 쪽배처럼 흔들린다. 엄청난 통화량으로 연결은 반복적으로 버벅거린다. 아야카는 공연을 보러 오지 못한 슈코에게 현장 분위기를 보여 주려 하지만 감질나게 할 뿐이다. 통화를 끝낸 슈코는 아쉬움을 달래며 휴대폰에 담긴 사진을 본다. 사진 속에는 성형외과 광고 모델 같은 얼굴에 조각 같은 몸매를 가진 KJK가 들어있다. 슈코는 심호흡을 한다.

'향기로운 남자 하늘'

슈코는 심호흡을 몇 번 하고는 창밖을 내다봤다. 정원에는 적막한 밤 조명 아래 철 이른 빅토리아연꽃이 피어 있다. 흙탕물 속에서도 밝게 꽃을 피우는 연꽃이다. 혼탁한 세상을 정화하는 꽃…. 나는 세상을 이롭게 하는 존재. 사람들에게 존경받는 인물이 될 수 있을까? 할아버지께서는 '세 사람을 동시에 만족시킬 수 있으면 그건 완벽에 가까운 사람이다.'라고 말씀하셨다. 세 사람은 고사하고 지금 나는 나 자신도 만족시키지 못하고 있다. 아무리 집중하고 사사로움에 빠지지 않도록 노력해도 결과는 만족스럽지 않았다. 언젠가는 지금보다 나아지겠지만 과정이 너무 힘들고 외롭다. 어머니가 얘기했던 '죽지 않을 만큼만 외롭다.'라는 말이 따끔한 바늘이 되어 가슴에 꽂힌다. 이제 서른을 앞둔 여자의 삶이 이렇게 무겁고 진중할 줄은 몰랐다.

*

CIRO 타구치 정보관은 뭔가 찜찜함을 느꼈다. 나라호 추적은 계속되었지만, 항로나 움직임이 왠지 이상했다. 남쪽으로 선회할 것으로 예상했던 나라호는 벌써 14시간 동안 계속 동북 방향으로 항로를 잡고 있다.

"나라호 현재 위치는?"

"다케시마(독도) 서남쪽 5킬로입니다."

"다케시마에 도착한다? 그리고 뭘 한다는 거지? 다케시마는 이미 해양 조사가 끝났을 텐데… 그렇다면 정공법으로 이사부호가? 설마."

타구치는 급히 이사부호 위치를 확인했다.

이사부호가 JDZ에 들어서자 일본자위대와 중국 동해함대가 위성과 신호를 통해 항로를 추적하기 시작한다. 일본은 그동안 JDZ에 대한 한국의 관심에 전략적으로 회피해 왔다. 대신 감시의 눈은 더욱 강화했다. 대학 실습선에 대해서는 비교적 감시가 덜 했지만, 그동안 공동 조사, 공동 개발을 벗어난 일체의 조사에 대해 강하게 반발해왔다.

한국은 2020년 1월 산업자원부에서 대한 석유공사를 조광권자로 선정하며 일본의 공동 조사와 개발 참여를 종용했지만, 일본은 경제성이 없다는 이유를 들어 공동 조사마저도 회피해왔다. 한국은 일본의 조약 위반 사례를 들춰냈다. 2025년 이후로는 국제해양법재판소에 제소했지만, 시간만 흘렀다. 국제해양법재판소에서도 일본의 로비로 한·일간의 분쟁 판결을 미적거렸다.

이사부호는 보란 듯 JDZ에 들어섰다. 아무 일도 없다는 듯 통과할지 아니면 운항을 멈추고 갈등을 유발할지가 관심사였다. 타구치는 무언가 복선이 깔려 있을 거로 의심했다. 긴급하게 한국지부에 사실확인을 지시했다. 무언가 일이 틀어지고 있다는 것이 느껴진 것이다.

*

안도 박사가 예견한 대로 불안 불안했던 백두산에서 분화 조짐이 포착되었다. 잦은 지진과 온천 수온 상승, 가스 분출이 늘어났다. 언제 터져도 이상하지 않을 분위기였다. 미야기 총리는 호기를 잡았다고 판단했다.

일본과 중국은 JDZ에 대한 공동 대응을 준비했다. 조약 만료 일에 맞춰 한국의 시선을 돌리려는 것이다. 그런데 때맞춰 백두산에 분화 조짐이 보이는 것이었다. 22일 이전에 분화가 시작되면 한국의 시선을 빼앗는 것은 물론 미국의 관심도 돌릴 수 있는 카드였다.

"안도 박사 22일 전에 분화할 가능성도 있소?"

"시각은 예견할 수 없습니다. 다만 조짐이 있다는 것만으로도 관련국들은 긴장할 겁니다."

"그래요. 하늘의 뜻에 맡겨봅시다. 제때 터져줄지 말이오."

총리는 긴급하게 다무라 외무대신을 중국에 파견했다. 리신 국가주석에게 미야기 총리의 비밀 친서를 전달되었다. 리신은 즉시 답을 주었다.

미야기 총리는 '즐거운 22일'이 될 거라 측근에게 만족감을 표시했다. 중국은 그동안 한국보다 다루기 어려웠던 일본과 손을 잡게 되자 그들이 꿈꾸던 '붕세(鵬世) 작전'이 가시화될 수 있다는 자신감을 가졌다. 중국의 붕세작전은 중국, 일본, 한국을 한데 묶어 세계 최고의 정치 경제 블록을 만드는 것이다. 그렇게 세계 최고의 블록을 만들면 그 중에서 중국이 맏형이 되어 세계 최고의 국가가 되려는 것이다. 그동안 일본은 미국의 아바타처럼 움직였고, 그런 일본은 중국이 동화시키기 어려운 골칫거리로 생각해왔었다. 그랬던 일본이 중국에 접근을 시도한 것이다.

리신 국가주석은 만족감을 드러냈다.

"대표적인 집단주의 일본이 의외란 말이야. 우리 중국에 손을 내밀다니 우리야 손해 볼 게 없는 장사지, 그리고 일본을 옭아맬 수 있는 절호의 기회기도 하고."

뭐든지 집어삼키면 일본식으로 소화하려고 했던 일본의 노림수를 모르는 바는 아니지만, 한국을 확실하게 제압할 기회가 온 것이다. 한국을 제압하면 동아시아 자유 진영 3개국인 한국, 일본, 타이완 중에서 타이완을 통일할 교두보를 확보하는 것이다.

"붕세작전을 준비할까요?"

"당연하지. 인민에게 이 정도 선물은 안겨 줘야지 지지를 받지 않겠나? 치밀하게 준비해야 하네 병아리작전[7]처럼 펼치지도 못하고 끝내지 말고."

*

미야기 총리의 계산은 분명했다. 백두산 분화 분위기 조장으로 중국인민해방군 북부전구가 백두산으로 집결하면, 한국이 긴장하여 JDZ 대처 능력이 분산될 것이다. 한국 정부는 중국에 한반도 진입은 허용할 수 없다고 발표할 것이다. 그것은 북한에 대한 내정을 간섭하겠다는 뜻이 되고, 북한은 대응 발표를 할 것이다. 결국, 중국과 북한이 한국군의 발목을 잡아주면 일본은 쉽게 JDZ를 접수하게 된다.

중국은 약속한 대로 병력 이동을 준비시켰다. 명분은 백두산 분화 가능성을 대비한다는 것이다. 지질연구소 자료로는 올해 들어 일본열도를 비롯한 환태평양 지진대 활동이 활발한 건 사실이었다. 백두산에 국한 시켜 보면 조짐은 확연했다.

한국 국방부는 중국의 의도를 분석했다. 결론은 성동격

---

7) 병아리계획: 중국이라는 암탉이 병아리인 북한을 품는 계획. 급변사태를 대비해 만든 무혈 점령 계획. 계획에 따르면 함경북도는 러시아, 강원도는 미국, 평안남도·황해도는 대한민국, 함경남도·평안북도·자강도·양강도는 중국, 평양은 4개국이 공동관리한다는 계획. 중국의 동해진출 묘수가 숨어 있다.

서가 아니라 성북격남이라 판단했다. 중국이 북에서 북한 영내에 진입할 듯 소란을 피운 사이 일본이 독도를 자극하는 척 바람을 잡고는 남쪽에서 JDZ를 점령하는 시나리오가 가능했다.

신두석 국방부장관이 대통령실에 분석 내용을 보고했다.

"결국, 일본과 중국이 JDZ를 어떤 식으로든 나눠 먹겠다는 거군요."

박한은 경우의 수를 따져가며 대응을 요구했다.

"확인을 해보려면 역으로 중국에 JDZ 확보에 도움을 준다면 파격적인 혜택을 줄 생각이 있다고 정책 라인에 슬쩍 흘려보면 반응을 볼 수는 있을 겁니다."

이정혜 외교부장관이 실효성에 의문을 제기했다.

"그것도 좋은 생각이기는 합니다. 적의 결속을 느슨하게 만드는 효과도 있고 손해 보는 장사는 아니지요. 하지만 중국이 응하지는 않을 겁니다."

"중국이 응하지 않는 이유는 뭐라고 판단하십니까?"

"중국은 지하자원보다는 제1도련선 안의 동중국해 장악이 우선일 겁니다. 일본은 동중국해 상당 부분을 포기할 수 있지만, 한국은 포기할 수 없습니다. 동중국해 보상 조건이 한국보다는 일본이 매력적일 수 있다는 것이지요."

박한은 중국이 동중국해에 영향력을 가지게 되면 바다를 장악해 한국의 숨통을 조일 거로 생각했다. 그래서 일본과 함께 동북아시아를 세계 최고의 정치, 경제, 군사 블록을 완성할 것이다. 한국에 유연하게 대처하는 것보다 숨통을 조이는 것이 붕새 작전에 부합한다고 판단할 것이란 생각이다. 그런데 여전히 풀리지 않는 의문이 있었다. 일본과 중국이 결합하면 중국은 손해 볼 것이 없지만, 일본은 부담을 떠안아야 했다. 미야기와 리신의 비밀협약이 무엇인지 도대체 알 수가 없었다.

현세현은 일본과 중국이 서로의 이익을 위해 결합한 것이라고 판단했다.

"서로 노리는 것이 다른 것 아닐까요?"

박한의 생각도 서로 주고 받기를 했을 거로 예측했다.

"국정원에서는 어떻게 분석하십니까?"

"일본은 JDZ를, 중국은 타이완을 차지하려는 것으로 보입니다."

"JDZ는 시간만 때우면 됐었는데, 한국의 전쟁 불사, 거기다가 지금은 사라졌지만 Q가 나타났으니 극도로 불안해졌었다. 미야기의 지지율도 문제지만, 한국에 추월당하는 것만은 일본 정서상 용납할 수 없다."

"중국은 지분 포기로 JDZ를 일본에 넘겨주고, 일본은 중국의 타이완 점령을 묵인 또는 협조한다?"

그렇다 치더라도 서로 교환가치가 다르지 않은가? 면적은 넓다 하더라도 바다에 불과하고, 한쪽은 국가 하나가 통째로 가지는 것이다. 그렇다면 일본의 숨은 의도가 있을 것이다.

6월 13일 대통령실 예상대로 JDZ 협약 만료일을 9일 앞두고 중국인민해방군이 움직였다. 대통령실에서는 대응하는 척 시늉했다. 중국 정부에 확실한 의지를 천명한다.

"만약 중국에서 백두산화산 폭발 또는 변고에 대해 어떠한 구실로도 북한 영내로 진입하는 것은 헌법에 의거 대한민국을 침공한 것으로 간주할 것이다. 침입 시 대한민국은 조선민주주의인민공화국을 지원할 것이다. 그리고 침입의 대가로 대한민국은 고토회복을 시작할 것이다. 랴오닝성과 지린성, 헤이룽장성은 물론 산둥반도 고토를 회복할 것이다. 섣부른 오판으로 국가 존망에 위기를 초래하지 않길 바란다."

중국과는 당장 북한이 있어 한국의 육군과 스킨십 할 기회가 없지만, 미사일과 해군, 공군력이 충돌할 가능성은 충분했다.

중국은 피해 방비 및 복구 차원이라면서 북부전구 78집단군을 접경지역으로 이동시켰다. 군사작전을 하면서 대대적인 선전전을 펼친다는 것은 애초부터 전투 의지가 없는 것이었다. 문제는 무대 위 연기자의 연기가 과 몰입하거나, 지나친 애드리브에는 늘 문제가 생기게 마련이다. 한국의 반응은 그 정도였다. 더는 중국의 전략에 말려들지도 그렇다고 무시하지도 않을 만큼만 반응했다.

*

대마도 이즈하라호텔 한일 장관급 회담 2일차.

잠결에 모바일 신호음이 들렸다.

이정혜 외교부장관 휴대폰에 기사 하나가 배달되어왔다. 발신이 불분명했다. 스팸인가? 제목이 눈에 들어왔다. '96년 만의 해후'라는 아사히신문 논설이었다.

'…1931년 조선에서 온 황녀 덕혜옹주는 대마도주의 아들이자 백작인 소 다케유키(宗武志)와 결혼한다. 그로부터 1년 뒤인 1932년 딸 마사에(正惠)를 낳았다. 그리고 96년이 지난 2028년 일본의 다케유키와 한국의 마사에가 각각 대신과 장관으로 대마도에서 회담한다. 우연치고는 지극히 극적이다. 이름만 놓고 보면 아버지 다케유키와 딸 마사에가 다시 만난 것이다… 부디 자상한 아버지와 효심 가득한 딸이 화목한 가족으로 남을만한 회담이 되었으면 한다.'

겉으로는 역사적인 우연을 빗댔지만, 일본의 속국인 구한말 역사를 잘 기억하라는 뜻이었다. 아사히신문 논설은 이정혜(李正惠) 장관과 가토 다케유키(賀東武志) 대신의 관계를 이용해 회담의 본질을 흐리게 만드는 CIRO의 공작이었다.

이정혜 장관은 회담을 준비했다. 어제 있었던 1차 회담은 예상대로 아무런 성과 없이 끝났다. 일본의 시간 끌기와 한국의 명분 만들기의 연장선은 언제나처럼 팽팽했다.

회담참석자는 이정혜 장관, 오기문 국장, 김찬열 실장,

박만기 대령으로 정해졌다.

"오늘은 박 대령께서 배석하실 거지요?"

이 장관은 회의에 앞서 참석자를 먼저 챙겼다.

"그렇습니다. 제가 오늘 배석하기로 되어있습니다."

"오늘은 박 대령께서 군사적인 고려도 하고 있다는 모습을 보여줌으로 일본을 위축시켜 보겠다는 것이니까 맡은 소임을 다해 주시기 바랍니다."

회의는 오전 10시에 시작되었다.

한국 측의 배석을 본 일본은 당황하는 눈빛이다. 장관급 회담에 사전 통보 없이 현직 군 고위 장교가 배석하는 것은 이례적이기 때문이었다. 가토 다케유키 대신은 알 수 없는 웃음을 살짝 흘렸다. 이정혜 장관은 그의 노련한 방어 행동이라고 판단했다. 불확실한 웃음으로써 상대를 혼란스럽게 만드는 것으로 판단했다.

"장관님, 오늘은 결정은 내실 모양입니다. 한국군에서는 '안 되면 되게 하라!'라는 구호가 있는 것으로 알고 있는데, 한국군 대령께서 회의에 참석하셨으니 말입니다."

가토 다케유키 대신이 불쾌하다는 표현을 에둘러 표현했다.

"오늘은 결정해야겠지요. 단도직입적으로 말씀드리자면 이제는 더는 피하지 않으시기 바랍니다. 어차피 결정하게 될 일이라면 말입니다. 그리고 그동안 한국은 끊임없이 참고 기다려 왔습니다."

가토 다케유키의 말싸움은 여전했다.

"그동안 일본의 노력을 너무 폄하하시면 안 됩니다. 일본도 노력을 했으나, 아시다시피 경제성 부족으로 누구도 조광권을 신청하지 않는 것을 어떡하겠습니다. 정부가 공권력으로 밀어붙일 수도 없는 일 아닙니까?"

가토 다케유키는 녹음 재생을 반복하듯 경제성 문제를 꺼냈다.

"경제성은 한국에서 조사 경비 전액을 내겠다고 했습니다. 대신께서는 국제해양법재판소 한국 측 제소에도 응하지 않고, 공동 조사에도 응하지 않고 있습니다. 한국으로서는 인내에 한계에 왔다고 생각되지 않으십니까?"

"장관! 일본을 겁박하시는 겁니까? 한국도 독도를 국제해양재판소에 일본이 제소했을 때 응하지 않았습니다."

"대신께서 말씀하시는 내용은 격에 맞질 않습니다. 독도는 섬으로서 엄연한 한국령 부속 도서입니다. JDZ는 대륙붕입니다. 섬과 바다는 서로 격에 맞지 않습니다. 그렇다면 대마도 영유권도 함께 제소할 의향은 있으십니까?"

이 장관의 대마도 얘기에 발끈했다. 아픈 곳을 찔렀다.

"쓰시마라뇨? 그건 너무 무례하십니다."

"대신 이제 본질로 돌아갑시다. 지금 여기서 국토논쟁을 하자는 건 아니지 않습니까? 한국이 제의한 50% 개발 지분으로 확정하시든지, 아니면 3년 전 요청했던 대로 50년

간 협약 종료를 연기하시던지 결정을 하시지요."

일본은 50% 개발 지분을 나누는 것도, 50년 기간 연장
도 들어줄 수 없었다. 특히 50년 기간을 연장하면, 50년
후의 한국과 일본의 국력은 어떻게 변해 있을까는 상상하
기 싫었다. 지금 한국을 제어하지 못하면, 오히려 일본이
제압당할지 모르는 일이었다. 일본은 그저 며칠만 견디면
될 일이었다.

회의는 휴회했고, 일본 측은 도쿄의 답을 기다리며 장고
에 들어갔다. 이정혜도 가토 다케유키도 도쿄에서 답이 오
지 않는다는 걸 알면서도 그렇게 하염없이 시간을 죽이고
있었다.

*

흰고래호에서 1980년대 JDZ에 시추했던 시추공 7개
중 2개를 발견했다는 소식을 전해왔다. 시추공은 바다 생
물로 뒤덮여 찾기가 쉽지 않았다. 특히 시추도면에 기록된
좌표에서 남남서쪽으로 15~17m 정도 떨어진 곳에서 발
견되었다. 좌표와 맞지 않은 이유는 알 수 없었지만, 현장
도착 이틀 만에 2곳을 찾은 것은 대단한 성과였다. 흰고래
호 선장은 현장에 오래 머물지 못한다는 걸 알고 있었다.
일본 해상자위대가 그들을 주시하고 있기 때문이었다. 일
본 해상자위대 초계기는 조금이라도 이상한 점이 발견되면

집중적으로 견제했다.

아니나 다를까 해상초계기가 나타났다. 흰고래호의 정박이 의심스러웠는지 선회를 시작했다. 이때를 맞춰 선장은 기관 고장이라고 한국 해경과 무전을 했다.

"흰고래호 기관 고장으로 운행 중지 상태다. 기관 수리인력 지원 바란다."

"여기는 한국 해경, 지원팀과 연결하겠다. 지원팀에 상황설명 바란다."

"여기는 지원팀 선박 기관 상태는 어떤 상태인가? 고장 원인을 알고 있는가?"

"기관 과부하로 일부 케이블이 탄 것 같다."

일본 해상초계기는 감청을 한 뒤 몇 바퀴 상공을 선회 비행을 하다 일본 쪽으로 사라졌다.

초계기가 사라지자 일본해양보안청 해양 순시선이 접근했다.

선장은 순시선이 흰고래호에 승선하는 것은 막아야 했다. 만약 승선하여 어창의 물건을 확인이라도 하게 되면 국제적인 문제를 일으킬 수 있다. 최악의 경우 교전을 해야 할지도 모른다는 것을 해군 선원들에게 주시시켰다.

"여긴 일본해양보안청 제10지역 해양경비대본부 순시선이다. 문제가 있는가?"

흰고래호는 한국 해경과 연락되어 기관 고장 수리팀이 곧 도착한다고 답했다. 그러나 일본 순시선은 계속 접근을 시도했다. 순시선의 움직임은 흰고래호의 고장 여부를 확인하겠다는 의도로 보인다. 흰고래호는 긴급하게 한국 해경의 위치를 확인했다. 한국 해경선과 일본 순시선의 거리는 거의 비슷해 보였다.

흰고래호 선장은 해저에서 작업 중이던 요원과 장비를 긴급 철수시켰다.

"현재 위치는?"

"해저 30m입니다."

"상승하는 시간은 얼마나 걸리지?"

"안전 속도는 3분 20초 필요합니다."

"그럼 저들의 시야에서 벗어나게 반대편 갑판으로 올라와야 하겠군. 지금 방향은?"

"일본 순시선 방향입니다. 그럼 반대편으로 탑승 가능한가?"

"머구리 방식이라 산소 공급관 문제로 불가능합니다."

"그럼 180도 정지회전을 하도록!"

"일본에서 계속 망원경으로 감시할 텐데 회전을 한다면 이상하다고 생각하지 않을까요? 특히나 기관 고장이라고 했는데 말입니다."

선장은 고민했다. 육안으로도 승무원을 식별할 정도로 일본 순시선이 다가왔다. 일본은 기관 고장이라는 것을 의심하고 있다. 무언가 숨기는 있는 걸 찾으러 오는 중이다. 공해상이기 때문에 강압적으로 수색을 할 자격은 없으나,

무리해서 해양법 위법 죄목을 근거로 공해상 나포할 수도 있기 때문이었다. 물론 근거가 미약할 경우 국제적인 비난을 감수해야겠지만, 그 역시 나중의 일이다. 일본 순시선은 남쪽에서 구로시오해류를 타고 빠르게 접근했다. 그에 비해 한국 해경은 해류를 거슬러 오느라 시간이 지체되고 있다. 잠수 요원은 잠수병 위험을 무릅쓰고 탑승을 서둘렀다. 위험을 감수하고 해수면 가까이 올라와서 잠수 연결관을 분리하고 일본 반대편 간판으로 올랐다.

일본 순시선은 낌새를 알아차린 듯 곧바로 접근하지 않고 흰고래호를 한 바퀴 돌았다. 그리고는 단속정 보트를 준비시켰다. 일본 순시선에서 보트가 내려지고 경찰이 보트를 타고 접근했다. 일본 해경이 한국어로 대화를 시작했다. 때마침 눈치 빠른 기관장이 엔진 출력을 최대한으로 올렸다. 기관에서 나오는 굉음에 귀가 먹먹해졌다.

"일본 해양보안청입니다. 승선하겠습니다. 협조바랍니다."

"뭐라고요? 안 들립니다!"

"승선 사다리 내려 달라고요?"

"뭐라고요?"

일본 해경은 몸짓으로 승선하겠다고 했다. 그러자 갑판장은 괜찮다고 가라는 손짓을 했다. 그렇게 둘 사이의 팬터마임이 시작되었다.

그러는 사이에 한국 해경선이 시야에 들어왔다. 곧 한국

해경에서 보트를 타고 기관 수리팀이 도착했다. 일본 해경 보트는 참관하겠다고 했지만, 선장은 거절했다. 그렇게 한국 해경이 도착한 이후에도 일본 순시선은 물러나지 않았다. 일정 거리를 두고 한국 해경선과 흰고래호를 한참 동안 감시했다.

기관 수리를 핑계로 정선 중이던 흰고래호는 순시선이 물러가자 야음을 틈타 이동했다. 그리고 폐 시추공을 발견한 지점으로 가서 어창에 숨겨둔 나무 박스를 뜯어 하나씩 바다에 조심스럽게 가라앉혔다. 선장은 박스 안의 물건에 대해 아는 바가 없었다. 다만 아주 소중하게 다루라는 명령만 받았을 뿐이었다.

*

다음날 북한 양강도에서 압록강을 사이에 두고 교전이 벌어졌다. 혜산의 북한군 폭풍군단과 마주한 지린성 바이산 주둔 중국 78집단군과의 교전이었다. 전투는 중국이 의도한 것으로 보였다. 한국에서 반응이 시큰둥하여 보이자 눈길을 끌려는 의도가 보였다. 78집단군은 중국으로 불법 입국자를 막는다는 명분으로 압록강과 북한 영내로 소총을 발사했다. 북한 폭풍군단도 응사하자 국경이 소란스러워졌다. 양측의 교전은 인터넷과 모바일을 통해 영상이 돌기 시작했다. 의도적으로 제작 유포된 동영상이었지만, 전쟁 불안 여론을 환기하는 데는 효과적이었다.

'인민해방군 진먼다오 상륙 부대 푸젠성 샤먼 이동'

미 정보국으로 날아든 정보로 괌 주둔 미 해군에 비상이 걸렸다.

타이완 진먼다오(金門島) 앞 중국 샤먼에 중국인민해방군 육전대가 집결하기 시작했고, 동북쪽 다뎅섬에도 병력이 배치되는 것이 목격되었다. 중국이 몇 차례 실패한 진먼다오 점령을 다시 시작할 것으로 보였다.

타이완은 진먼다오에 즉각 비상사태를 선포했다. 동시에 방어와 함께 중국 본토 공격을 준비했다. 미사일은 좌표를 잡았다. 샨샤댐, 푸칭, 닝더, 샤먼, 링아오… 댐과 원자력발전소를 겨냥했다. 중국을 이기지는 못하더라도 정치와 경제를 블랙다운 시키겠다는 것이었다. 그것은 타이완을 점령하려는 리신을 실각시키고, 중국의 굴기가 꺾이는 것을 의미했다. G1의 꿈은 타이완 점령과 함께 사라지게 만들겠다는 것이다

리신은 더는 타이완을 내버려 둘 수 없었다. 타이완이 핵 개발을 마무리하면 영영 통일은 멀어진다. 타이완이 스스로 무너지길 기다리며 하염없이 기다릴 뿐 무력 통일 기회는 사라져 버리는 것이다. 리신은 눈앞의 타이완을 점령하는 대가를 치러야 한다고 생각했다. 티베트와 신장웨이우얼의 뒤가 찜찜하긴 했지만, 미룰 수 없는 상수였다.

미 7함대가 움직였다. 요코스카기지에서 로널드레이건함 전단이 타이완 해협을 향해 움직였고, 사세보에서는 강습함 아메리카(LHD-6)를 비롯해 전단은 출항 준비를 했다. 괌에서도 핵잠수함 USS 호놀룰루호가 잠항을 시작했다.

*

셀레나 정보장이 백악관으로 긴급하게 들어갔다. 펠튼도 셀레나를 기다리고 있었다.

"사실입니까?"

셀레나를 보자 펠튼은 격앙된 어조로 해킹 사실을 물었다.

"예. 설마 했는데…."

"아! 도대체 어떻게 침투가 됐다는 거요!"

펠튼은 해킹에 강한 의구심을 가졌다.

"그것이 의문입니다. 어떻게 보안을 뚫었는지 알 수가 없습니다."

펠튼은 뜻밖의 문제에 빠져들었다. 알래스카 HAARP[8] 기지에 누군가 해킹으로 침투해서 시스템을 작동시켰다. 해킹 불가의 난공불락 기지가 해킹된 것은 처음 있는 일이

---

8) HAARP(High-frequency Active Auroral Research Program, HAARP, 하프)는 미국에서 행해지고 있는 고층 대기와 태양계, 지구 물리학, 전파 과학 대한의 공동 연구 프로젝트다. 기후 조작, 지진 등을 유발한다는 주장이 있다.

었다. 누구도 침투할 수 없는 비밀프로젝트 시설이 귀신같이 뚫렸다. 더군다나 해킹으로 시스템을 작동시켰다.

"좌표는 어디를 찍었지요?"

"타이완 동쪽 해상과 일본 오키노토리시마 인근 해역입니다."

"좌표에 반응이 있었습니까?"

"있었습니다. 두 곳 모두 시차가 있긴 했지만….."

셀레나는 해킹 능력이 탁월한 후보국을 의심했다. 중국, 러시아, 북한, 일본, 한국… 상대는 양자컴퓨터를 이용했을 가능성이 컸다. 그렇지 않고서는 그 복잡한 암호를 풀고 들어올 수 없었다. 설사 암호를 풀었다 하더라도 경보신호를 죽여버린 것은 놀라운 사건이다. 개인이 할 수 있는 일은 아니다. 양자컴퓨터를 사용할 수 있는 국가이며 능력 있는 해커가 협공할 때만 가능성 있는 일이다.

"셀레나 국장은 어디인 것 같소?"

"가능성이 가장 큰 곳은 중국입니다."

셀레나는 양자 컴퓨터를 이용하지 않고서는 암호를 풀수 없다고 판단했다. 그렇다면 스스럼없이 양자컴퓨터를 사용할 수 있는 나라로 중국이 유력했다.

"역시 그렇구먼. 잘 추적하시오."

중국이 해킹으로 HAARP 뚫었다면 앞으로가 문제였다. 중국은 오래전부터 HAARP를 가지고 싶어 했다. 중국이 G1이 되기까지 극복할 수 없는 기술한계 중의 하나였다. 아직 해킹이 어디까지 이루어졌는지는 알 수 없었다. 표면적인 해킹은 확인되었지만, 비밀리에 숨겨 놓은 해킹 바이러스가 있는지 확인 중이었다. 중국이 범인이라면 이들은 미국의 자연재해 조작 능력을 일부 알게 된 것이다. 더는 숨길 수 없을지도 모른다. 당분간은 해킹한 나라나 조직은 HAARP 능력을 알아도 드러내지 않을 것이다. 스스로 범인이라 자백할 이유는 없기 때문이다.

8

색시해요

"슈코 오늘은 나가사키 기항지 관광은 뭘로 할까?

"나가사키 짬뽕, 카스테라, 사세보 버거 그리고 이오지마를 가보고 싶은데 시간이 될지 몰라."

슈코와 아야카는 화장을 서둘렀다. 기항지 관광을 위해서는 입국 절차를 밟아야 하기 때문이다. 같은 일본 기항지를 드나들 때마다 항만에 설치된 출입국관리소를 통과하는 것이 여간 성가시지 않았다. 며칠 전 요코하마에서 시작된 첫 출입국관리소 통과의례에 비하면 훨씬 숙달되었다. 둘은 전자여권을 손에 들고 절차를 마친 뒤 부두에 정박 중인 크루즈선 '파라다이스드림호'를 돌아다 봤다.

아야카가 드림호를 올려다보며 감탄했다.

"오우, 크고 멋져!"

"앤 또 그 소리."

그녀들이 크루즈선을 탄 것은 나흘 전이었다.

나흘 전 슈코는 황궁을 나섰다. 나풀거리는 꽃무늬 원피스에 리본 달린 챙 넓은 모자를 쓰고, 나비 모양의 선글라스를 썼다. 짐은 물방울무늬의 빨강과 핑크색 중형 여행용 캐리어 두 개가 전부다. 잡념을 모두 집에 남겨둔 채 최소한의 여행용품만 챙겼다. 20대 아가씨답게 단정하면서도 발걸음이 가볍다. 슈코는 크게 한숨을 쉬며 공기를 느낀다. 공기의 밀도가 다르다. 바깥바람을 쐬러 가족 없이 홀로 여행을 떠나는 것은 3년 만이다. 슈코는 바깥 공기를 마시는 것만으로도 지긋지긋하게 자신을 괴롭혀온 우울감에서 치유된 느낌이다.

"예스!"

슈코는 길을 걸으며 몇 번이고 주먹을 불끈 쥐며 자신의 일상 탈출을 자축했다. 축하 흥분은 얼마 가지 않았다. 난관이 슈코를 기다렸다. 요코하마크루즈터미널까지 대중교통을 타야 했다. 여태껏 혼자 버스를 타거나, 열차표를 사서 타본 적이 없었다.

'아야카한테 전화를 해서 도와 달라 할까? 아냐 그래도 도전해보는 거야!'

천신만고 끝에 도착한 터미널에는 아야카가 먼저 나와 있었다.

"슈코 왜 이 모양이야? 진짜 혼자 여기까지 온 거야?"

평소 단정하던 옷차림에 비해 지친 모습의 슈코를 본 아야카의 첫 반응이다.

"생각보다 힘들었어. 그만큼 재미도 있었고."

슈코가 활짝 웃었다. 아야카는 그녀가 웃는 모습이 예쁘다고 생각했다. 스스로 하려는 노력파인 것은 어릴 때부터 잘 알았지만 대견하다는 생각이 들었다. 막상 스물여덟 살이 되어서야 첫 단독 외출을 감행했지만 이만하면 성공적이었다. 고생도 즐거움인 것은 친구와 단둘이서 떠나는 첫 여행이었기 때문이었다. 두 사람은 티켓팅을 하고 커피숍에 앉았다. 아야카는 '슈코가 커피 시켜봐'하는 손짓과 눈짓을 한다. 그녀 어머니도 여행에서 슈코가 세상과 가장 밀착된 시간을 가지게 도와달라는 부탁이 있었다. 슈코는 키오스크 앱으로 커피를 주문하며 어찌할 줄 몰라 동동거린다. 아야카는 재미있다는 듯 그 모습을 동영상에 담았다.

"슈코. 그건 가져왔어?"

"뭘?"

"멋진 드레스와 빨간 구두?"

"가져오긴 했지. 그런데 설마 공연 볼 수 있는 거야?"

"상하이에서 공연한다니까. 시간을 될지는 모르겠는데 한번 맞춰봐야지."

"정말? 아야카 넌 최고야! 최고!"

평소 슈코답지 않게 주변을 의식하지 않고 목소리를 높이자 오히려 아야카가 눈치를 살폈다.

"얘, 목소리까지 성형한 건 아니겠지? 목소리가 너무

커!"

슈코가 대놓고 주변을 휙 둘러보자 아야카는 풋 웃는다.
'역시 슈코야.' 엄지를 치켜세운 채 웃고 있는 아야카를 보
자 같이 까르르 웃어댄다. 그녀들이 소리 내어 웃는 모습
에 주변 남자들의 시선이 집중된다. 펑키한 옷차림에 문신
과 피어싱을 한 남자가 윙크를 보낸다. 회사원처럼 보이는
말쑥한 남자도 힐끔거리며 관심을 보인다. 그녀들은 남자
들에게 관심을 두지 않았다.

슈코는 1년 전까지 만나던 겐지를 떠올렸다. 겐지는 일
본 최대 화학회사인 도쿄화학 대표이사의 둘째 아들이었
다. 미국 프린스턴대학에서 정치학 박사 과정을 밟고 있었
다. 두 사람의 만남은 가문과의 만남이었다. 슈코의 어머
니 하쓰코와 겐지의 아버지가 하버드대학 동창이어서 부
모가 주선한 정략적 관계였다. 법도를 중요시하는 슈코와
자유분방한 겐지는 서로에게 잘 스며들지 않았다. 처음에
는 서로가 가지고 있지 못하는 장점에 대해 궁금해하고 신
선하게 받아들였지만, 곧 불편함을 느끼게 되었다. 그러던
차에 슈코가 겐지의 복잡한 여자관계를 알게 되면서 그녀
는 그에게서 차츰 멀어지게 되었다. 생애 첫 남자였던 겐
지에 대한 실망감으로 그녀는 우울했다. 그 후로도 겐지는
그녀와 계속 만나길 원했지만 그럴수록 그녀의 우울감은
더욱 깊어질 뿐이었다.

겐지는 사랑과 결혼은 별개일 수 있다는 생각이었다. 터

244

놓고 말하진 않았지만, 결혼은 의무적이고, 가정이 파탄 나지 않을 정도면 다른 사랑을 해도 괜찮다는 생각이다. 대를 위해 소를 희생하는 것은 죄가 아니라는 것이다. 그녀는 그런 겐지를 이해할 수도 없고, 이해해서도 안 된다고 생각했다. 뜻을 모르는 것은 아니지만 더는 그런 고전적이고 보수적인 시대에 살고 싶지 않았다.

그로부터 은둔의 시간이 길어졌고 그러는 동안 그녀의 주치의도 바뀌었다. 신경증 전문의로 바뀐 것이다. 주치의는 여행을 권했지만, 어머니는 허락하지 않았다. 세상은 위험하고, 딸은 소중하다는 것이다.

슈코의 여행은 전혀 엉뚱한 일로부터 시작되었다.

*

6개월 전, 동경여자의대병원 입원실.

"슈코 이게 무슨 일이야?"

슈코의 어머니 하쓰코가 놀란 가슴을 안고 병실에 들어섰다. 슈코는 화상 병동에 누워있었다. 팔과 얼굴에 부분적으로 붕대가 감겨 있었다. 그 모습에 하쓰코는 가슴이 쿵쾅거렸다. 하쓰코가 온다는 소식에 병원장과 화상 전문의가 병실에서 대기했다.

"슈코, 괜찮은 거냐?"

"예! 어머니. 담당 주치의께서 다행히 가벼운 화상이라고 했어요. ”

“병원장님, 상태가 어떻습니까?”

“황후 폐하, 걱정하지 않으셔도 됩니다. 붕대를 여기저
기 감아놔서 놀라신 모양인데, 생각처럼 심한 건 아니니
마음 놓으세요. 공주 전하와 말씀 나누시고, 가실 때 저희
방에 방문해 주시면 제가 자세한 설명 올리겠습니다. ”

병원장은 하쓰코에 인사를 하고 병실을 나갔다. 환자가
있는 자리에서 증상을 설명하는 것은 적절하지 않다고 판
단했기 때문이었다.

원장실에 들른 하쓰코는 여전히 걱정스러운 표정이다.

“공주 전하는 팔에 입은 화상만 조금 심한 편입니다. 불
행 중 다행으로 얼굴에 화상이 생겼지만 심하지는 않을 겁
니다. ”

주치의의 말에도 하쓰코의 걱정이 가시지 않았다.

“얼굴에 화상은 어느 정도인지요? 아직 혼인도 못 했는
데 얼굴에 화상이라니⋯. ”

“치료를 해봐야 하겠지만 흉터가 조금 생기더라도 성형
으로 커버할 수 있는 수준입니다. ”

“흉지지 않게 부탁드려요. ”

슈코는 그날 낮에 의회를 방문했었다. 국회의사당 정문
을 나설 때였다. 정문 앞에서 시위 중인 시위대와 마주쳤
다. 시위대는 두 단체였다. 총리의 고용정책 실패를 비판
하며 하야를 요구하는 세력과 소수민족 독립을 주장하는

오키나와 독립 대표단이었다. 시위대는 바리케이드를 사이에 두고 경찰과 대치하고 있었다. 대부분은 피케팅을 하며 자신의 주장을 평화적으로 펼치고 있었다.

슈코의 차량은 시위대 사이에 끼어 주춤거렸다. 슈코의 차량을 에워싼 시위대가 갑자기 구호를 멈추었다. 침묵의 시간이 몇 초 지났을까. 갑자기 앞쪽의 시위대가 슈코 쪽을 바라보며 격앙된 몸짓으로 소리 질렀다. 덜컹 슈코는 긴장했다. 시위대의 격렬함에 공포가 느껴졌다.

'나를 공격하려는 건가? 나를 공격할 만한 이유가 있는 것인가? 우선 자리를 피하는 것이 옳을까?'

짧은 순간 머리가 복잡해졌다. 동시에 머리 뒤쪽에서 뜨거운 무언가가 차량으로 다가오고 있다는 걸 느꼈다. 뒤를 돌아보는 순간 슈코는 자리에 얼어붙었다. 누군가가 알 수 없는 말을 외쳤다. 그의 몸은 온통 불길에 휩싸여 있었다. 위험을 감지한 순간 몸이 반응했다.

슈코는 반사적으로 차에서 내렸다. 재킷을 벗어들고 몸을 돌려 뒤쪽으로 뛰어갔다. 그리고 화염에 휩싸인 사람의 몸에 붙은 불을 재킷으로 끄기 시작했다. 슈코의 행동이 마치 출발 신호가 되듯 주변의 경찰과 시위대가 달려들어 불을 껐다. 그 과정에서 슈코는 화상을 입었다. 슈코의 행동은 시위대와 경찰 사이의 정신적인 바리케이드를 일순 지워버렸다. 주장하려는 자와 막으려는 자 모두 휴머니스트가 되어 한순간 같은 방향을 보고 달려든 것이다.

슈코는 급하게 병원으로 실려 갔다. 슈코의 몸을 내던진 행동은 시위대와 경찰에 큰 울림이 되었다. 방송은 속보를 내보냈다.

'슈코 공주 분신자를 살리다.'

'노블레스 오블리주를 몸소 보여 준 슈코 공주 전하의 살신성인은 국민에게 황실의 가슴이 뜨겁다는 걸 일깨워주었다….'

'시위대와 경찰의 대립을 무너뜨린 슈코 공주. 이것이 통합의 정치다.'

'슈코 공주 몸소 진화 중 입은 화상으로 긴급 입원.'

언론은 순식간에 공주의 선행으로 가득 채워졌다. 황실은 황실의 위상을 높인 공주가 대견하기도 했지만, 건강이 걱정이었다. 이를 보고받고 화들짝 놀란 하쓰코가 급히 채비를 차려 병원으로 달려간 것이다.

"화상을 없애려고 성형을 하더라도 피부 건강에는 문제없겠습니까?"

"폐하! 공주 전하의 건강에 전혀 문제가 없도록 최선을 다하겠습니다."

"그럼 박사님만 믿겠습니다."

하쓰코는 언론의 취재 열기가 슈코의 안정을 해칠까 우려했다. 언론은 하쓰코의 부탁대로 직접 취재 대신 차분하게 황실을 재조명하는 기사와 특집을 쏟아냈다. 그 사건으로 그동안 관심에서 멀어지던 황실에 대한 시각이 달라졌다.

황실은 기쁨과 함께 걱정거리 하나가 늘었다.

＊

"여자 천황 즉위 문제를 다시 거론할 때가 되지 않았습니까?"

야마시타 비서실장이 미야기 총리에게 운을 뗐다.

"여론으로 볼 때 지금이 적기가 될 수도 있지만, 천황께서 이 문제로 황실이 분열되는 것은 원치 않을 것이오."

미야기 총리는 신중했다.

"여론이 곧 슈코 공주의 천황 등극도 가능하다는 주장을 펴기 시작할 겁니다. '황실전범[9]'을 바꿀 수 있을 때 바꾸는 것도 총리님의 지지도를 올릴 수 있으리라 생각합니다만. 매번 여론조사에서도 여천황 승계에 찬성하는 여론이 반대보다 훨씬 높지 않습니까? 그런데도 이런 슈코 공주의 활약에 내각이 전혀 움직이지 않으면 오히려 여론이 나빠질 수 있습니다."

미야기는 끄덕였다. 자신의 존재감을 드러낼 만한 기회가 왔다.

"그건 그렇소. 내가 폐하를 알현해봐야겠소. 단, 실장은

---

9) 황실전범(皇室典範): 일본의 황위 계승 순위 등 일본 황실의 제도와 구성에 대해 정해놓은 일본의 법률이다.

내각의 여론을 살펴 주시오. 국민의 여론과 내각의 여론은 다르지 않소. 국민은 염원을 담지만, 내각은 이해관계를 담기 마련이지요."

총리실은 궁내청에 천황의 알현을 신청했다. 천황은 오후에 총리와 접견하기로 약속을 정했다. 궁내청장관은 총리의 천황 알현 신청 사실을 즉시 아사히토 왕세제에게 알렸다. 왕세제는 다음 천황 계승 1순위인 아들 카네히토 왕자의 자리가 위협을 받고 있다는데 적잖게 당황했다.

"장관, 아무래도 여천황 부활 건이겠지요?"

"저도 그렇게 생각합니다. 전하, 대책을 세우셔야 할 것 같습니다."

"난 장관을 믿소. 알현이 끝나면 즉시 연락해 주시오."

아사히토 왕세제는 이번 일은 그냥 시간이 지나도 잠잠해질 사안이 아니라는 걸 직감했다. 가뜩이나 여론이 여천황 찬성이었는데, 슈코가 진정한 천황 감이라는 이야기가 돌기 시작했고, 언론이 맞장구를 쳤다.

아사히토는 정치적인 실험대에 올랐다. 주변의 세력을 모아 카네히토의 안위를 도모해야 했다. 슈코가 여론에서 잠잠해지도록 기획하고, 시간을 벌어 최대한 황실전범에서 공주가 천황이 되는 것을 막아야 한다. 지금 여론은 슈코에게 집중되어 누구도 반박할 수 있는 분위기가 아니다. 한마디로 슈코가 일본 언론을 삼켰다. 아사히토 왕세제는 사적인 루트를 통해 관방장관과 접촉을 시도했다.

*

"천황 폐하, 강녕하셨는지요?"

"총리께서 방문해 주시니 기쁩니다. 국사에 바쁘실 텐데요."

"폐하를 알현하는 것이 가장 큰 국사입니다."

세이히토 천황은 미야기 총리가 방문한 이유가 여천황 부활 건임을 알고 있었다. 총리 또한 천황이 그럴 거로 생각했다.

"공주 전하는 편안하신지요?"

"치료는 잘되고 있습니다. 총리께서 신경을 써 주셔서 고맙게 생각합니다."

미야기는 인사를 간단히 나누고는 주저 없이 황실전범 개정 건을 꺼냈다.

"폐하, 이번에 황실전범을 바꿔야 한다는 여론이 높아서 폐하의 뜻을 여쭙습니다."

"짐은 총리의 뜻에 따를 것이오. 다만 황실이 분열하지 않도록 잘 조정해주시길 바라오."

"그래도 폐하의 뜻이 중요합니다. 뜻을 받들겠습니다."

미야기 총리는 세이히토 천황의 뜻을 알고 있었다. 천황이 직접 나서서 처리할 수 없다는 걸 알고 있기 때문이다. 자칫 천황이 자신의 딸에게 황위를 물려주고 싶어 한다는 비난에 노출되면, 동생 가문과 척을 지어야 할지도 모르기 때문이었다. 천황은 슈코가 천황의 자질이 충분하다고 생각하지만, 분란의 중심이 되고 싶지는 않았다. 그것이 천황이 되더라도 잡음을 최소화할 수 있는 일이라 생각했다.

*

"이제 붕대를 풀겠습니다."

주치의가 직접 하쓰코 앞에서 슈코의 얼굴 붕대를 풀었다. 하쓰코는 긴장했다. 슈코의 얼굴이 어떻게 변했는지 궁금했다. 화상 치료를 위해 한 달을 보냈고, 화상으로 생긴 흉터를 없애기 위해 성형을 했다.

문제는 그때부터였다. 하쓰코가 생각하는 성형과 슈코가 생각하는 성형에 차이가 있었다. 하쓰코는 황실의 권위를 생각해서 흉터만 가리는 성형을 생각했고, 슈코는 제대로 된 성형을 하고 싶었다. 하쓰코는 황실의 법도와 슈코의 꿈 사이에서 오랫동안 고민했다. 슈코는 황위 계승보다는 여자로서의 행복한 삶을 살길 원했다. 어릴 때부터 지나친 언론의 관심에 힘들어했다. 공주의 삶은 황거(皇居)라는 투명한 쇼윈도 안에서의 삶이라고 생각했다. 몸을 감추고 싶었지만 그럴수록 타인의 관음증을 자극할 뿐이었다. 황거가 타인의 관심을 충족시켜야 할 무대가 되어서는 안 된다고 생각했다.

"슈코! 지금 밖에서는 여천황이 다시 즉위할 수 있도록 황실전범을 바꿔야 한다는 여론이 일고 있다. 그런데 성형으로 얼굴이 바꼈다고 하면 어떻게 되겠니. 폐하께서도 슈코가 다음 천황이 되었으면 한다."

"어머니께서도 그렇게 생각하세요?"

하쓰코는 양손을 깍지를 끼고는 기도하듯 이마에 댔다.

슈코는 딸의 미래를 고심하는 하쓰코에서 어릴 적 끝없이 품어주던 엄마를 떠올렸다. 어머니는 황실의 일원으로 살아가는 것을 무척 힘들어했다. 그런 기억을 딸에게 넘겨주고 싶진 않았었다. 그런데 지금 일고 있는 여천황 즉위 논의는 희망보다는 새로운 고통의 시작일 수도 있었다.

얼굴에 붕대가 한 꺼풀씩 벗겨질 때마다 과거의 얼굴에서 점점 멀어졌다. 하쓰코는 감정 기복이 심한 배역의 여배우 같았다. 짧은 순간 만감이 교차했다.

붕대를 풀던 주치의가 조심스레 말을 건넸다.

"아직 부기가 덜 빠져서 참작해서 보시면 됩니다."

슈코의 얼굴을 본 하쓰코의 긴장된 얼굴에 잔잔한 미소가 퍼졌다. 그리고는 움찔 표정을 가다듬는다.

붕대가 모두 풀리자 슈코는 물었다.

"어때요? 궁금하네요. 제 얼굴이 어떻게 변했을지?"

"목소리 말고는 다 바꼈어. 예쁜 딸을 새로 얻은 것 같구나."

하쓰코의 얼굴이 환해졌다. 그런 모습을 바라보는 슈코

의 얼굴에도 미소가 번졌다. 하쓰코는 조용히 슈코를 안았다. 그리고 등을 토닥였다. 어릴 때 안겼던 엄마 품은 작아졌지만, 여전히 따뜻했다. 등을 두드리는 촉감도 여전했다. 특유의 향긋한 냄새가 났다. 그때처럼 잠이 밀려왔다. 엄마의 품은 늘 볕 좋은 5월의 나른한 오후였다.

"너무 좋아요. 엄마 냄새라 더욱 그래요."

"그래. 곧 퇴원할 텐데 집에서 많은 얘기를 나눠보자꾸나."

때마침 슈코의 오랜 친구 아야카가 병실에 들어왔다.

"황후 폐하, 그간 안녕하셨습니까?"

"아야카! 어서 오너라. 갈수록 예뻐지는구나."

"감사합니다."

"난 막 일어나려던 참이다. 그럼 슈코와 얘기 나누거라."

하쓰코는 병실을 나갔다. 발걸음이 가벼워 보인다.

슈코는 퇴원을 하면 새로운 세상에서 살고 싶어 했다. 이미 얼굴이 알려져 어디를 가도 신분을 숨길 수 없었던 그녀였다. 퇴원하면 당분간 언론을 피할 생각이었다. 아무도 얼굴을 알아보지 못하는 익명의 도시, 익명의 공간에서 웃음기 많은 평범한 20대 아가씨로 살고 싶었다.

*

후키아게 어소(吹上御所)에서 슈코는 세이히토, 하쓰코와 함께 자리했다.

세이히토는 딸의 달라진 얼굴을 한참을 바라보았다. 그리고는 허참! 하는 듯한 묘한 표정을 지었다. 예뻐진 딸과 사라진 원래의 모습에 대한 묘한 감정을 드러낸 것이다.

"슈코 네 생각을 얘기해 보거라."

슈코는 잠깐 머뭇거렸다. 슈코는 천황이 되고 싶지는 않다고 밝혔다. 세이히토는 예상했다는 듯 경청했다. 슈코는 천황이 될 자격이 주어진 데도 이를 따를지는 확신하지 못했다. 사촌 동생인 카네히토의 자리를 뺏는 것도 마음에 걸렸다.

세이히토는 황실의 일이란 자기 뜻대로 되지 않은 경우도 많다고 했다. 다음 천황으로 카네히토를 선택할지, 슈코를 선택할지 알 수는 없다. 이미 황실전범을 공주가 천황으로 황위에 오를 수 있게 변경하려 하고 있다. 슈코의 선택도 중요하지만, 황실이 원하고 국민이 원하면, 스스로 원하지 않아도 응해야 하는 것도 황실의 책무이기도 하다는 것이다.

천황 가족의 대화는 계속 이어졌다. 천황도 황후도 딸의 생각은 이해하지만, 딸에게 관례와 공주로서 품위를 지켜주길 바랐다.

슈코는 고심을 하다 먼저 입을 열었다.

"아버지, 얼굴 성형을 왜 이렇게까지 했느냐고 물어보지 않으세요?"

세이히토는 엷은 미소를 머금었다.

"음… 새롭게 태어나고 싶은 거겠지. 공주라는 무게에서 벗어날 수 있는 세상에서 살고 싶은 것 아니냐?"

"그렇습니다. 일본의 공주가 아니라 한 남자로부터 사랑받는 여자로서 살고 싶었어요."

"아무도 알아보지 못했으면 한 게로구나, 네 엄마도 그랬지. 황후로서의 삶의 무게가 행복을 갈아먹었을 거야. 그렇다고 삶의 무게가 늘 불행한 것도 아니다. 힘들고 고통스러울 때도 있지만 행복할 때도 있으리라 생각한다. 미리 불행할 거로 예측하지는 말아라."

세이히토의 말에 하쓰코가 살포시 웃었다.

"그래 슈코. 폐하의 말씀을 잘 들어라. 그래도 어느 날 덜컥 황후가 된 것보다는 태어나고 보니 공주였던 공주의 삶이 더 낫지 않았을까? 그리고 천황이 되고 말고는 지금 걱정하지 말자."

"허허, 황후 내가 고생을 많이 시켜서 미안하오. 다음 생에는 공주로 태어나서 공주도 한번 해보시구려."

세이히토가 농담을 같은 덕담을 던졌다.

"공주는 태어날 때부터 황실 분위기에 익숙해졌지만, 나는 황궁 밖을 자유롭게 날던 작은 새였단다. 어느 날 누구나 부러워하는 아주 크고 넓은 집으로 들어왔지. 일본에서 가장 크고 아름다운 궁궐은 선망의 대상이었지만, 결국 아주 화려한 큰 새장에 들어온 것이었단다. 아무리 넓은 구중궁궐이라도 새장은 새장이니까."

하쓰코의 말에 세이히토는 무안한 표정이다. 슈코는 기다렸다는 듯이 반응했다.

"그래서 말씀드리겠습니다. 아주 큰 새장 밖의 세상에서 한 번 숨을 쉬어 보고 싶습니다. 지금처럼 아무도 제 얼굴을 알지 못할 때 여행을 가고 싶습니다. 허락해 주세요. 더는 기회가 없을 것 같아서 간청 드립니다."

오랜 갈등과 설득의 시간이 흘러서야 여행은 허락되었다. 기간은 단 15일, 동행은 소꿉친구인 아야카로 한정하고 하루에 한 번 이상 연락을 하기로 하였다.

허락은 했지만, 천황과 황후의 걱정은 깊었다. 15일간의 궁 밖 평민체험. 슈코가 어떻게 반응할까? 아무도 공주를 알아보지 못하는 자유로움. 새장 밖의 세상이 두렵다면 쉽게 돌아올 것이고, 매력적이라면 다시 궁으로 돌아올 때가 걱정스러울 수도 있다.

그렇게 시작된 그녀들의 여행에서 아야카가 요코하마 항에 정박해있는 파라다이스드림호를 보고 던진 첫마디가 "오우 크고 멋져!"였다. 둘은 흡족했다. 동행한 슈코도 잔뜩 기대에 부푼 표정이었다. 승선 순서를 기다리며 점점 배 가까이 가자 서서히 압도되었다. 승선을 기다리며 그녀들은 파라다이스드림호 팸플릿을 보며 주거니 받거니 주절 거린다.

"배수량 21만 톤, 길이 361m, 폭 66m의 크기로 축구 장 3개 반을 이어 붙인 길이와 16층 높이, 2,700개의 선실을 자랑하며, 승객과 승무원을 포함해 최대 9,400명을 수용할 수 있어 '바다에 떠다니는 도시'로 불린다."

규모와 시설에 감탄한 듯 슈코가 입을 열었다.

"조금 과장하면 바다에 떠다니는 도시가 아니라 도시국 가라고 해도 될 것 같아."

아야카가 장단을 맞춘다.

"슈코 히메님 말씀이 지당하십니다."

"아야카! 그렇게 부르지 않기로 했잖아."

"아! 아 미안해, 마리 히메."

"히메는 또 뭐야. 제발 집중해 주세요. 아가씨!"

"그래 알았어. 마리! 배가 크긴 엄청나게 크다. 길을 잃 을 수도 있겠는데."

"아야카 이 정도 규모면 나라를 운영하는 것이나, 크루 즈선을 운영하는 것이나 메커니즘이 비슷하지 않을까?"

그렇게 흥분과 기대를 잔뜩 안은 두 사람은 요코하마, 오사카, 후쿠오카를 거쳐 지난 새벽 나가사키에 도착했다.

*

두 사람은 나가사키 기항지 여행을 마치고 스위트룸으로
들어왔다.

"슈코, 내가 선물을 하나 줄까 하는데."

"선물?"

아야카가 생글거리며 선물 얘기를 꺼냈다. 아야카는 손
을 내밀어 달라는 시늉을 한다. 아야카가 슈코 손에 무엇
인가를 얹는다. 그러나 빈손이다. 애들처럼 이런 장난을
하냐는 표정으로 장난스레 흘긴다.

"슈코, 선물은 조금 있다가 줄 거야. 샤워한 다음에."

"아야카, 뭔데 말해줘."

"아냐 지금은 말 못 해. 대신 샤워를 깨끗이 하고, 예쁘
게 옷을 입고, 화장해야 해."

슈코가 스위트룸 안의 원형 샤워부스로 들어갔다. 능숙
하게 물이 튀지 않도록 방수 커튼에 물을 적셔 부스 벽에
밀착시킨다. 첫날 카펫에 물이 튀어 한바탕 난리를 치고
배운 교훈이다.

먼저 샤워를 끝낸 아야카는 발코니로 나가 나가사키의
도시풍경을 본다. 나가사키의 경사진 도시 모습이 수학여
행 때 들렀던 한국 부산을 닮았다. 부산보다 작은 규모지
만, 경사진 언덕에 집들이 올망졸망한 모습이 그렇다.

"무엇이 아야카의 마음을 온통 빼앗았을까?"

어느새 샤워를 마친 슈코가 아야카 등에 턱을 괴며 말을 건넸다.

"샤워 끝냈어? 예전에 중등과 때 한국 부산에 수학여행 갔던 기억이 나서."

"그래 부산에 갔다고 했지. 밤 풍경이 멋졌다면서… 그래! 나가사키가 부산하고 비슷하다고 그랬었어."

"이번 여행에서도 부산에서 쓰시마 섬을 볼 수 있을지 모르겠어."

"부산에서 일본 쓰시마가 보인다는 게 흥미로운데?"

"느낌이 참 특이했어. 다른 나라에서 우리나라를 눈으로 볼 수 있다는 것이 말이야. 한국 사람들은 쓰시마를 보면서 어떤 생각을 할까?"

슈코는 잠시 생각에 잠겼다. 한국은 어느새 훌쩍 성장했다. 일본의 지배에서 벗어난 지 불과 80여 년 만에 일본을 넘어서려고 한다. 그런 한국이 쓰시마와 그 뒤에 있는 일본을 어떻게 생각할까? 지난번 취임식에서 잠깐 만났던 박한 대통령의 눈빛은 강렬했었다. 한국 사람들도 박한 대통령의 눈빛을 닮았을까?

"참! 아야카. 이제 선물 줘야지."

"당연히 드려야지. 그런데, 드릴 수 있는 시간이 정해진 걸 어쩐담."

"아야카 이 정도면 되겠니?"

슈코는 연회용 드레스를 꺼냈다.

"좋은데. 그래도 좀 힙하게 입는 게 좋을 것 같긴 한데 말이야."

아야카는 클럽용 드레스를 꺼내 들었다. 그녀는 여행 경험자답게 슈코의 옷 몇 벌을 미리 준비해두었다. 슈코가 준비할 수 없을 거로 생각해서 아야카가 준비해왔다고 덧붙였다.

슈코는 놀란 표정이다. 하지만 싫지 않아 보였다.

"너무 야한 것 아니니?"

둘은 옷을 갈아입고 의상에 맞춰 화장을 잠깐 고친다. 슈코는 여전히 적응이 안 되는지 연신 오프숄더는 끌어 올리고, 짧은 스커트는 내린다고 낑낑거렸다.

"오! 슈코 섹시한데!"

슈코에게 다가간 아야카가 귓속말을 했다.

"슈코 몸매가 장난 아니야. 오늘 소개할 사람이 한눈에 반하겠는걸."

"내가 아는 사람이니?"

"당연히 알지. 만난 적이 있었으니까. 그런데 불행하게도 그 사람은 슈코를 모를 거야."

누군지는 모르지만, 성형 전에 만난 사람이라면 못 알아보는 것이 당연했다.

"남자? 여자?"

아야카는 답하지 않았다. 슈코는 그가 누굴지 생각했지

만, 전혀 감이 잡을 수 없었다.

대극장에 가는 길에 카지노가 있었다. 카지노는 아직 영업 전으로 카지노 직원들은 개장을 준비하고 있다. 드림호가 공해로 나가고 선내 행사가 끝나면 개장을 할 것이다. 카지노를 지날 때 직원들이 반갑게 인사를 한다. 환한 표정에 웃음을 머금고 절도 있게 인사했다. 서양 직원도 상체를 숙이는 동양식의 인사에 익숙한 모습이다. 한편에는 어린이용 게임기에서 게임에 한창인 아이들도 보였다.

"유후! 정말 크고 멋진데."

"또 그 소리! 아레나 대극장도 크긴 크다. 오늘 무슨 공연이지?"

"슈코, 자 잘 읽어봐!"

아야카는 '파라다이스드림 데일리뉴스'를 쥐여 준다. 크루즈 승객을 위한 선내 신문이다. 신문은 행사 안내와 레스토랑 오픈 안내, 주의사항, 그 밖의 정보로 채워졌다. 한참 깨알 같은 글을 읽어 내려가던 슈코의 눈이 오늘의 행사 안내 끝부분에 딱 멈춘다. 동공이 확장된다. 그리고는 놀란 토끼 눈이 되어 아야카에 '이게 사실이니?'라고 입을 오물거리며 큰 눈으로 묻는다.

"오 마이 갓! KJK가 공연한다니. 그럼 하늘 사마가 온다는 거잖아?"

"그럼 당연하지 그래서 내가 선물을 준다고 했잖아. 슈코 히메님 자 이리로 오세요."

"상하이에서 본다고 그러더니… 날 속였구나! 어쨌든 좋아. 아야카!"

아야카는 극장 제일 앞자리로 슈코를 데려갔다. 애초 앞좌석 쟁탈전이 만만찮았다. 하쓰코는 슈코를 위해 미리 손을 써 놨다. 평소 슈코는 KJK의 열렬한 팬이었다. 그 가운데서 리드보컬 하늘의 팬이라는 걸 하쓰코는 알고 있었다. 우울한 딸의 마음을 풀어주기 위해 적지 않은 돈을 들여 1열 VVIP 자리를 마련했다. 하지만 아야카에게 비밀을 지켜달라 부탁했다.

"아야카 고마워. 티켓 구하기 어려웠을 텐데?"

"어려웠지. 그래서 아빠 찬스를 썼어. 아빠가 돈을 좀 썼을 거야. 울 아빠는 슈코 열광 팬이잖아. 슈코가 함께 볼 거라고 했더니 쿨하게 구해줬어."

그녀는 여전히 믿기지 않는다는 듯이 두리번거린다. 인기 절정인 아이돌그룹이 이런 크루즈 선에서 공연을 한다는 것이 신기하기만 했다.

KJK 소속사인 '뮤지끄엔터테인먼트'는 지난해 크루즈 사업에 뛰어들었다. 그 가운데 15% 지분을 투자한 곳이 파라다이스드림호였다. 소속사 대표는 크루즈 일정과 공연 일정을 짜 맞춰 일본, 중국, 한국 순으로 공연을 하고 있었다. 지난밤 일본 투어의 마지막 공연지인 후쿠오카 공연을 마치고 승선한 것이다. 선사 대표는 크루즈 여행의 승객 나이가 젊어지는 추세에 편승했다. 젊은 고객 확보를 위해 크루즈 선상 아이돌 공연이라는 혁신적 기획을 한 것이다. 슈코는 지난 도쿄 공연에서도 KJK를 보고 싶었지만, 하쓰코의 반대로 가질 못했다. 젊은 아이돌 공연은 차분하지 못하고 열광적이어서 안전을 보장하지 못한다는 것이었다. 그런데 이런 호사를 누릴 줄 몰랐다. 그것도 도쿄돔은 KJK에 가까이 갈 수도 없었지만, 여기서는 바로 코앞에서 볼 수 있다. 벌써 가슴이 콩닥콩닥 뛰기 시작했다.

극장은 관객들로 순식간에 들어찼다. 극장의 고정식 테이블 위로 와인과 과일 안주가 배달되었다. 둘은 와인을 한 모금 마시며 입을 적신다. 안 그래도 긴장과 흥분으로 입이 바싹바싹 말라가던 슈코는 더없이 행복했다.

"아야카는 누굴 응원할 거야?"

"난, 하늘을 응원할 거야."

아야카가 슈코를 놀리듯 표정을 짓자 슈코가 흘기는 척 웃는다.

"정말? 그럼 우리 우정은 오늘로써 깨지는 건데?"

"그래도 좋은 건 어쩔 수 없잖니."

아야카는 생긋 웃으며, '이런 하늘 사마 마귀 같으니.'라고 중얼거린다. 아야카는 KJK멤버 중 미누를 좋아했다. 원체 키 큰 남자를 좋아하는 데다 래퍼에 관심이 많은 탓이다. 공연 시간이 다가오고 주변은 시끌벅적하다. 앞 좌석은 대부분 야한 복장의 중국 젊은 여자들로 메워졌다. 중국 특유의 큰 목청으로 시끌시끌한 대화 속에서 둘은 기가 눌렀다.

KJK 공연이 시작되자. 극장은 터져나갔다. 엄청난 열기는 진앙지인 무대로부터 쓰나미처럼 퍼져 나갔다. 젊은 관객의 환호와 여성 특유의 날카로운 비명이 뒤엉킨다. 슈코는 처음 경험한 실제 공연에 당황스러워했다. 집단 광기가 묘한 희열이 되어 세포를 깨웠다. 눌려있었던 슈코의 신명 잠금이 풀리자 자리를 박차고 벌떡 일어났다. 너 나 할 것 없이 알 수 없는 힘에 이끌려 일어선 채 이제 막 KJK에게 신내림을 받기라도 한 것처럼 방방 뛰기 시작했다.

공연을 보고 룸으로 돌아온 둘은 곤죽이 되었다. 땀 범벅에 머리칼은 헝클어져 있다. 샤워하러 가면서 아야카는 속옷이 죄다 젖어 있는 걸 알았다. '하얗게 불태운 나가사키 바다 위의 밤. 슈코 속옷도 홀라당 젖었을까? 이런 경험은 처음일 텐데.'

슈코는 아직도 가슴이 콩닥거렸다. 공연 중에 하늘이 윙크를 두 번이나 날렸다. 심지어는 찰나의 순간 손과 손이 스친 장면이 고장 난 비디오처럼 무한 반복되었다. 그럴 때마다 손으로부터 야릇한 전율이 타고 올라왔다.

샤워를 마친 아야카가 맥주를 들고 왔다.

"이제 진짜 선물을 줄 차례인데. 슈코 히메 제 말에 따르시겠습니까?"

슈코는 기분이 한껏 올랐다.

"오! 예~"

아야카가 다시 화장을 고쳤다.

"어떤 선물?"

"기대할 만한 선물입니다. 그 덕에 나도 선물하나 챙겨야지"

이번엔 분위기 있는 파티 드레스로 변신했다. 그녀들이 들른 곳은 선내에서 가장 전망이 좋은 레스토랑이었다. 레스토랑 안에서는 먼저 온 여자들로 시끌벅적했다. KJK의 음악을 들으며 슈코와 아야카는 창 측 중간에 있는 테이블에 앉았다. 실내에는 먼저 온 여자애들이 흥얼흥얼 노래를 따라 부른다. 생각보다 여자애들의 옷차림은 파격적이다. 그중 중국인으로 보이는 여자가 눈에 띈다. 큰 키에 비율이 남다른 몸매가 잘 드러나는 옷차림이다. 표정마저 남자를 빨아들일 것 같았다. 안을 둘러 보다 슈코와 그 중국 여자의 눈빛이 마주친다. 잠깐 서로 눈을 피하지 않고 마주보다 눈길을 피한다. 특별해 보이지는 않았지만 슈코에게서 어떤 에너지를 느낀 것 같은 표정이다. '쟨 뭐지, 느낌이 이상해'하는 듯한 눈빛.

"슈코 저런 애가 하늘 사마를 꼬시기라도 한다면 큰일인데 그치?"

"남 걱정할 게 아니라 미누 사마를 노릴 수도 있지 않겠니?"

"미누 사마를 감히 어림도 없지. 미누 사마가 날 보면 혜

266

어나질 못할 걸."

"그래도 관심이 없을 수도 있잖아."

"그럼 원피스 허벅지 부분을 이 만큼 찢어야지, 가슴도 옆구리부터 세게 훑어 모아서 가슴골도 깊게 만들고."

아야카는 장난스레 가슴 모으는 동작과 드레스를 슬쩍 당기며 허벅지를 드러냈다.

"그만해, 아야카!"

팬 사인회 테이블이 거의 찰 무렵 사회자가 나온다. 팬들은 사회자의 진행에 따라 KJK의 히트곡 'The King of the World is yours(세상의 왕은 바로 당신)'에 맞춰 떼창을 시작한다.

'이른 아침 빛없는 세상으로 나가는 사람. 마른 나뭇잎 찾아 나무를 기어오르는 애벌레 한 마리… 세상의 왕은 바로 당신. 방황하지 말고 자신의 왕국으로 돌아가라….'

가볍게 시작한 떼창은 점점 증폭된다. 소리가 증폭되자 여기저기서 흥분하기 시작한다. 그러다 입구에서부터 시작된 돌고래 비명이 터졌다. 그들이 왔다. 그녀들의 절대강자. KJK는 공연 후 휴식 시간을 보내고 정장의 멋쟁이로 나타났다. KJK가 자리에 앉자 팬 사인회가 시작되었다. 각자 좋아하는 멤버에게 가서 통역 블루투스로 대화를 하며 사인을 받는다. 팬들은 멤버의 미소에 가슴이 녹아내리는 표정들이다. 교주에 현혹당하듯 하나같이 순한 양이 되어 어떤 저항도 없이 감동에 매몰되었다.

슈코는 'The King of the World is yours'를 들으면서부터 마음이 착잡해졌다. 그동안 별생각 없이 멜로디로만 노래를 즐겨왔지만, 통역 블루투스로 듣고, 모니터를 통해 일본어로 번역된 가사를 보자 느낌이 새로웠다. 일상을 사는 사람. 알 수 없는 생을 살아가는 애벌레 한 마리도 그들이 살고 싶은 곳에서 하고 싶은 것을 하고 사는 곳이 왕국이고 그곳에 사는 당신이 바로 왕이라는 가사가 계속 머릿속에 맴돌았기 때문이었다.

"슈코, 우리도 일어나야지. 우리 차례야."

하늘 앞에 섰다. 앨범을 내밀자 하늘은 파란 스티커를 보며 "니혼진 데스까?"라고 묻는다. 모두 통역 블루투스를 착용하고 있는데도 일본말로 묻자 슈코도 화들짝 놀란 표정으로 "하이"라고 대답한다. 오늘만큼은 사진 속의 하늘 사마를 후각으로 느끼지 않아도 되었다. 성형 전 옛 얼굴로 만났던 하늘은 슈코를 알아보지 못했다. 박한 대통령 취임식에서 잠깐 만났던 슈코는 이미 세상에 없었다. 하늘의 코앞에 바투 서서 악수를 해도 하늘 사마는 전혀 눈치채지 못했다. 익명의 편안함과 안타까움이 미묘한 흥분을 일으켰다. 손에 쥐어진 앨범을 들고 룸에 들어와서야 앨범에 쓰인 하늘의 친필 글씨와 사인을 보았다. '무슨 말이지?'

친필 글을 번역기로 번역한다. '아름다운 슈코 색시해요. 알랴뷰' 슈코는 화들짝 놀랐다. 번역이 나오자 이게 대관절 무슨 말이지? 라는 표정이다. '아름다운 슈코, 내 아내가 되어 줄래요. 사랑해요.' 번역을 본 아야카는 하늘 사마가 슈코에 반했다고 놀린다. 사실이길 바라는 마음과 무언가 잘못되고 있다는 생각이 섞여 혼란스럽다. 아야카가 한국인 친구를 찾아 물어보기로 했다. 재킷의 친필 사진을 본 한국 친구는 글씨체로 볼 때 색시와 섹시 둘 다 가능한데 아마 섹시하다고 한 것 같다는 의견이었다. 섹시하다는 칭찬이 오늘따라 달갑지만은 않았다.

9

신의 시간

2028년 6월 14일, 박한은 비밀리에 국가안보회의를 소집했다. 옵서버로는 이태식 해군 특수전 사령관과 구만원 한국지질연구소장이 참석했다. 한동안 박한은 침묵했다. '생각은 깊게, 결단은 불같이'라는 평소 소신이 흔들리고 있었다. 불같은 결단을 내리지 못하고 있었다.

"대통령님, 결정하셔야 합니다. 이제는 더는 지체할 수 없습니다."

"그럼 마지막으로 확인하겠습니다. 국방부장관, 즉시 병력 투입이 가능합니까?"

"예, 대통령님! 훈련을 마치고 대기 중입니다."

"특수전 사령관님! 폭약 설치에는 얼마나 걸립니까?"

"예, EOD 요원 3개 팀이 수중 이동 중입니다. 10분 이내로 폐 시추공 접근 가능합니다."

"설치 시간은 얼마나 걸리지요?"

"추진체로 시추공 바닥까지 이동 설치하고, 기폭작업을 모두 마치려면 문제가 없을 시 3시간 예상합니다."

"그럼 설치하세요."

박한은 결심했다. 이제 남은 시간이 별로 없다. 오로지 한국이 스스로 해결해야 한다. 그리고 그 모든 책임은 대통령인 자신이 져야 했다.

"소장님, 지질학적으로 지각이 반응할 가능성 시뮬레이션은 끝났습니까?"

"결과는 좋지 못합니다."

구 소장은 기대할 수준은 아니라고 보고했다. 충격파의 규모에 따라 다르겠지만, 군사용 폭약을 폐 시추공 안에서 최대치로 폭발시켰을 때 지각을 움직일 가능성은 5%를 넘지 못했다. 물론 이 수치는 반응할 가능성이지 박한이 원하는 규모의 지각이 솟을 가능성은 아니었다.

"현실적으로 군사용 화약으로는 섬이 생길 가능성은 거의 없다고 보는 것이 정확하겠군요."

"제가 말씀드릴 수 있는 것은 거기까지입니다. 죄송합니다."

대통령은 안보실장에게 작전 종료 시까지 위원들과 벙커에 대기하라 지시했다.

위원들은 대형 모니터에 비친 수중 모습을 지켜보고 있다. EOD 요원들이 팀별로 수중 추진체를 이용하여 잠수함을 빠져나와 3번 시추공으로 이동한다. 수중은 평온하고 아름답기까지 하다. 위원들은 평온과 위험이 공존하는 바다 풍경에 묘한 전율을 느낀다. 자연을 거스르는 일에는 두려움과 희열이 교차한다. 시추공에 도착한 요원들은 우선 시추공 밀봉을 뜯어냈다. 시추공을 뜯자 오랜 세월 시추공 안에 있던 흐릿한 물질이 흘러나온다. 그 속으로 폭약을 단 로봇 추진체를 출발시킨다. 시추공의 깊이가 2000~3000m로 폭약을 자연 수장시킬 경우 많은 시간이 필요했다. 시추공 끝까지 도달하는 시간을 줄이기 위해 로봇 추진체를 달았다. 로봇 추진체는 카메라와 폭약을 달고 비좁은 시추공 바닥으로 끝없이 내려간다.

그러는 동안 별도의 EOD 요원이 5번 시추공으로 접근하고 있었다.

"외교부 장관, 각국 공관에도 대기 통보하셨습니까?"

"공관장들은 대기 중에 있습니다."

"작전이 시작되면 즉각 훈령을 통보하시고 작전 완료 시 비상 근무하도록 하세요."

박한은 시계를 봤다. 오후 9시 23분. 박한은 머릿속으로 다시 작전을 그려본다. 밤은 깊어갈 것이다. 작전은 가장 밤이 깊을 때 시작할 예정이다. 제주 강정기지에서는 이지스함과 구축함이 출발했다. 이어서 강정기지에서 위그선 5대를 대기시킨다.

박한은 수면 부족으로 지친 듯 보였다. 하지만 얼굴에는 긴장과 함께 기대감도 넘쳤다. 박한은 이미 마음을 굳혔다.

"폭약 설치는 모두 끝냈다고 하셨지요."

"그렇습니다. 명령만 내리시면 즉시 실행됩니다."

대통령은 긴급 발표문 준비를 확인했다.

"오늘 오전 4시에 실행합니다. 현재 시각 오전 1시 폭파 3시간 전입니다. 국방부장관과 합참의장께서는 군사작전을 다시 점검해 주세요. 위험이 뒤따른다는 사실 인지하시고, 우리 훌륭한 정예요원 안전에도 신경 써주세요. 그리고 외교부장관은 즉시 외교채널을 작동시킬 준비를 하시고요. 주요국 별 시간이 어떻게 되지요?"

"예, 우리 시간 오전 4시면 일본은 같은 오전 4시, 중국은 오전 3시, 프랑스는 오후 9시, 영국은 오후 8시, 워싱턴은 오후 3시, 엘에이는 낮 12시 순서입니다."

박한은 만족감을 표했다.

"적합합니다. 오전 4시가 일본과 중국은 한밤중이고, 주요국가에 발표하기에 좋은 시간입니다. 시선을 끌 수 있는 최적의 시간입니다. 폭발로 섬이 생긴다면 아니 생긴다고 믿읍시다. 즉시 움직여야 합니다. '이곳은 한국 땅이다.' 아무도 가질 수 없다는 걸 쾅! 찍어야지요. 일본과 중국이 잠든 사이에 전격적으로 실행합시다."

시간은 오전 2시를 지나고 있다. 시간이 지날수록 긴장감은 커지고 자신감은 흔들렸다.

잠깐 시간을 빌려 국방부장관이 보고한다.

"현재 제주 강정기지로 위그선이 출발했습니다. 그리고 측지부대를 포함한 공병대와 보급부대는 컨테이너선으로 JDZ를 향해 항해 중입니다. 섬이 생긴다면 공병부대는 12시간 이내에 기지를 만들 계획입니다. 접안시설, 헬기 착륙장, 병영 부지확보 및 화기 설치 기초까지 모두."

박한이 보고를 받고 끄덕이자 신두석 국방부장관은 고무적인 표정을 지었다.

"우리 군 장병을 믿습니다. 섬을 만들지 못하면 나무 말뚝이라도 박아서 섬을 만들겠다는 공병부대의 의지 대단합니다."

박한은 문득 나무 말뚝을 바다에 박아 만든 도시를 떠올렸다.

"동양의 베네치아가 동중국해에 탄생할지도 모르겠군요."

박한은 현실을 위트있게 받아들였다. 긴장이 조금 풀려보였다.

"체력적으로 힘드시더라도 몇 시간만 밀도 있게 진행합시다. 국운이 걸린 일입니다. 모두 힘냅시다!"

박한은 자신감 있게 밀어붙였지만, 자칫 해프닝으로 끝날 가능성에 대한 불안감을 완전히 떨칠 수는 없었다. 자칫 국제적인 웃음거리가 될 수도 있기 때문이었다. 박한은 차선책으로 해저 폭발이 실패할 경우를 대비해 해상 시위를 별도로 준비했다. 일본에 그냥 넘겨줄 수는 없었다. 한국의 권리 주장을 굽히지 않겠다는 것이다. 이것은 사태가 악화할 경우 일본과 해상 충돌이 일어날 수도 있는 사실상의 선전포고와 같은 것이다. 문제는 중국이었다. 중국이 어느 정도 개입할지가 궁금했다.

박한에 일격을 가한 것은 일본도 중국도 아니었다.

"대통령님, 미국 대통령 전화입니다."

쿵! 심장이 내려앉는 충격이 왔다. 싸늘한 기운이 돌았다. 시계를 쳐다봤다. 새벽 2시 8분이었다.

"이 시간에 전화라면…."

사전 통보도 없이 밤중에 전화가 왔다는 것은 미국에서 냄새를 맡았다는 것이다. 비밀프로젝트까지 알고 있을지가 문제였다.

박한은 무심한듯한 목소리로 전화를 받았다.

"펠튼 대통령께서 어쩐 일이십니까?"

펠튼은 단호한 어조였다.

"박한 대통령, 작전을 중지해 주시오."

"무슨 작전 말씀입니까?"

박한은 시치미를 뗐다.

"이러지 맙시다."

모르는 척한다고 해결될 문제가 아니라는 뜻이다. 올림픽 전의 어떤 소요도 허용하지 않겠다는 것 그대로였다. 박한은 미국의 입장만을 강조한 펠튼의 요구를 거부했다.

약속을 어기고 Q를 제거한 것에 불쾌감을 드러냈다. 펠튼은 중단하지 않으면 미 해군 특수팀을 급파하겠다고 압박했다.

통화는 끝났다. 비밀 프로젝트까지는 모르는 눈치다. 알았다면 그렇게 통화를 끝냈을 리 없었다. 펠튼의 정보력은 대단했다. 일본도 눈치채지 못한 것을 어떻게 알았을까?

통화를 끝내고 생각에 잠겼다. 펠튼의 말을 들어줄지 말지 고민했다. 작전을 중단하면 JDZ의 절반을 나누겠다고 했지만, 미국이 나눌 권한은 어디에도 없지 않은가.

"오키나와 가데나기지에서 미 해병 작전기가 이륙했다는 보고가 들어왔습니다."

"결국, 그만두지는 않겠다는 뜻이군."

펠튼의 전화는 대통령실을 흔들었다. 미국이 안 이상 중단해야 한다는 의견과 미국을 벗어날 때가 되었다는 의견이 충돌했다.

오전 2시 30분, 박한은 복잡해진 머리를 식힐 겸 커피를 마셨다. 미국과 정면충돌을 감수해야 할 것인가? 그렇게 되면 중국 일본에 미국까지 모두 적이 되는 형국이다. 절대 불리한 구도다. 그렇다고 이제 포기할 수도 없지 않은가? JDZ와 핵을 어떻게 처리할 것인가?

"대통령님, 결단을 내리셔야 합니다."

미국은 올림픽 전까지 무슨 수를 쓰더라도 문제를 막으려 할 것이다. 미국과 척지고 싶지 않지만, 한국을 위해서 움직일 수밖에 없었다. 미국이 지금의 한국을 지켜줄 수 있어도 미래를 보장해 줄 수는 없다.

'아! 이럴 땐 어떻게 해야겠습니까? 용기와 힘을 주세요.'

박한은 힘들 때면 가끔 돌아가신 할아버지를 떠올렸다. 할아버지는 '박한'이라는 이름을 지으셨다. '박한'이라고 쓰지만 '바칸'이라고 읽는다. 즉 '칸'은 왕이란 뜻이었다. 드러내면 성취하지 못한다는 의미에서 왕기를 이름 깊숙이 꾹꾹 눌러 숨긴 것이다. 유라시아 대륙을 호령했던 칭기즈 칸처럼 동북아를 호령하는 칸이 될지는 누구도 알 수 없는 일이었다. 할아버지를 떠 올릴 때마다 박한은 힘을 얻었듯이 결단의 순간 할아버지를 떠올린 것이다.

*

"앗! 뜨거워."

모래를 밟은 슈코가 팔짝팔짝 뛰었다. 마치 뜨거운 사막 위의 도마뱀 같았다.

"뜨거워야 찜질이 되지, 땀 흘리고 나면 새사람이 된다는 사실."

가고시마 이부스키 흑모래 찜질장에 가는 길에 뜨겁게 달궈진 모래를 밟은 것이다. 여름 태양에 달궈진 검은 모래는 피부를 통째로 익힐 것 같았다. 중년 여직원의 절제

된 삽질로 순식간에 자리가 만들어지고 찜질이 시작되었다. 슈코는 눈이 감겼다. 크루즈라는 새로운 환경에 적응하느라 몸이 피곤해지기도 했고, 지난밤 KJK와의 공연과 만남에서 너무 무리한 탓이다. 눈을 감자 온몸에 땀이 나기 시작했다. 기억의 빗장이 풀리기 시작한다.

커다란 집. 정원이 있고 유니폼을 입은 일하는 아저씨 아주머니들이 부산히 움직인다. 그들은 나를 보거나 지나갈 때면 인사를 한다. '공주님 안녕하세요.', '공주님 예쁘세요.' 기억 속에 첫 '공주님'을 불러준 것은 할머니였다. 할머니는 우아하고 교양있는 분이었다. 목소리는 차분하였다. 들을 때마다 마음이 안정되게 하는 특별한 능력을 갖추신 분이었다. 사쿠라가 만발한 어느 날 정원에서 할아버지는 가족을 모아 놓고 차를 마셨다. 할아버지는 웃음이 많은 분이었다. 가족이 모일 때면 사진사를 불러다 사진 찍는 걸 잊지 않았다. 가쿠슈인[10] 초등과에 입학할 때까지는 모두 그렇게 크고 넓은 집에서 사는 줄로 알았다. 그리고 학교 갈 때는 기사가 차를 태워주고 엄마가 없을 땐 늘 함께하는 여자 언니가 있었다. 세상에 신분이라는 것이 존재한다는 것은 충격이었다. 사람에게도 등급이 있다는 것을 이해할 수 없었다.

---

10) 가쿠슈인(學習院): 가쿠슈인대학을 중심으로 하는 일본의 학교법인이다. 가쿠슈인은 100년 이상의 역사와 전통을 가지고 있으며 대학은 간토 지역의 대표적인 명문 사립 대학이다. 황족과 화족이 다니는 학교로 유명하다.

그때 만난 것이 아야카다. 밝게 웃을 때 덧니가 살짝 보이는 웃음이 많고 밝은 아이였다. 아야카의 아버지는 건설업을 하는 건설회사 회장이었다. 슈코의 어머니와 아야카의 어머니는 미국에서 함께 공부한 하버드대학교 동창이었다. 두 분은 서로 친하게 지냈다.

아야카와는 가쿠슈인 여자중등과 가쿠슈인 여자고등과도 항상 같은 반이었다. 그나마 둘이 떨어져 있었던 것은 가쿠슈인 여자대학을 다니면서 서로 전공을 달리했을 때뿐이었다. 슈코는 같은 반으로 묶어 준 것은 궁내청과 문부과학성에서 특별히 신경을 쓴 것으로 생각했다. '내친왕 전하'라는 공식 명칭을 가진 공주, 슈코는 공주도 내친왕 전하도 싫었다. 궁내청은 황실 보호와 지원이라는 것을 앞세워 감시 감독했다. 의전을 앞세워 행동과 행위에 제약을 기하기도 했다. 궁내청의 기능 속에는 항상 정치라는 여과 장치가 붙어 다녔다. 지금도 누군가에 의해 감시받고 보고되고 있다는 걸 알고 있다. 그것이 다음 황위를 위한 황족 간의 암투에 연루됐든 정치적인 힘으로 움직이든 말이다. 감시 감독이 싫었고, 허울뿐인 황족도 싫었다. 언젠가부터 관광객이 황궁 한쪽을 들락거리기 시작했다. 내 집에 누군가가 돈을 주고 합법적으로 들락거리는 것은 모욕적이었다. 그러나 모욕감도 사치라는 생각이 들었다. 황궁은 내가 사는 집이지 내 집이 아니라는 것이다.

'일본 황족의 재산은 국가로 귀속한다.'

천황은 일본의 정신적인 지주다. 그녀는 일본의 정신적인 지주의 공간을 살짝 보여줌으로써 국민에게 묘한 성취감을 느끼게 한다고 생각했다. 훔쳐보기 또는 따라 하기로 얻는 쾌감을 산업화한 것이다. 어느 순간부터 쇼윈도 속의 월급쟁이 연기자처럼 느껴지기 시작했다. 넌더리가 났다. 출퇴근은 하지 않지만, 자신도 모르게 직장에 출퇴근하는 것과 다를 바 없었다. 그런 공간이었지만 그녀에게는 따뜻한 기억도 많은 곳이다. 성인이 되기 전까지 따뜻한 목소리로 "공주님"이라고 불러줬던 아빠의 목소리가 좋았다. 따스함과 사랑이 가득한 느낌은 아이스크림보다 달콤했다. "공주님"을 불러주는 따뜻한 목소리가 그리워졌다.

*

파라다이스드림호는 남큐슈 가고시마를 떠나 상하이로 향했다. 동중국해에 진입하자 야간 자동항법장치로 변경되어 항해하기 시작했다. 조타실 당직자는 이따금 항법장치의 상태만을 점검할 뿐 자리에 앉아 휴대폰에 저장된 영화를 보곤한다. 승무원은 조타실 야간근무를 반겼다. 수당으로 지갑이 두꺼워지기도 했지만, 무엇보다 쾌적했다. 승무원 객실은 주로 기관실이나 연돌(굴뚝) 근처에 있었다. 엔진의 기계음과 후텁지근한 방 안 공기에 시달리기에 십상이었다. 야간엔 엔진 출력을 줄이기도 하지만 밤이 깊을수록 소리는 크게 들리기 마련이다. 조타실은 첨단 장비가 많아 항상 적정 온도에 적정 습도를 유지했다. 당직자에게는 당연히 쾌적함을 주었다. 파라다이스드림호에서 승무원이 갈 수 있는 진정한 파라다이스는 야간 조타실인 셈이다.

파라다이스드림호는 이따금 해류와 조류가 심해질 때면 살짝 떨림 현상이 있긴 했지만 거대한 덩치로 바다를 꾹꾹 눌러가며 순항한다. 동중국해는 바다가 깊지 않을뿐더러 장애가 될 만한 섬이나 암초도 없는 지역이다. 당직자에게는 최적은 바다라고 할 수 있다.

슈코는 잠에서 깨어 물을 한잔 마신 뒤 테라스로 나갔다. 슈코는 심호흡을 한다. 그믐을 며칠 앞둔 밤은 캄캄했다. 순간 바다가 하늘이고 하늘이 바다라고 생각되었다. 밤하늘의 별빛이 나, 밤바다의 집어등 불빛이 서정적 소통의 언어가 되어 반짝였다. 파라다이스드림호는 수평선을 쪼갤 듯이 바람을 가르며 하얀 물거품을 만들어 냈다. 별이 반짝인다. 지금껏 본 것 중에 가장 크고 밝은 것이다. 도쿄에서 본 흐릿한 별을 손수건으로 반짝반짝하게 닦아놓은 것 같다. 이렇게 별이 많은 것도 처음 눈으로 보았다. 무수히 많은 별을 하나하나 선으로 연결해 본다. 선은 슈코의 상상만으로 별과 별 사이를 이었다가 풀고 다시 잇기를 반복한다. 머릿속으로는 노랫소리를 흥얼거렸다. 슈코는 별과 별 사이를 선과 선으로 이어나간다. 선과 선의 이음으로 얼굴이 만들어졌다. 눈결 화들짝 놀란다. 그려진 얼굴은 하늘 사마의 얼굴이었다. 공연에서 자신을 보며 환하게 웃던 모습이다. 괜스레 부끄러워졌다.

머릿속으로 하늘의 노래가 들려왔다. 자신도 모르게 흥얼거렸다.

문득 누군가 KJK 하늘의 노래를 부르고 있다는 걸 알아차렸다. 어딘가 근처 테라스였다. 귀 기울이던 슈코가 깜짝 놀랐다. 하늘이었다. 처음엔 모창이라고 생각했었다. 그런데 분명 하늘의 목소리였다. 그가 노래 부를 때의 루틴을 정확히 알고 있는 그녀로서는 확신했다. 슈코는 통역 이어폰을 꽂고 이끌리듯 조심스레 화음을 넣어 본다.

아주 작은 소리였지만 하늘의 목소리가 잠깐 작아진다. 주변에서 들려오는 슈코의 화음을 들었다는 것이다.

노래가 끝나자 하늘은 인사를 건넨다. 얼굴을 볼 수 없는 블라인드 인사인 셈이다.

"안녕하세요."

"예! 안녕하세요."

"일본인? 중국인? 한국인?"

"일본인이에요."

일본인이라는 말에 하늘은 연습생 시절에 배웠던 일본어로 대화를 시작했다.

"오, 그러세요. 저는 이건이라고 합니다. 성함이 어떻게

282

되시지요?"

이건이라는 말에 슈코는 가슴이 뛰고 있었다.

"슈~ 아니… 마리라고 불러주세요. 이건? 혹시… 하늘 사마 아니신가요?"

슈코는 하늘의 본명이 이건이라는 걸 알고 있었다. 하늘 건(乾) 자를 쓴다는 것까지도

"제 목소리를 아시는 분이군요. 반갑습니다. 마리 씨, 좋은 밤 되세요."

"예! 그쪽도… 아니, 하늘 사마께서도 좋은 밤 되세요."

"혹시? 저와 만난 적이 있던가요? 목소리가 귀에 익어서요?"

슈코는 박한 대통령 취임식 때 아주 짧은 순간 악수하며 인사 나눈 기억을 떠올렸다. 설마 그 목소리를 기억할 리는 없을 테다.

"예! …아, 아니 아니에요."

"참! 그리고 목소리가 너무 좋으세요. 음색 여신님! 혹시 나와 듀엣 하실 수 있겠어요?"

"정말요? 그런데 떨려서….”

"그건 마음먹기에 달렸어요. 그럼 내일 봐요."

"예? 내일요?"

슈코는 잠이 싹 달아났다. 엉겁결에 듀엣 약속을 해버렸다. 아야카에게 이런 오밤중에 난데없이 하늘과 대화를 나눴다면 믿어 줄까?

슈코의 설렘의 밤이 시작되었다. 가슴이 진정되지 않아 잠을 잘 수가 없었다. 하늘과 대화에 이어 내일 듀엣을 한다는 건 상상할 수 없었던 일이다. 스위트룸을 선택하지 않았다면 이런 호사도 누릴 기회가 없었다. 어머니에게 감사하고 싶었다. 딸의 여행을 반대했지만 정작 여행을 하게 되자 어머니는 딸을 위해 스위트룸을 선물했다. 어머니가 스위트룸을 계약해 줬다는 건 어제 아야카로부터 들었다. 최고의 반전은 아야카의 아빠가 선물해준 것으로 들었던 KJK 공연 티켓도 어머니 하쓰코의 선물이었다. 늘 전통적인 예의와 법도를 강조하시던 어머니였기에 전혀 기대하질 않았다. 다만 아야카가 크루즈 여행 계약을 한 줄로만 알았다. 결국, 어머니의 선물은 스위트룸 플러스알파였다. 그 알파가 하늘이 될지는 두고 볼 일이다.

슈코는 뒤척이다 발코니로 나왔다. 선베드에 누웠다. 문베드로도 훌륭한 의자였다. 밤하늘을 보면서 어릴 때 어머니 무릎을 베고 누워 하늘을 보며 별 하나 별 둘을 헤아렸던 기억이 떠올랐다.

어머니 품은 늘 따뜻했고 좋은 냄새가 났다. 무릎을 베고 누우면 금방 잠이 들곤 했었다.

"슈코, 저 하늘에는 슈코 별도 있단다."

"엄마별도 있어요?"

"그럼 아빠별도 있고, 엄마별도 있고, 슈코 별도 있지."

"슈코 별은 어디 있어요?"

"슈코가 제일 예뻐 보이는 별이 슈코 별이지. 슈코 예쁜 별을 찾아봐. 슈코 별을…."

그렇게 별을 찾다 잠이 들곤 했었다.

언젠가 어머니가 고이고이 감춰둔 사진첩을 찾은 적이 있었다. 그곳에서 어머니의 신세계를 보고 말았다. 슈코와 비슷한 나이의 하쓰코 사진이었다. 뉴욕의 타임스퀘어에서 젊음 넘치는 몸짓으로 찍은 사진, 록 페스티벌에서 가죽 재킷에 히피한 복장으로 열광하던 모습, 세계를 여행하며 찍은 사진… 하쓰코의 판도라 상자가 열리며 슈코는 어머니 속에서 엄마의 모습을 발견했다. 그 후로 찍은 사진에서는 근엄함과 자애로운 미소를 짓고 있는 황후 모습이 전부였다. 황후와 여자 사이에서 엄마는 얼마나 갈등했을까? 그리고 그 갈등은 얼마나 힘들었을까?

*

고뇌에 찬 박한이 집무실을 떠나지 못하고 있었다. 벽에 걸린 지도를 한참을 쳐다봤다. 펠튼의 압박으로 작전을 취소한 것을 자책했다. 하지만 미국과 틀어졌을 때의 국익을 생각하지 않을 수 없었다. 세계적 강국 반열에 오른 지금도 한국의 한계는 분명 있었다. 세계적으로 가장 치열한 곳 동북아시아에 둥지 튼 것이 문제였을까? 곧 얼마 있

지 않으면 야당의 공세가 시작될 것이다. 6월 22일이 되면
벼르던 하야 요구가 시작될 것이다. 하야를 피하고 싶기도
하지만, 한국의 미래를 위해서도 결정을 지어야 하지는 않
았을까? 미국이 패를 들여다보고 있다손 치더라도 지금이
라도 다시 작전을 펴야 할까? 때를 기다려야 할까?

"좀 쉬시지요."

김철 처장이었다. 김철 처장도 새벽이 되어서야 잠깐 눈
을 붙였다.

"처장님도 좀 쉬세요."

박한은 자신의 판단에 관해 물었다. 작전을 취소한 것이
옳은 것인지? 잘못한 것인지? 김철은 미국이 던진 JDZ 반
반 분할 노력 약속은 희망 사항일 뿐이라고 판단했다. 역
으로 미국을 압박할 거리는 되겠지만 궁극적인 이득은 챙
기기 어렵다는 것이다.

박한은 마음을 굳히려는 듯 물었다.

"어떻습니까? 마지막으로 실행해보는 것 말입니다."

"아직 6월 22일까지는 며칠 남았습니다. 대통령님의 시
간입니다."

"고심해보겠습니다."

박한은 무슨 생각에 잠긴 듯 무심하게 차를 끓였다. 집
무실을 나가려던 김철이 무춤 섰다. 차 한잔하자는 뜻으로
도 보였기 때문이었다. 이렇고 외롭고 고통스러울 때 위로
해줄 영부인이 있었으면 좋았겠다는 생각이 들었다.

"제가 측은해 보이세요?"

김철의 표정이 읽힌 모양이었다.

"시기가 시기인지라 드릴 말은 아닙니다만, 이럴 때 영부인이 계셨을 좋았겠다는 생각이 들긴 했습니다."

박한은 건조하게 웃었다.

"잘 보셨습니다. 외롭다는 감정 숨기지 않겠습니다."

의외로 박한은 결혼 문제를 피하지 않았다. JDZ 건을 해결하고서 결혼하려 했던 꿈은 반쯤 부서져 버렸다.

"외람됩니다만, 마음에 정하신 분이 있으십니까?"

박한은 고개를 끄덕였다. 박한은 최악의 순간 탄핵으로 하야 당할지도 모른다. 하야 후에 결혼한다면 신부는 영영 영부인은 될 수 없다. 결혼한다면 그전에 영부인을 만들어 주는 것이 아내에 대한 도리가 아닐까?

"프러포즈는 하셨습니까?"

"하려고 합니다."

대화가 부드러워졌다. 침울했던 박한의 표정도 훨씬 밝아졌다.

*

2028년 6월 16일 오후 10시 41분.

일본 난카이 앞바다에서 지진이 발생했다. 일본 기상청은 규모 6.8 강진으로 발표했다. 미야기 총리는 관저에서 급히 보고를 받았다. 쓰나미는 지진 발생 15분 만에 시코쿠 고치 해변에 1.8m 높이로 밀려왔다. 기상청은 해안선이 평탄한 시코쿠 보다는 해안선이 깊고 복잡한 오사카와 고베에 주목했다. 즉각 대피 경보를 발령했다.

예상대로 오사카에도 쓰나미가 몰려왔다. 복잡한 해안선 탓으로 쓰나미는 최고 2.8m 규모로 오사카 해안을 덮쳤다. 대부분 지역은 해안 쓰나미 방재 시설로 피해는 크지 않았지만, 요도강과 도톤보리 등 저지대를 침수시켰다.

일본 기상청은 오사카 지역 쓰나미를 경계하는 동시에 일본열도 화산 관찰을 강화했다. 지진이 화산을 자극하기에 충분한 규모였고, 최근 잦아지는 지진과 화산 분출로 국민 여론이 급격히 나빠지는 조짐을 보였기 때문이었다.

아니라 다를까. 난카이에 이어 40분 뒤인 오후 11시 21분 사쿠라지마 화산이 분출을 시작했다. 사쿠라지마 화산이 터지자 아소 화산도 분위기가 심상치 않았다. 일본 남부 큐슈가 불안해졌다. 한밤중에 일어난 지진과 화산 분출로 기상청과 재난청은 비상이 걸렸다. 킨조 기상청장은 새벽 지진을 미야기 총리에게 보고할지를 고심했다. 지진 규모가 잠을 깨우기도 그냥 지나가기도 어정쩡했다.

문득 며칠 전에 있었던 타이완 동부 해상과 오키노토리시마 해역 지진을 떠올렸다. 오키노토리시마 지진에 격노했던 모습이 트라우마처럼 떠올랐다. 환태평양 불의 고리 움직임이 활발해지고 있었다. 킨조는 지진이 연쇄적으로 일어날지도 모른다는 불안감을 느꼈다. 타이완 동부-오키노토리시마-난카이-사쿠라지화산 분출은 모두 필리핀판의 경계면이었다.

서울 용산 대통령실로 일본 지진과 화산 보고가 올라왔다.

"대통령님! 조금 전 일본에서 지진과 화산 분화가 있었습니다."

턱을 괴고 눈을 감고 생각에 잠겼던 박한의 눈이 번쩍 띄었다.

"지진과 화산이요! 어딥니까? 규모는요?"

"지진은 난카이에서 규모 6.8로 일부 가옥 피해와 쓰나미 피해가 있을 것으로 예상합니다. 그리고 화산은 폭발 잦았던 큐슈 가고시마 사쿠라지마 화산입니다."

박한은 일본 지진 발생이 생각보다 크지 않았다는 걸 확인하고는 흥분을 가라앉혔다. 지금이라도 JDZ 작전을 전격적으로 펼 수 있을지를 가늠해봤지만, 도움이 될만한 수준은 아니라고 판단했다. 일본이 지진으로 허둥댄다면 한국으로는 기회를 잡을 수도 있지만 피해가 크지 않다면 또 다른 변수가 생길 수도 있을 터였다.

　　　　　　　　　*

　6월 17일 오전 0시 23분.

　'꽈광! 우르르르'

　규모 9.5 초대형 지진이 오키나와를 강력하게 흔들었
다.

　오키나와 미군 기지에 비상이 걸렸다.

　난카이 지진에 이어 시차를 두고 오키나와 동쪽 류큐해
구에서 지진이 발생한 것이다.

　류큐지진은 난카이와는 비교가 되지 않는 초대형 지진
이었다. 난카이 지진에 대한 방비에 바빴던 일본 재난청은
류큐지진이 발생하자 공포에 휩싸였다.

　"긴급 상황이 정리되면 기상청장관을 연결하세요."

　미야기 총리는 관저에서 기상청장관을 급히 찾았다. 기
상청장관은 다급한 표정으로 화면에 나타났다.

　"상황을 보고해 보시오!"

　"난카이와 류큐에 지진이 있었고, 사쿠라지마화산도 분
화 중입니다. 긴급 방재명령은 하달되었고, 특히 쓰나미
문제가 큽니다. 새벽 시간이라 미처 대피하지 못하는 사람
들이 있을 거로 보여 긴급하게 자위대에서도 협조 요청해
놨습니다."

　"상황 보고는 즉각 하도록 하세요."

　미야기 총리는 잠결에 경황이 없었다. 류큐지진은 거대

한 쓰나미를 동반했다. 오키나와로 수 분 만에 쓰나미가 몰려왔다. 가뜩이나 초강력 지진으로 쑥대밭이 된 오키나와에 쓰나미는 미증유의 공포로 밀려왔다. 미군 기지는 그나마 섬 반대편에 위치해 초토화는 피했다. 쓰나미는 주변국으로도 여지없이 밀려갔다. 피해 사정권에 든 타이완, 필리핀, 중국, 한국의 해안을 삼킬 태세였다.

쓰나미는 오키나와 열도를 타고 오르며 큐슈와 시코쿠, 츄코쿠, 간사이로 밀려 올라갔다. 주요 도시는 난카이 지진에 이어 류큐지진 쓰나미까지 맞으면서 해안 도시 기능이 마비되었다. 미야기 총리는 국민이 겪을 공포에 대해 생각했다. 가뜩이나 환태평양 불의 고리 지각 활동이 활발했던 차에 연이은 지진 발생과 화산폭발은 공포감을 극대화할 것이다. 두 번의 지진에 이어 또 다른 지진이 발생할지도 모른다는 공포감을 빨리 잡지 않으면 국가적 혼란이 올 수도 있다.

"기상청장 추가 지진 가능성이 있소?"

"알 수 없습니다. 다만 9.5의 대지진이 일어난 뒤 곧이어 올 여진에 대비해야 합니다. 소규모 지진과 여진은 당분간 계속될 것입니다."

"중요한 것은 빠른 복구도 중요하지만, 국민이 느끼는 공포심을 제거해야 합니다. 대국민 담화문을 비서진과 협의해서 만들도록 하세요."

미야기 총리는 경황이 없는 가운데에서도 느낌이 좋지

않다는 걸 느꼈다. 손녀 스미레의 바둑 꿈이 떠올랐다. 오키나와, 큐슈, 시코쿠…. 쓰나미가 일본 본토를 향해 밀고 올라왔다. 태평양전쟁 말 미 점령군이 이오지마에 이어 오키나와를 치고 올라오는 듯한 공포가 느껴졌다. 류큐지진 해일로 오키나와 미군과 괌 미군 기지도 기능을 일부 상실했다.

같은 시간 한국 대통령 관저.

박한은 뒤척였다. JDZ와 결혼 생각이 뒤엉키며 잠이 오지 않았다. 박한의 집중력이 느슨해질 때였다.

기상청장이 다급한 목소리로 긴급 보고를 했다.

"대통령님! 대지진입니다!"

"어디서요?"

"조금 전 0시 23분에 일본 오키나와 류큐해구에서 해저 지진이 일어났습니다. 규모가 초대형입니다. 9.5로 발표됐습니다. 우리도 우선 쓰나미를 피해야 합니다."

박한은 정신이 번쩍 들었다.

"그럼 우리도 제주를 비롯한 해안지역에 쓰나미 대피 경보를 전파하세요. 시간 적으로 별로 여유가 없을 것 같은데 말입니다."

"경보는 이미 기상청에서 발표했습니다. 지자체별로 긴급 동원령이 내려진 것도 확인했습니다."

그제야 박한은 JDZ를 떠올렸다. 초대형의 지진으로 기회가 온 것인가? 오히려 초토화가 되어 기회가 날아간 것인가? 긴급하게 국가안보회의를 소집하고 합참에 명령을 내렸다.

"합참의장! 작전은 가능한 겁니까?"

"이번 작전에 동원한 함대는 작전 취소로 제주 강정기지로 돌아오고 있습니다."

"설치된 폭약은 아직 있는 것입니까?"

"그런 거로 알고 있습니다. 확인하겠습니다."

한국 대통령실은 뜻밖의 전개에 당황했다. 포기했던 작전을 다시 준비시켰다. 폭파 임무를 맡았던 EOD팀은 긴급하게 위그선을 준비했다.

*

0시 52분 또다시 세계 지진계가 요동쳤다.

동중국해가 기괴하게 울기 시작했다.

북위 30.88, 동경 126.63

규모 9.8

여태껏 느껴보지 못한 미증유 지진이었다.

미야기 총리는 공포에 휩싸였다. 수상관저의 전력이 순간 차단되면서 온통 암흑천지였다가 비상전력으로 다시 조명이 켜졌다. 미야기 총리는 순간 충격으로 털썩 자리에 주저앉았다.

"총리님! 긴급 보고입니다. 방금 동중국해에서 추가 지진이 발생했습니다. 규모가 9.8입니다."

"오! 이런! 맙소사! 도대체 초대형 지진이 몇 개가 일어난 건가?"

총리는 절규했다. 류큐지진은 오키나와를 이미 쓸고 지나갔다. 큐슈가 초토화될 것은 자명한 일이다. 이번엔 동중국해에서 거대지진이 발생했다. 나가사키와 후쿠오카 특히 해군기지가 있는 사세보를 곧바로 칠 것이다. 일본열도는 대지진으로 패닉에 빠졌다. 피해를 가늠하기 어렵다. 어디서부터 손을 대야 할지 벙벙했다. 긴급하게 기상청과 방재청에 지시와 함께 보고를 받았다. 피해 정도는 여전히 파악 되지 않고 있다.

미야기 총리가 JDZ를 떠올렸다. JDZ를 장악할 사세보 해군기지가 피해당했다면 문제가 만만찮다. 긴급 재해 방비 지시와 함께 사세보를 챙겼다.

"통합막료장! 사세보는 어찌 되었소?"

"사세보는 직격 당했습니다. 다만 그나마 다행인 건 시코쿠 지진 때 비상을 건 탓에 피해를 줄일 수 있었던 것으로 보고 받았습니다."

"다행이군. 쓰나미가 지나고 나면 함대 배치 문제는 없소?"

"피해를 확인하고 있습니다."

"빨리 확인해 보시오!"

박한도 지진을 느꼈다.

"이번엔 어딥니까?"

"동중국해입니다. 규모 9.8입니다!"

"맙소사!"

박한은 공포스러웠다. 동중국해에 9.8 규모의 대지진이 발생했다면 제주와 남해안이 초토화 될 가능성이 컸기 때문이었다.

류큐지진 쓰나미보다 동중국해 지진 쓰나미가 제주에 먼저 도착할 것으로 판단되었다. 비교적 차분하게 대처하던 박한 대통령도 동중국해 JDZ에서 초대형 지진이 발생하자 당황했다. 당장 한국의 피해 예방에 힘써야 했다. 긴급하게 국가비상사태를 선포하고 긴급대피령이 내리면서 새벽부터 제주도와 남해안이 들썩였다. 선박들은 일제히 바다로 나가며 뒤엉켰다. 그대로 정박했다간 꼼짝없이 침몰당해야 했다. 한국에서 이런 규모의 지진과 쓰나미를 겪게 될 줄은 전혀 예상 밖이었다.

"기상청장님, 이건 무슨 일이지요?"

"저도 지금 상황을 파악하고 있습니다. 한국에서 이런 규모의 지진은 상상할 수 없습니다. 그리고 동중국해는 지각판 경계가 있는 것도 아닙니다. 판 경계가 아니라면 이 정도 규모의 지진이 발생할 수 없는 것이 정설입니다."

"대책을 마련하세요."

박한은 우선 국가비상사태를 먼저 챙겨야 했다. JDZ를
위해 모인 각료와 비서진들에게 긴급하게 피해 최소화와
복구 대책을 지시했다. 공교롭게 동 시간대에 발생한 지진
으로 인해 내각은 자연스럽게 긴급 대책 내각으로 변신했
다. 박한은 국방부장관을 불렀다. 국가비상사태기도 했지
만 그렇다고 JDZ를 포기할 수도 없었기 때문이었다. '위
기가 기회다.'라는 말을 떠올렸다. 한국, 일본, 중국 모두
쓰나미 위기 앞에 놓여 있다. 이 위기가 누구에게 기회가
될지는 아직 알 수 없다. 다만 준비된 자가 기회를 차지하
게 될 것이다.

"장관님. JDZ로 출발한 병력은 지금 어떻게 진행되고
있습니까?"

"위그선을 탄 EOD는 거의 해역 인근에 도착한 것으로
알고 있습니다. 기폭장치 연결만 끝내면 됩니다."

마지막 순간 박한은 잠깐 흔들렸다.

"지금 이런 와중에 폭파를 시킨다면 그리고 그것이 한국
에서 한 것을 알게 된다면 반인륜적이라고 비난이 쏟아질
텐데 득실을 따져야 하지 않겠습니까?"

국방부장관과 외교부장관의 의견을 물었다. 객관적인
시각을 묻고 싶었다.

"결정의 시간입니다. 두 분의 의견을 듣고 싶습니다."

먼저 외교부장관이 입을 열었다.

"지금은 아니라고 생각합니다. 국제적인 비난의 대상이 되면 한국의 입지 회복에 상당한 노력과 시간이 필요할 겁니다. 시간을 두고 기회를 보는 것이 좋지 않겠습니까?"

신두석 국방부장관의 의견은 달랐다.

"저는 지금이 기회라고 생각합니다."

일본은 22일이 지나면 JDZ를 장악하고, 협상하지 않을 거라고 판단했다. 그것은 곧 동중국해를 포기하는 것이다. 한국은 동중국해를 얻으면 해양국이 될 것이고, 잃으면 내륙국과 다를 바 없을 것이다. 아직 만료일이 5일 남았다. 방심하고 있을 때 쳐야지, 22일까지 가면 불리하다는 것이다.

박한은 결론을 내려야 했다. 더 이상의 논쟁을 할 만큼 시간이 없었다.

"폭파합시다! 책임은 내가 집니다. 국제적인 비난과 함께 대통령직을 내려놓더라도 도저히 포기할 수 없는 일입니다. 두 분은 그렇게 이해해주시고 각자 위기 대응을 준비해 주세요."

*

제주를 비롯한 남해안으로 쓰나미가 거대한 공포가 되어 접근하고 있었다. 그나마 박한 행정부가 비상 대기하고 있을 때 터진 지진이 다행이긴 했다. 비교적 신속하게 대응

한다고는 했지만, 피해는 가늠조차 어려웠다. 피해 보고는 속속 올라왔다. 쓰나미 피해가 가장 큰 곳은 일본이었다. 그리고 중국도 동해안의 저장성을 비롯한 저지대가 수몰되었고, 항만이 직격탄을 맞았다.

"대통령님! 이것 보십시오!"

박한이 결단을 내리자마자 고달후 비서실장이 집무실로 급하게 뛰어 들어오면서 소리쳤다.

"대통령님, 섬입니다!"

다짜고짜 소리치는 섬이란 말에 박한은 어리둥절했다.

"섬요? …무슨 섬을 말하는 겁니까?"

"동중국해에 섬이 생겼습니다! 방금 들어 온 소식입니다! 동중국해 대지진이 발생하면서 얕은 바다를 중심으로 섬과 암초가 해수면 위로 떠 올랐다고 합니다. 자료화면입니다."

흥분한 고달후 실장의 충격적인 말에 박한은 잠깐 멈칫했다.

"섬이 떠올랐다고요! 어떻게 된 거지?"

박한은 순간 지진 때문인지? 아니면 해저 폭파 때문인지가 헷갈렸다.

"폭파는 어찌 된 거요?"

"확인해봐야 하겠습니다."

보내온 사진에는 해초가 가득한 암초가 바다 위로 올라와 있었다. EOD가 촬영한 사진이었다. 아직 수초가 싱싱

하게 붙어 있는 거로 봐서 방금 솟아오른 해저 면이라는 걸 증명했다.

"이럴 수가!"

박한은 놀랐다. 찌릿한 희열이 척추를 훑었다. 솜털이 쭈뼛 섰다. 아드레날린이 분출하는 느낌이다.

'이 무슨 일이란 말인가!'

그간의 노력이 초고속 필름처럼 지나갔다. Q의 만남으로부터 시작된 JDZ 수호 작전과 거듭되는 좌절 그리고 마지막 폭파 작전까지 그동안의 수고는 모두 철저하게 빗나간 셈이다. 그런데도 성공했다. 어쨌든 섬이 생겨난 것이었다.

울컥하던 박한은 마음을 추슬렀다.

"즉시 섬을 점령하고, 생중계로 전 세계에 알리세요. 그리고 긴급 기자회견 준비하시고요."

미야기 총리는 국가비상사태를 선포했다.

"막료장 사세보기지는 어찌 되었소?"

"접안 시설과 기지가 대부분 침수되었습니다. 침수과정에서 화재와 탄약의 대부분 훼손이 있었습니다. 다만 JDZ 투입은 접안이 어려워 원해에서 보급함으로부터 탄약과 물품은 보급받아야 할 것 같습니다."

"서둘러 주세요. 22일 전까지는 복구에 문제없게 해야 합니다."

미야기 총리는 이어서 국가안보회의를 소집했다. 총리는 JDZ를 비롯한 현안에 대해서 집중 회의를 할 예정이었다. 국가안보회의치고는 긴급하면서도 좀체 보기 힘든 대규모다. 국가안전보장회의에는 안보담당 보좌관, 관방장관, 방위대신, 통합막료장을 중심으로 외무대신, 내각조사정보장, 총리비서실장이 배석하고 육상, 해상, 항공자위대 막료장과 기상청장관, 일본해상보안청장관이 옵서버로 참석시켰다.

*

"슈코! 슈코! 일어나봐!"

옆 방에서 잠자던 아야카가 급히 슈코를 깨웠다.

"무슨 일이야, 아야카?"

"조금 전에 배에서 무슨 소리가 난 것 같은데, 소리 못 들었어?"

"글쎄, 난 못 들었는데?"

아야카는 잠결에 무언가에 부딪친 소리를 들었다.

조타실에서는 당직자가 졸다 놀라서 깼다. 배에 어떤 충격이 있었던 것 같았다. 계기에도 경고 사인이 떴다. 급히 항해사에게 비상연락 했다. 이등항해사는 즉시 계기를 점검한다. 조금 전 너울 파도가 지나갔고 어떤 일인지 방향키가 작동되지 않고 있다. 항해사는 방향키를 수동으로 전환하고 점검해 보았지만, 수동 역시 작동 불량이다.

"무슨 일이지?"

급하게 조타실로 올라온 선장은 상황을 물었다.

"무슨 일인지 방향키가 작동 불량입니다. 우선 속력을 줄여야겠습니다."

"그래 그렇게 하고 원인이 뭔지, 조치가 가능한지 알아 보게."

엔리케 선장은 예감이 좋지 않았다. 순항 중에 생기는 문제는 의외로 해결이 어려울 수도 있기 때문이다.

시간을 봤다. 오전 3시 38분 이곳 동중국해 항로에는 이 시간에 장애가 될 만한 섬이나 암초가 있는 해역은 아니 었다.

좌표를 확인해 보았다. 북위 30.88, 동경 126.63 좌 표상으로도 특이점이 없는 지역을 확인한 선장은 해사 기 구로부터 전해오는 긴급 수신을 확인한다.

'2028년 6월 16일 동경시 오후 10시 41분 시코쿠 난카 이 앞바다에서 지진 발생 6.8 쓰나미 주의.'

'2028년 6월 17일 동경시 오전 0시 21분 사쿠라지마 화산 분화 시작.'

'2028년 6월 17일 동경시 오전 0시 23분 일본 류큐해 구 지진 발생 규모 9.5 쓰나미 주의.'

'2028년 6월 17일 동경시 오전 0시 52분 동중국해 해 상 지진 발생 규모 9.8 쓰나미 주의.'

엔리케 선장은 승무원 비상소집을 하달했다. 쓰나미는 이미 지나갔다. 하지만 방향타 문제가 빨리 해결되지 않는다면 문제가 커진다. 긴급 구조 보트가 있지만 21만 톤급의 대형 크루즈의 방향을 잡아준다는 건 한계가 있다. 자칫 해류에 밀려 북쪽으로 계속 이동할 수도 있다.

"현재 방향타 방향은 어떤가?"

"좌현 2.1도 방향입니다."

"해류 속도는?"

"북북동 방향으로 초속 3.6m 속도입니다."

"속도를 높이지 않으면 계속 북쪽으로 떠밀려 가겠구먼. 현재 속도는?"

"현재 18노트입니다."

"23노트까지 속도를 올리도록!"

선장은 조타장을 팀장으로 조타 점검 및 수리를 지시한다. 선장은 지휘하면서도 찜찜한 기분은 가시지 않았다.

"선장님, 이것 좀 보시겠습니까?"

선장이 본 모니터에는 전방 2.8㎞ 전방에 평소에는 없던 물체가 나타났다. 아직 해가 뜨기 전이라 무엇인지를 맨눈으로 볼 수 없지만 무언가 흐릿하게 암초 같은 것으로 잡혔다.

"이것이 도대체 무엇이지? 이곳을 지나는 선박이 있는지 즉시 확인하도록 하시오!"

선장은 그것이 선박이 아닐 것으로 추측한다. 선박이 아니면 띄엄띄엄 있는 저 구조물은 뭐란 말인가? 선장은 골 돌하게 생각한다. 그렇다면 혹시? 쓰나미 방향이 어느 쪽이었지?

"쓰나미 방향을 확인해봐 어느 쪽에서 밀려왔는지를 말이야?"

"선장님, 주변 항해 선박은 없습니다. 그리고 쓰나미 방향은 서쪽입니다."

선장의 머릿속이 하얘진다. 쓰나미 진행 방향이 서쪽에서 동쪽으로 왔다면 크루즈는 류큐 지진으로 발생한 쓰나미를 맞은 것이 아니라 바로 앞의 암초 밭에서 시작된 쓰나미를 맞은 것이다.

"그럼 저 저건…. 정지! 운항을 중지하라!"

엔리케 선장은 급히 운항을 중지시킨다. 믿을 수는 없지만 분명 암초가 있다고 판단한 것이다. 속도를 제때 줄이지 못하면 파라다이스드림호는 암초와 충돌할 것이다. 충돌은 곧 좌초를 의미하고 그 결과는 상상하기도 싫은 것이었다.

"리버스 스크류 작동! 최대한 빨리 정지시켜야 한다."

승무원들도 이제야 사태를 파악하기 시작한다. 어떤 이유에서인지 전방 2㎞ 지점에 암초가 버티고 있었다. 대형 크루즈선이 멈추려면 제동거리가 길어 암초 지역으로 들어가기 전에 정지가 될지는 의문이다.

"리버스 스크류로 엔진 출력 최대로 올리고, 전방 상황 확인!"

스크류 역 작동 출력이 커지자 선체는 부르르 떨기 시작한다. 선장은 순간 승객에게 사실을 알려야 할지 사태가 끝날 때까지 잠깐 숨겨야 할지를 고민한다. 승객에게 알리면 일대 혼란이 일어날지 모른다. 알리지 않고 선체가 암초와 부딪치기라도 한다면 대피가 늦어져서 대형사고가 날 수도 있다.

"일등 항해사는 나와 함께 한다. 조타 기능이 작동되지 않아 해류 속도에 따라 운항속도를 조종하여 암초를 피해야 한다. 물론 암초 지대에 들어가기 전에 멈춰 주길 바라지만… ."

크루즈는 점점 암초 지대로 접근하기 시작한다.

"좌현 10시 방향 350m 암초입니다."

첫 번째 암초는 가까스로 피해 나갔다.

"우현 1시 방향 150m 수중 암초입니다."

방향키가 작동되지 않은 크루즈 선은 속도 조절과 해류라는 운에 맡길 뿐이었다.

"쿵!"

드림호 밑바닥으로부터 둔중한 충격이 왔다.

"뭔가?"

"암초에 부딪혔습니다! 해저 면이 상승했습니다. 흘수가 확보되지 않습니다."

"오 마이 갓!"

10

혼돈의 파라다이스드림호

제주 강정기지를 출발한 위그선 5대가 암초 지대에 도착했다. 위그선에는 해병대수색대 요원들이 타고 있다. 전투병은 완전 무장을 했다. 결의에 찬 눈빛 속에 두려움이 살짝 묻어난다. 위그선에는 전투병 이외의 방송팀이 함께 하고 있다. 수색대는 ABS에 나눠타고 암초 지대 사이를 돌며 지형을 파악하기 시작했다.

용산 벙커에서는 융기한 섬을 향해 접근하는 해병대수색대의 모습을 지켜보고 있었다. 그중 가장 넓고 편편한 섬을 발견하고 가장 높은 곳에 태극기를 게양한다. 가슴이 뭉클해진다. 이어서 방송 장비가 내려지고 능숙하게 설치한다.

이어서 아덴만으로 임무 교대를 하러 부산 해군작전사령부에서 출발했던 광개토대왕함이 해역에 도착했다. 때마침 인근 해역을 지났다가 해군작전사령부로부터 긴급 회항

명령을 받은 것이다.

여명이 희번하게 비치기 시작했다. 어둠 속에서 갓 태어난 섬의 모습이 보이기 시작한다. 융기한 섬은 이곳저곳 산개하여 솟아 있다. 의외로 넓은 면적에 산개한 탓에 상황 파악을 하느라 바쁘게 움직인다. 이어서 도착한 공병대와 군수지원 부대가 군사 시설을 만들기 시작한다. 그 시각 제주공항을 발진한 항공 초계기가 융기한 섬을 사진을 찍으며 범위를 확인한다.

대통령실에서는 그사이 연락한 취재진을 모아 놓고 오전 5시를 기해 공개 발표에 들어갔다. 박한 대통령은 초췌해진 모습으로 카메라 앞에 섰다. 순간 기자회견장 실내가 술렁인다. 무언가 커다란 기삿감이 나올 거라는 기대감이 부푼다. 세계 언론에 실시간 중계되고 있는 상황에서 박한은 상기한 표정에 흠흠 목을 가다듬는다.

"사랑하는 대한민국 국민 여러분 그리고 세계 각국 이웃 여러분 저는 대한민국 대통령으로서 오늘 중대 발표를 하려 합니다. 먼저 사진을 보여드리겠습니다. 이곳은 조금 전 오전 0시 52분경에 한국 제주도 남쪽에 새롭게 만들어진 섬입니다. 섬 위치는 북위 30.89도, 동경 126.48도 일대로 8개의 섬과 수백 개의 암초가 있습니다. 이 시간부터 이곳을 대한민국 영토임을 선언합니다. 그리고 이 대한민국 영토로부터 12해리는 대한민국 영해로 선포합니다… 대한민국의 허락을 받지 않고 영해를 침범하는 경우 저희 대한민국은 국토 수호 차원에서 가차 없이 대응할 것임을 밝혀두는 바입니다. 이곳은 '한새군도'라고 명명하겠습니다. 한국의 새로운 땅이라는 의미입니다. 최북단의 섬은 '한새북도'로 한국의 새로운 섬. 최남단의 섬은 '한길남도'로 한국이 세계로 뻗어 나가는 큰길을 열어 줄 섬이라는 뜻입니다."

외신을 비롯한 언론은 한국의 일사불란함에 깜짝 놀랐다.

한국은 섬이 융기할 줄 예측을 하고 있었다는 의심이 들었기 때문이다. 그렇지 않고서는 그렇게 빠르게 영토 선언하는 것은 불가능해 보였다.

대통령에 이어 국방부장관이 성명을 발표했다.

"저는 대한민국의 국방부장관으로서 한새군도에 대해서 국토 수호 의무를 다할 것입니다. 현재 보시는 바와 같이 한새군도는 대한민국에서 실효 지배하고 있습니다…."

국방부장관이 브리핑실 모니터를 통해 한국군이 현장에서 생중계하고 있는 동영상을 띄웠다. 화면에는 방탄모를 쓴 국군 중계 요원이 주변을 비추며 방송 중이다. 생방송은 일본과 중국을 겨냥한 것이다. 생중계하지 않을 때 여러 이유를 들어 한새군도 점령을 시도할 가능성이 크기 때문이었다. 어떤 이유라도 실효 지배 중이라는 걸 확실하게 하려는 의도다.

"대한민국 국군은 국토 수호에 최선을 다할 것입니다.

그리고 한새군도를 노리는 어떤 세력에게도 가차 없이 응징할 것이며, 무관용으로 대할 것입니다….”

장관의 의지 천명 중에 합참의장이 당황한 기색으로 급히 대통령에게 보고한다.

“대통령님, 변수가 생겼습니다.”

“무슨 일입니까?”

변수라는 말에 박한은 마음 한구석에서 불안감이 일었다.

“저도 판단이 안 됩니다만, 사진 보시겠습니까?”

박한 대통령은 암초 사이에서 표류 중인 대형 크루즈 선 사진을 바라봤다.

“이거 크루즈선 아닙니까? 사고를 당한 겁니까?”

“사고기는 합니다만, 한새군도에 고립된 ‘파라다이스드림’이라는 크루즈 선입니다.”

“맙소사… 운항은 불가능한 건가요?”

“아직 알 수는 없습니다. 긴급히 해병 수색대를 크루즈 선으로 보냈으니 곧 확인 될 겁니다.”

박한은 머리가 복잡해졌다. 크루즈 선이 암초 사이에서 탈출이 가능한 상황인지? 크루즈 선이 탈출하는 것이 유리한 것인지? 아니면 불리한 것인지? 박한은 외교부장관, 합참의장, 국정원장, 국가안보수석을 모두 집무실로 불렀다.

박한은 크루즈 선 문제를 집중적으로 논의하기 시작한

다. 그러는 사이 크루즈 선은 조타 고장으로 표류 중이며 한새군도를 탈출하기 어려울 것으로 보인다는 보고가 들어왔다. 크루즈는 긴급히 앵커를 내려 배가 해류에 휩쓸려 암초와 충돌하는 것을 막고 있지만, 상황에 따라서는 암초와 충돌 할 수도 있는 상황이다.

"한국 영토에 외국 크루즈 선이 고립되어 있을 때 어떤 해석이 가능합니까?"

"국제법으로는 선박 안은 선적국의 법에 따르는 것이 일반 관례입니다. 그러나 영해 안에서는 얘기가 달라집니다. 국내법이 우선하는 것으로 알고 있습니다만, 자세한 것은 급히 검토해보라고 지시하겠습니다."

"크루즈 선은 어느 선적이지요?"

"일본 선적으로 알고 있습니다."

박한은 하필! 하는 표정이다. 일본은 선적을 이용하여 한새군도의 영유권을 주장할 법리를 찾으려 할 것이다. 중국은 승객 수가 가장 많다는 걸 활용하여 한국을 공략해올 가능성이 커보였다.

*

조금 전 한국의 영토 발표로 일본의 수뇌부들은 충격에 빠졌다.

미야기 총리는 관저에서 긴급 보고를 받았다. 한국 점령

군이 전 세계로 송출하고 있는 현장 화면을 보았다. JDZ
의 새로 생긴 섬과 암초를 지켜보자 허탈감과 함께 부아가
부글부글 끓어올랐다. 미야기는 당장 한국군의 생방송을
뭉개고 싶었다.

"통합막료장을 연결해!"

도쿠시마 통합막료장은 수상관저로 이동 중에 총리의 전
화를 받게 되었다. 통합막료장은 즉시 JDZ에 항공대를 파
견하려 했다. 하지만 가까운 큐슈 지역의 공군 기지는 쓰
나미로 제 기능을 발휘하지 못한다는 보고가 들어 왔다.

"뉴타바루 공군 기지와 츠이키 공군 기지도 쓰나미로 기
능이 마비된 상태입니다. 그나마 가능한 건 고마쓰와 햐쿠
리에서 발진해야 하는데 JDZ가 평소 작전지역이 아니라서
원활치는 않습니다."

"뭐라도 해보세요. 내각에서는 쓰나미 피해 방비와 복구
에 전력을 다해야 합니다. 자위대에서는 민간 지원도 해야
겠지만, JDZ도 확보해야 합니다. 아시겠소! 도쿠시마 통
합막료장!"

"예, 총리님!"

도쿠시마 통합막료장은 사태 수습이 우선이었다. 항공
자위대의 JDZ를 장악하는 것도 중요하지만, 대부분의 항
공자위대 활주로가 바다에 인접해 있어서 항공자위대 전력
유지에도 급급한 실정이었다.

"매뉴얼! 매뉴얼! 언제까지 매뉴얼 타령만 할 겁니까? 비상시에는 비상사태에 적절하게 대응하는 아이디어를 짜내란 말입니다. 전에도 말씀드렸지만, 우리 일본은 매뉴얼로 일어났지만, 망하게 된다면 그것 또한 매뉴얼이란 걸 아직도 모르시겠소? 사세보도 결국 해상자위대 운영 규칙에 따라 작전 직전 승조원 휴가를 보낸 것이 지금 위기를 몰고 온 것이 아닙니까?"

흥분한 미야기 총리는 내각 비서진들에 대해 격앙된 반응을 보이며 참모들을 질타했다. 메뉴얼은 정당성을 가지지만 정당성이 문제의 해결을 뜻하지는 않았다. 미야기의 흥분은 그 지점에서 분출되었다. 과정의 정당성은 설득력이 있었지만, 목적 달성을 이루지는 못했다.

난데없이 불똥이 도쿠시마 통합막료장에게 떨어졌다.

"도쿠시마 통합막료장 어서 오시오. 군사적 조치는 취해 놨소? 통합막료장도 JDZ가 일본 영해가 아니라서 군사행동을 하는 것은 외국 침략으로 헌법에 어긋난다느니 하는 것은 아니겠지요?"

"총리님, 항공자위대를 중심으로 긴급하게 JDZ로 발진했습니다. 다만….."

"다만? 또 뭡니까?"

"문제가 하나 생겼습니다. 위성 사진을 보시겠습니까?"

위성 사진에는 야간에 찍은 사진이 나타났다. 흐리기는 했지만, 그것이 거대한 선박이란 것은 곧바로 알 수 있었다.

"이게 바로 JDZ 해역에서 찍힌 것인데 크루즈 선으로 보이는 선박이 암초 사이에 걸려있습니다. 이 크루즈 선으로 인해서 군사작전은 제한적일 수밖에 없습니다."

"작전에 어떤 제약이 있다는 거요?"

"당장 한국군의 위성 방송을 끊고, 한국군을 무력화시키려면 EMP탄을 쏴야 하는데 하필이면 크루즈 선이 해역에 갇혀서 문제가 될 수 있습니다. 크루즈 선의 모든 전력이 상실되어 기능이 정지됐을 때 생기는 혼란과 사고 문제를 우리 일본이 모조리 덮어 써야 할 수 있습니다."

미야기 총리는 겨우 자연재해로부터 마음을 가다듬을 때쯤 연이어 터진 크루즈 선 문제로 다시 머리가 복잡해지기 시작했다. 작전을 수행하려 해도 배 안에 민간인이 가득한 것이 문제였다.

"크루즈 선이 우리 일본 선사라고 했습니까? 그럼 크루즈 안은 우리 일본 법이 통하는 것 아닌가요?"

"그건 외무성에서 해석할 문제기는 합니다만, 한국이 이미 영토 선언을 해서 주장하는 데는 한계가 있을 겁니다."

"방법을 찾아봅시다. 뭔가 가능한 부분이 있을 것 같지 않소?"

"지시하겠습니다."

미야기 총리는 도쿠시마 통합막료장을 불렀다. 통합막료장은 해상자위대가 쓰나미에 직격당하자 수습에 골몰했다.

"통합막료장, 사세보는 어찌 되었소?"

"아직 파악 중인데 심각한 거로 보입니다. 이지스함 위주로 주요 전력을 긴급 대피시켰습니다만 보급선 등 비전투 함정의 손실은 불가피한 상태입니다."

"이번 작전 투입은 어찌 되겠소?"

"탄약과 보급에 문제가 있습니다. 작전을 수행하기에는 불완전합니다."

"그럼 방법은 없소?"

"사세보 방면대 말고 다른 방면대에서 이동할 수는 있지만, 그 또한 이동 시간이 많이 소요되어서 정시 배치는 어렵습니다."

"그럼 어찌하는 것이 좋겠소?"

"긴급 대책을 마련하겠습니다. 중국 사정도 봐야 할 것 같습니다."

"중국도 피해를 보았겠지요."

"중국도 동중국해 쓰나미로 동해함대사령부가 있는 닝보를 비롯한 저장성 저지대의 쓰나미 피해는 엄청나게 클 겁니다. 동해함대가 직격 되어 북해함대나 남해함대가 지원을 나와야 할지도 모릅니다."

"쓰나미 주 방향이 서북 방향이라면 칭다오 북해함대도 막다른 바다가 되어 피해가 클 것 아닙니까?"

"일단 지켜봐야겠습니다."

미야기 총리는 한국의 긴급 영토 선언을 어떻게 대처할 것인가 고민했다.

이건 단순히 한국이 JDZ라는 바다를 장악한 것이 아니라 한새군도라는 섬을 장악한 것이다. 지금까지 일본이 공을 들인 배타적경제수역 확보 차원이 아니었다. 한새군도라는 영토와 그로부터 12해리의 영해와 200해리의 배타적경제수역을 동시에 확보한 것이다.

미야기의 입장에서는 잠에서 깨어나니까, 내 손에 쥐고 있던 떡이 어느샌가 한국에 넘어가 있었다. 마술 같은 일이 어떻게 벌어졌을까? 천재지변에 한국이 어떻게 신속하게 움직였을까? 한국은 어떻게 JDZ에 지진이 날지 알고 움직였단 말인가? Q도 죽고 없지 않은가. 한국이 이번 지진을 만들었다 단정할 수도 없다. 그리고 그 규모는 수소폭탄이라면 몰라도 도저히 인간의 힘으로 할 수 있는 일이 아니다. 긴급 국가안전보장회의를 소집해 놓고 곰곰이 생각해 봤지만, 도저히 알 수 없는 일이었다. 앞으로 어떻게 해야 한다는 것인가? 지진 피해 복구에도 급급한데, JDZ는 한국이 선점해버렸다. 그럼 두 트랙으로 대책을 마련해야 한다. 나아토 관방장관을 중심으로 한 자연재해 피해 복구와 사카모토 방위성대신을 중심으로 한 JDZ 탈환으로 갈라야 한다. 총리의 마음속에는 얼마 전 꿈속에서 보았던 손녀와의 바둑이 또 다시 마음에 걸렸다. 가뜩이나 일본열도 가장 아래에 있는 오키나와가 지진과 쓰나미로 직격을 당했다. 오키나와 주민과 미군 기지가 초토화되었다. 지진이 오키나와 주민의 독립운동에 불을 지피는 계기가 되지는 않을까?

"새벽부터 이 무슨 난리란 말입니까?"

"어서 오세요. 관방! 참 개탄스럽습니다. 마가 끼면 연이어 찾아온다더니 말입니다."

"생각이 많으시겠지만, 결단을 내리셔야 합니다. 다들 우왕좌왕할 가능성이 크지 않겠습니까? 특히 야당도 의회에서 긴급하게 사태 해결을 놓고 격론을 벌일 텐데 우리 내각이 중심을 잡지 못하면 여지없이 당할 가능성이 크지 않겠습니까."

"그래서 말인데, 일을 나눠야겠습니다."

"어떻게 하실 생각인지?"

"우선 지진 쓰나미 복구 대책건이 있고 당장 며칠이면 종료되는 JDZ 건이 있습니다. 제가 총괄을 하고, 관방께서 총무대신과 함께 지진 복구를 맡아 주세요."

"JDZ는 누구에게 맡기시려고요?"

"이미 한국이 섬을 점령했다고 하니 지금은 방위성에서 총괄하는 것이 좋을 것 같습니다. 방위대신에게 맡기고 외무성과 국토성에서 지원하는 것이 좋을 것 같습니다."

내각회의가 시작된 것은 오전 7시였다. 총리는 회의를

주도했다. 총리의 진행에 관방이 거들자 회의는 거침없이 진행되었다. 문제는 한국과의 전쟁을 대비해 의회 승인을 얻는 것이다. 의회 승인에 대해서는 의견이 다양하게 나오기 시작했다.

"한국과의 전쟁이 꼭 필요한 건 아니지 않습니까? 헌법 9조도 아직 살아있습니다. 굳이 미리 승인을 얻어 놓을 필요가 있을까요?"

"이건 침략이 아니고 자위권 발동입니다. 헌법 9조는 해당되지 않아요."

다무라 외무대신은 외교력으로 풀어 갈 일을 군이 전쟁이라는 무력을 사용할 것까지 있냐는 의견을 내었다. 그러자 자위대 막료장 출신의 니시무라 방위대신이 반대 의견을 냈다.

"한국이 이미 점령한 섬을 단순히 외교력 하나로 도로 받아 올 수 있겠습니까? 특히나 한국은 이전에도 JDZ를 포기할 수 없다고 사생결단의 자세를 보여온 것 잘 알고 있지 않습니까? 그냥 말 몇 마디로 해결될 문제가 아니라는 겁니다."

미야기 총리가 입을 뗐다.

"방위대신은 한국을 제압할 좋은 방법이 있는지 검토해서 보고하세요. 그리고 동중국해를 봉쇄할 방법도 검토해서 보고해주시고요."

*

한국 해병대수색대원들이 ABS를 타고 파라다이스드림
호에 승선한다. 때마침 선장의 안내 방송으로 승객들이 술
렁이기 시작한다. 이미 VOOM 와이파이로 지진 소식을
들은 승객들은 술렁였다.

"승객 여러분 선장입니다. 긴급히 전할 말씀이 있습니
다. 지금 저희 배는 조타장치 고장으로 운항을 중지하고
수리를 하고 있습니다. 수리 시간은 아직 말씀드릴 수 없
지만, 최대한 이른 시간에 마치도록 하겠습니다. 그리고
와이파이는 주변 해역의 재밍으로 인해 연결이 매우 불안
정합니다. 이점 양해 바랍니다. 오늘 일정은 '파라다이스
드림타임즈'에 나온 대로 기항지 없이 전일 항해 일정으로
진행합니다. 수리를 마치는 대로 다음 기항지인 상하이를
향해 운항할 예정입니다. 운항이 재개될 때까지 아무 염려
마시고 일정에 따라 즐겁게 지내시길 바랍니다. 감사합니
다."

선장은 지진 소식으로 술렁이는 승객을 안심시켰다. 하
지만 조타장치 수리는 쉬운 일이 아니었다. 설령 수리가
된다고 하더라도 암초 사이를 빠져나갈 수 있을지 불확실
했다. 문제는 여진이 산발적으로 일어나면서 암초가 조금
씩 상승하고 있었다. 가장 빠른 밀물 때에 맞춰 탈출하지
못한다면 흘수 확보를 하지 못해 탈출 자체가 불가능해질

317

수도 있는 상황이다.

"필승! 대한민국 해병대 9여단 수색대대 1중대 강기철
대위입니다."

"어서 오십시오. 선장 엔리케입니다."

선장은 회의실로 안내했다. 선장은 강 대위에게 협조를
요청한다. 조금 전 일본 선사로부터 받은 연락으로는 일
본 선사에서 크루즈 수리를 위해 기술자를 파견한다는 것
이다. 강 대위는 잠깐 고심을 한다. 강 대위는 수리 기술자
인원과 명단 등 자료를 사전에 주어야 한다고 전했다. 선
장은 암초가 생긴 원인에 대해서 궁금해했다.

"지난 새벽에 이곳에 지각이 충돌하여 섬과 암초 즉 한
새군도가 생긴 것으로 알고 있습니다."

"아하! 지각 충돌이 있었군요."

"지금 이곳은 오늘 오전 5시부로 대한민국이 한새군도
를 영토로 편입되었음을 정식 발표했습니다. 따라서 12해
리를 영해로 이미 선포되어 있습니다. 선장님께서는 불편
하시더라도 이곳이 대한민국 영토와 영해라는 사실을 인지
하시고 대한민국의 국내법에 맞게 조처를 하셔야 합니다."

선장은 놀라는 눈치다. 한국군이 단시간에 새로 생긴 섬
을 전격적으로 점령했다는 건 이해하기가 어려웠다.

"선장님 저희가 도와드릴 것이 뭐가 있겠습니까?"

"이곳이 한국 영토로 선언되었다면 함께 협의할 창구가
필요한 것 같습니다. 저희와 소통한 창구를 만들어 주십시

오."

"좋습니다. 저희는 군인으로 일반인을 직접 대면하는 것은 적합지 않을 것 같습니다. 지금쯤 한국 해양경찰이 준비하고 있을 겁니다. 해경이 오는 대로 저희는 물러가고, 해경에서 소통창구를 만드는 거로 전달하겠습니다."

*

세계 언론의 관심이 동중국해에 쏠렸다. 한국·중국·일본은 전군에 최고 등급 비상을 걸었다. 3국 해군은 쓰나미에 직격당했다. 각국에서는 피해 복구와 함께 전투 전단을 긴급하게 꾸렸다. 비교적 약세였던 한국의 해군은 작전 취소 복귀 중에 쓰나미를 맞아 피해를 가까스로 비껴갔다. 공교롭게도 쓰나미가 3국 해군력의 힘의 균형을 맞춰버린 모양새다. 쓰나미 여파로 일본 사세보와 중국 동해함대 해군기지가 초토화되면서 한새군도 초기 대응이 늦어졌다.

중국과 일본은 해군력을 재정비할 동안 공군력을 투입했다. 젠 20전투기와 일본은 F35 전투기가 한새군도 주변에 출격했다. 한국의 F35와 KF21기가 대응 출격했다. 교전 위기감은 점점 높아갔다. 아직 한국이 선포한 영해를 침범하지는 않았지만, 당장이라도 침범할 듯 위협 비행을 하고 있었다.

3국 화력은 한새군도에 집중했다. 한새군도는 돋보기의

화점처럼 뜨거워졌다. 순식간에 바다를 태워버릴 기세다. 군사적 긴장감은 어느 한쪽에서 발포를 시작한다면, 전면전으로 확전되어도 이상할 것이 없어 보인다. 확전은 세계대전으로 이어질 거란 전문가 예측이 언론으로부터 흘러나오기 시작했다. 이미 한·중·일은 물론 각국 언론들은 위성 사진과 정찰기의 자료 일부를 받아 실시간 중계에 들어갔다. 함대 대치가 시작되기 전부터 3국 언론들은 상대국에 대해 설전으로 집중포화를 터뜨리고 있었다. 하나같이 상대국을 맹비난하며 자신의 권리를 주장한다. 서로의 비난은 열기가 뜨거워질수록 원색적으로 변모되어갔다. 비교적 무게 중심을 잡은 언론은 미국과 유럽 언론 정도였다. 미국의 CNN 뉴스에서는 저명한 전쟁 전략가들이 나와 동중국해 사태에 관한 토론을 벌였다. 패널은 전쟁이 발발할 것이란 전문가와 전쟁은 일어나지 않을 것이란 전문가 세 명씩 각각 자리했다. 패널은 각각의 분석으로 자신들의 전망을 관철하려는 설전이 시작되었다.

　"시청자 여러분 반갑습니다. 오늘 특별 대담은 아시아 동중국해 사태로 긴급하게 마련되었습니다. 지금은 현지시각으로 오전 8시 12분경입니다. 알려진 바에 따르면 동중국해에서 동북아시아의 맹주들이 서로 대치하는 긴급 상황이 벌어지고 있는 것으로 알려졌습니다. 정부 관리 소식통에 따르면 동중국해에 일본, 중국, 한국의 함대가 집결한 규모는 상당한 것으로 알려졌습니다. 전문가들 사이에서는 정치적인 군사 움직임이라는 분석과 함께 전쟁 가능성 예측 또한 팽팽합니다. 그럼 모신 패널과 함께 현 사태를 짚어 보도록 하겠습니다. 먼저 동북아 담당관을 지내신 로버트 이너 씨의 의견부터 듣도록 하겠습니다."

이너 전 담당관은 동중국해 사태를 전문가적 시각에서 분석하기 시작했다. 이너는 동중국해 사태 시작은 JDZ로부터 시작되었다고 분석했다. 1967년 한일대륙붕협정으로부터 시작되었고, 그동안 한일간의 갈등이 계속됐지만, 미완의 갈등으로 남아 있었다. 개발을 주장하는 한국과 경제성을 들어 개발 필요가 없다는 일본 주장이 팽팽하게 맞서오는 동안 중국이 슬그머니 발을 들여놓은 것이다. 그러다 결국 강 대 강의 군사적 대치가 이루어진 것이다. 3국이 전쟁 부담을 감수하고 군사적인 대치를 이루는 것은 JDZ가 3국에 미치는 중요도가 높기 때문이었다.

이너의 설명이 끝날 무렵 동중국해 현장 화면이 들어왔다.

"오 마이 갓!"

패널들은 놀라는 기색이 역력했다. 위성에서 촬영된 3국 함대의 규모는 엄청났다.

이너의 역사적인 스토리 설명이 끝나자 전직 제7함대 해군 장성인 샘슨이 매파답게 포문을 열었다.

"3국이 가지는 동중국해의 중요성에 비춰볼 때 전쟁 발발 가능성은 큽니다. 어느 한쪽도 포기할 수 없다는 것이 사실 아닙니까? 방금 보신 대치 화면으로 볼 때 단순 협박이나 힘을 과시하는 데 그칠 거라는 생각은 하기 어려울 겁니다."

뉴욕대 정치외교학 교수인 케이먼은 국가 간의 균형추를 주장하며 매파 주장에 반대한다.

"제 생각은 다릅니다. 이번 사태는 특이하게도 3국이 서로 대치한다는 것입니다. 즉 일대일 대결 구도가 아니라 삼자 대결이라는 가장 안정된 구도를 가진 것입니다. 누구 하나 전쟁 발발의 책임을 지려고 하지 않을 겁니다. 그래서 대치상황은 계속되고, 결국 3국은 서로 협상에 들어갈 겁니다. 전쟁은 기습적으로 시작해야 효과가 클 텐데 이렇게 서로에게 전력을 노출 시키는 것은 오히려 협상을 위한 포석이라 볼 수 있습니다."

패널마다 의견은 계속 이어졌다.

"문제는 협상의 여지가 많지 않습니다. 서로가 양보할 수 있는 선이 분명하고, 각국의 이해관계가 서로 달라 협상에서 결과를 내기란 어려울 것으로 보입니다. 특히 3국 모두 지도자들의 지지도 난항을 겪고 있는 터라 확전을 불사할 가능성이 큽니다."

"특히 한국은 결코 포기할 수 없다는 의지가 강렬합니다. 한국은 이미 섬을 점령한 실효 지배 상태입니다. 한국이 먼저 개전을 할 가능성은 없어 보이지만 누군가가 전쟁을 개시하면 확전을 불사한다는 확실한 방향이 설정된 것으로 알고 있습니다. 그리고 협상 자체를 패배로 여기고 있는 것으로 알고 있습니다."

"한국의 취약점을 중국이 치고 들어올 겁니다. 중국과 일본은 동중국해 해상 봉쇄를 시도할 가능성이 있습니다. 중국과 일본은 동중국해를 통하지 않더라도 해양이 봉쇄되지 않지만, 한국은 동중국해를 봉쇄당하면 사실상 고립됩니다. 결국, 해상 봉쇄를 풀기 위해서 한국이 개전할 수도 있습니다. 물론 중국의 경제봉쇄도 있겠지요."

"해상 봉쇄가 그리 쉽지만은 않을 겁니다. 지금도 지금 세계 경제가 흔들리고 있어, 국제적인 공동대책이 나올 거란 걸 예상할 수 있습니다. 아시다시피 중국·일본·한국이 세계 경제에 미치는 영향력은 상상 이상이지 않습니까. 이른 시간 안에 정리되지 않으면 지구촌 전체가 견디지 못하게 되는 사태가 벌어질 수 있다는 겁니다."

패널들의 의견은 전쟁이든 화해든 이른 시간에 정리되어야 한다는 것이다. 그 가운데 협상을 적극적으로 유도해야 한다는 것이 결론이다. 동북아시아 3국의 장기적인 대치 또는 전쟁은 세계적인 경제침체를 몰고 올 수 있다. 이미 세계 주요 증시는 폭락했다. 3국의 군사적인 대치만으로도 이미 세계경제전쟁이 시작된 것이라는 의견이다. 전면전이나 장기전에 들어가면 세계 경제는 빙하기에 들어갈 것이란 예측이 나왔다. 미국 등 군수산업에는 그다지 특수를 누리기 어렵다고 분석했다. 이미 한국과 중국은 자체 무기

생산 체계를 갖추고 있고 일본도 상당 부분 자체 개발이 가능한 수준에 있다. 동중국해 사태 본질적 문제는 어느 나라도 쉽게 개전을 할 수도 협상을 하기도 쉽지 않다는 것이다. 3국의 세계적인 군사력이 오히려 해결에 장애가 될 수도 있다는 예측이다.

*

일본과 중국 대사는 항의 차 허겁지겁 한국 외교부로 들어왔다. 이정혜 외교부장관은 차분히 대사들을 맞이했다. 한국 외교부는 진중한 무게감 속에서도 경쾌하게 움직였다.

시노다 일본대사는 외교부장관을 마주한 채 예상한 대로 큰소리로 강력 항의를 시작했다.

"장관님, 이럴 수는 없습니다. 한국에서 이렇게 무모하게 일을 전개한 것에 대해 우리 일본에서는 국제해양법재판소 제소는 물론 국토 회복을 위해 정면충돌도 불사할 것입니다."

시노다의 폭탄 발언에 이정혜는 차분했다.

"대사님, 고정하세요. 너무 노여워하시지 말고요."

이정혜 장관은 대사에게 억지를 부린다는 시그널을 보냈다. 함께 온 일행도 대사의 폭발적인 발언이 생경했는지 당혹스러워하는 눈빛이다. 노회한 대사가 강력한 발언을 할 때면 쇼맨십도 있지만, 사안이 지극히 불리하다는 것을 의미했다.

"JDZ 정신이 뭡니까. 함께 하자는 것 아닙니까. 공동개발, 공동관리, 공동 정신은 살아있는 겁니다."

시노다의 발언에 이정혜는 친절하고도 또박또박하게 되물었다.

"대사님. 그건 그냥 바다만 있을 때 한 협약 아닙니까? 땅이 생겼는데 그 협약을 주장하시는 건 별개 문제라 생각합니다. 영토로 선언된 땅을 나누자는 뜻인가요?"

"당연합니다. 공동개발지역에서 우연히 발견한 물건이 있다면 서로 나누는 것이 맞지 않습니까?"

"그건 공동으로 개발하고 공동으로 발견했을 때 말이지요. 선점권이 있지 않습니까? 일본말에도 '먼저 먹는 사람이 임자다'라는 말이 있듯이 말입니다. 그것이 국제법상 영토 취득 요건 중 실효 지배라고 하질 않습니까?"

"한국 주장이 계속 그러하시다면 패착을 두는 겁니다. 곧 후회할 일이 있을 겁니다."

"대사님, 그런 겁박으로 한국이 '그럼 서로 가릅시다.' 라고 할 리가 없다는 걸 잘 아시지 않습니까? JDZ 문제를 너무 크게 확대하지 않으셨으면 합니다. 자칫 더 큰 것을 잃을 수도 있습니다."

"장관, 그게 무슨 소립니까? 더 큰 걸 잃을 수도 있다니요? 무례하십니다."

일본대사 일행은 씩씩거리는 대사와 함께 외교부를 빠져 나갔다. 대사의 목적은 한국 정부의 단호함이나 준비 정도를 가늠해보려는 의도다. 곧 있을 장관급회담에서 대응 방안을 마련하기 위한 것으로 보였다.

이어서 덩용 중국 대사 일행도 외교부를 들어왔다. 중국 대사 역시 섬이 융기한 지점이 중국 양쯔강 하구로부터 시작된 대륙붕에 포함된 지역이라고 주장했다. 한국이 일방적으로 소유할 수 있는 땅이 아니라는 논리로 공격했다.

*

일본과 서구 언론에 한새군도 기사가 톱으로 올랐다. 일본 요미우리 신문은 '한국 JDZ 강탈', 아사히 '한국 위험한 도박', 워싱턴포스트 '한새군도 한국 선점', 뉴욕타임즈 '한국 영토 동중국해까지', 르몽드 '한새군도 동북아 화약고 되는가?', AP통신 '희망과 악몽 JDZ' AFP통신 '한국 동중국해 섬 점령', 중국 CCTV '한국 불행과 악수'….

일본과 중국은 먼발치에서 서로 교감하는 눈치다. 급한 것은 일본이다. 일본 국내 여론이 요동칠 게 뻔하기 때문이다. 미야기 총리는 긴급 비상 회의를 개최했다.

"관방, 여론은 어떻습니까?"

나아토 관방장관은 고개를 가로저었다.

미야기 총리는 한숨을 내쉬었다.

"방위대신, 우리 해상자위대는 어떻게 하고 있습니까?"

"서부방면대 사세보에서 기동 가능한 이지스함을 중심으로 해역에 급파했습니다. 그리고 요코스카에서 강습함이 출발 준비 중입니다."

"중국도 함정이 해역에 도착했겠지요? 한국 전력은 어떻습니까?"

"예상대로 한국 전력도 만만치 않습니다만…."

"일본 단독 또는 중국과 연합한다면 승리를 담보할 수 있소?"

"승리는 할 수 있을지 몰라도 군대는 해군만 있는 게 아니라서 단순 평가는 어렵습니다."

"그 예긴 우리가 당할 수도 있다는 뜻이오?"

니시무라 방위대신은 어정쩡한 표정이었다. 사실상 패할 가능성은 희박하지만, 배제하지 못한다는 뜻이다. 미국 유령 전단이 이미 포진해있고, 한국의 아스널 함과 미사일도 위협적이었다. 한국 아스널 함에는 각각 500기의 미사일이 탑재되어있다. 각각의 목적지를 향해 단시간에 발사한다면 완전 요격은 불가능하다.

고민하던 관방장관이 분위기를 환기시킨다.

"한국을 제압하는데 중국이 제 역할을 해줄지 의문입니다. 미국을 움직여 한국과 반반씩 가지고 있는 전시작전권으로 전쟁을 못 하게 만들면 최상인데, 지금은 통하지 않을 것 같습니다. 한국의 국력이나 군사력으로 볼 때, 미국이 전시작전권을 주장하더라도 무시할 수도 있다는 것입니다. 설령 미국이 전시작전권으로 통제하려 해도, 한국이 가지고 있는 평시 작전권으로 개전을 하면 사실상 미국도 원치 않게 개입할 수밖에 없을 것입니다. 특히나 한미군사 협약에 있는 전시작전권은 대상이 사실상 북한을 상대한다는 전제하에 만들어진 것이기 때문에 해석의 여지는 남아 있습니다."

"관방, 그럼 어떤 묘수라도 있는 게요?"

"한·중·일 회담을 이용하여 한편으론 전쟁 불사로 압박하고, 다른 한쪽으로는 국제여론을 이용하여 할지(割地)를 논하는 것이 어떨까 합니다. 그리고 일본 선사 크루즈인 파라다이스드림호를 이용하여 방법을 찾아보며 중국과 공동 전선을 펴는 것이 좋을 것 같습니다."

"중국과의 공동 전선도 대놓고 쓰기는 곤란합니다. 미국이 중국과 일본이 함께 한다는 걸 허용할 리 없지 않습니까? 그리고 한국에서 이미 들여다보고 있는 평범한 수로는 해결이 어려울 겁니다. 한국도 이 정도는 충분히 예측하지 않겠습니까? 한국이 예측하지 못할 만한 방법을 찾아보세요."

조용히 듣고 있던 타구치 정보관이 방법을 제시했다.

"아무래도 크루즈 선을 이용한 묘수를 찾아야 할 것 같습니다. 지금 파라다이스드림호는 묘한 상황에 놓여 있습니다. 어찌 보면 일본 승객이 한국에 인질처럼 되어있기도 하고, 이를 잘만 활용하면 돌파구가 될 수도 있는 것입니다. 지금으로서는 판단이 서질 않습니다. 그리고 한국에서 통신을 장악하고 있으므로 현재 상황을 잘 알 수 없습니다. 첩보에 의하면 한국은 승객의 하선과 계속 승선을 저울질하고 있답니다. 한국도 어느 것이 유리한지 고심 중일 겁니다."

"그래도 기본 자료는 있을 게 아닙니까? 탑승 승객명단이나 승무원 명단 등."

"현재 자료 요청을 했습니다. 파악되는 데로 방법을 찾아보겠습니다."

미야기 총리는 고통스럽다는 듯 눈을 감고 머리를 조아렸다. 가뜩이나 일본열도가 지진과 화산으로 어려움을 겪고 있는데 난데없이 JDZ에 섬이 생겨버렸다. 그것도 며칠만 지나면 일본이 차지할 수 있는 것을….

"총리님, 그리고 말입니다. Q라고 알고 계시지요? 이번 JDZ 섬 융기는 Q의 작품일 가능성을 주장하는 건 어떻습니까? 그걸 강력하게 밀어붙여 한국을 무책임하고 부도덕한 국가로 프레임을 만드는 것 말입니다. 세계 여론을 이용하자는 거지요."

"Q는 제거되었다고 하지 않았소?"

"Q는 제거됐지만, 한국이 그의 기술을 써서 섬을 만들었다고 주장하는 겁니다."

"그게 먹히겠소?"

"선전 선동은 프레임을 짜기 나름입니다."

*

일본 총리 관저로 타구치 정보관이 황급히 들어갔다.

타구치 정보관의 보고를 받은 미야기 총리는 짐짓 놀라는 표정이다.

"슈코 공주가 타고 있다니 사실입니까?"

"예! 사실입니다. 확인되었습니다."

"오! 이 또한 무슨 일이란 말인가!"

미야기 총리는 또 한 번 머리가 복잡해지기 시작했다. 슈코 공주와의 통화는 전파방해로 불가능한 상태였다. 자칫 대형 인질이 될 수도 있는 상황이었다.

"드림호 안에서도 공주의 존재를 알고 있을까요?"

"정확히는 알 수 없지만 아직은 모를 겁니다."

마리라는 가명을 썼고, 얼굴 성형을 했기 때문에 당분간은 비밀이 유지될 것이다. 하지만 한국이나 중국에서 알아내기 전에 먼저 손을 써야 했다.

"방법이 있습니까?"

"파악한 결과 승무원 1명, 승객 중 1명이 휴민트로 쓸만한 자입니다. 그들은 서로 모르는 요원들이고, 그중 1명만 공작 가능한 요원입니다. 연락이 닿는다면 방법을 마련할 수 있습니다."

"방법을 만들어보세요. 그리고 당분간 비밀로 합시다. 나는 잠깐 전화를 해야겠습니다. 아. 아니 직접 가야겠습니다. 전화로 끝날 문제가 아니지요."

미야기 총리는 급히 황궁을 방문했다. 세이히토 천황과 하쓰코 황후는 초조한 기색이 역력했다. 궁내청으로부터 연락을 받았지만 하나뿐인 공주가 상황이 매우 유동적인 드림호에 고립되어 있다는 건 불안하기 짝이 없었다. 세이히토 천황은 침묵했다. 하쓰코 황후도 슈코가 무사하기만을 기도할 뿐이었다. 걱정은 배 안에서 치안이 무너질 경우였다. 공주의 신분이 드러나면 곤욕을 넘을 치욕을 당할 수도 있었다. 그전에 모든 문제가 해결되길 바랐다.

"총리, 국사에 바쁘실 텐데 이렇게 직접 오시다니요."

"폐하! 당연히 제가 와야죠. 공주 전하는 현재 무탈하십니다. 너무 심려치 마십시오. 저희가 최선을 다해 안전하게 모실 겁니다."

"총리, 나는 공주 걱정은 안 합니다. 부드럽고 천진난만해 보일지는 몰라도 매몰찰 정도로 당찬 데가 있습니다. 다만, 공주가 배에 있다는 것이 밝혀지기라도 한다면 한국과의 협상에 장애가 되지나 않을까 걱정입니다."

함께 있던 하쓰코 황후도 나지막한 목소리로 거들었다.

"총리, 제 생각도 같습니다. 공주가 배 안에 있다 하더라도 개의치 마시고 협상을 해주세요. 공주도 그러길 바랄 겁니다."

천황과 황후 모두 국익이 우선되어야 한다는 것을 분명히 했다.

"천황 폐하! 잠깐 단독 대면이 가능하겠습니까?"

천황은 총리와 수행원 없이 단둘이 마주했다.

"공주 전하의 안위가 걱정됩니다. 그래서 궁내청에도 입단속을 시키겠지만 당분간 크루즈 여행은 비밀로 했으면 합니다. 자칫 인질이 되어 문제가 될 수 있습니다. 저희 요원이 수일 내에 크루즈 선으로 들어가게 됩니다. 나름 대책을 가지고 가는 것이니 너무 심려치 마십시오."

"알겠소. 고맙소."

총리는 차를 한 모금 마신다. 그러는 동안 천황도 차를 마시며 잠깐 대화가 끊긴다. 두 사람은 생각에 잠기듯 차와 찻잔에 눈길을 둔다.

"총리, 하실 말씀이 있는 것 같습니다. 말씀하시지요."

"폐하, 오늘은 청이 있어서 왔습니다. 오늘의 청은 대국민 담화를 부탁드리려고 합니다."

"천황이 얼마나 도움이 될지는 모르지만, 일본을 위한 것이라면 내가 내칠 이유가 없겠지요. 말씀해 보세요."

총리는 읊조렸다. 지금은 일본의 위기다. 하지만 국민의 공포감만 커질 뿐 대책을 세우는 데에는 어려움이 있다. 특히 내각의 지지도가 떨어진 상태에서 총리의 담화만으로 국민의 마음을 다잡기에는 역부족이다. 전문가의 설명에도 불구하고 계속되는 대규모 지진과 화산 분화로 또다시 일본열도 침몰이라는 극단적 비관론이 서서히 확산하고 있다. 이런 상황에서 동중국해 JDZ에 새로 생긴 섬은 한국이 기습적으로 점령하고 한국령으로 공포해버렸다. 이미 국가 경쟁력도 국민소득도 한국과 역전이 기정사실로 되었다. 이런 와중에 일본 국민이 느끼는 실망과 자괴감에 공포가 더해지기 시작했다. 이때를 놓치면 국가 위기가 올지도 모른다. 국가적 위기 때 천황 폐하께서 담화로서 안정시켰으면 한다.

총리의 설명을 들은 천황은 말없이 고개를 끄덕였다.

일·중 비밀 군사작전에서 일본이 급격하게 위축되었다. 중국은 일본의 요구대로 미국 제7함대를 타이완 해협으로 유인하는 척했다. 한국군도 중국 북부전구의 백두산 집결로 관심을 돌렸다. 그런데 힘의 공백을 이용한 한새군도 공략을 위한 밀약에서 일본이 미적거리기 시작했다. 슈코 공주의 안전도 문제가 되었지만, 일본 내 여론이 크루즈 승객의 안전 우선으로 흘러가며 암초를 만난 것이다.

중국은 당황했다. 일본이 동중국해에서 처절하게 절규해야 만이 미국 제7함대를 다시 한새군도로 이동시킬 수 있었다. 중국도 슬그머니 샤먼에서 철군하는 시늉을 하려 했었다. 병력 배치와 철군을 거듭하다 미국 제7함대가 지쳐서 한새군도로 옮겨가면, 기습적으로 발가락 티눈처럼 거슬리는 진먼다오와 타이완을 치려 했다. 동중국해에 대치 중인 동해함대와 북해함대의 주력 함대 뱃머리를 돌려 기습적으로 타이완의 배후를 칠 계획이었다. 동시에 남해함대와 동부전구, 남부전구가 진먼다오와 타이완의 정면을 치면서 타이완 점령을 끝내려 했다. 기습적으로 타이완 점령을 끝내면 미국도 더는 어쩌지 못할 것이란 계산이다.

리신은 격노했다.

"그래서 처음부터 일본을 믿지 말아야 한다고 했지 않소!"

차이충 국가안전부장은 긴장했다.

"차이충 부장! 뭐라도 말 좀 해보시오! 일본이 저렇게 미적거리면 어떻게 되는 거요!"

차이충 부장이 조심스레 입을 열었다.

"일본이 움직이지 않는 이유가 명확하지 않습니다만, 무언가 발목이 잡힌 것 같은 느낌입니다."

"누가 발목을 잡았다는 거요? 그걸 정보수장이 할 말이오. 첩보라도 있소?"

"일본도 동중국해를 빼앗기고 싶진 않을 겁니다. 그런데도 저렇게 움직임이 없는 것을 보면 미심쩍습니다."

리신도 차이충의 말이 틀리지는 않았다고 생각했다. 무언가 이유가 있을 것이다.

"차이충 부장! 이유가 뭔지 알아보고 보고하시오."

리신은 장페이 상무위원을 통해 일본의 약속 이행을 압

박하도록 지시했다. 한편 일본의 협조 없이 타이완 점령을 완성 시킬지를 고민했다. 당장 동해함대와 남해함대는 방향을 틀어 타이완 동해안부터 초토화할 수 있다. 기습에 유리한 위치를 선점하고 있을 때 준비한 작전을 수행할 것인가.

*

뮤지크엔터테인먼트에서도 비상이 걸렸다. 기획사에서는 상하이공연이 연기되었다고 공지했다. 공연 연기가 알려지면서 전 세계 KJK 팬들에게도 한새군도 한국령 편입이 알려지게 되었다. KJK가 크루즈 선에 고립되어 있다는 사실을 알게 된 팬들은 SNS를 통해 일본 선사와 한국 정부에 조속한 사태 해결을 위한 압력을 행사했다. 그리고 KJK 멤버 대상으로 응원 글 올리기가 시작되자 응원 글은 하루 만에 1천만 건을 넘겼다.

기획사 에리카 홍 공동대표는 한국 대통령실로 청원을 올렸었다. 한편으로 비서관을 통해 KJK 멤버들과 스텝들이 상하이 1차 공연은 취소되었지만 2차 공연만이라도 진행할 수 있도록 우선 하선 협조를 요청했었다. 대통령실의 답변은 자칫 특혜 시비로 중대한 문제가 발생할 수도 있으므로 부득이하게 하루나 이틀 정도 상황을 보고 판단하자는 것이었다.

대통령실의 추가 답신이 온 것은 하루 뒤였다. 선내 소요도 한층 가라앉은 분위기가 되었으니 원한다면 KJK공연 관계자들 모두를 먼저 하선하여 상하이로 이동하여도 된다는 회신이다. 기획사는 쓰나미로 어렵사리 구한 낚싯배를 제주 강정항에 대기시켰다. 한새군도 출입 및 선박 사용 허가서가 나오는 대로 한새군도로 향할 예정이었다.

외부 소식이 단절된 KJK 공연팀은 한자리에 모여 앞일을 의논했다. 팀장인 해외 담당 이사는 본사와 연락이 되지 않는다는 걸 전제로 방법을 고민했다.

"아무래도 크루즈 선이 다시 뜨려면 많은 시간이 필요할 것 같아. 잠깐 해경 본부장을 만났는데 아무리 빨라도 며칠은 걸릴 거라고 하더군. 그렇다고 쓰나미로 대체 선박을 이용할 수 있을지도 아직은 알 수 없다고 하니 좋은 생각 있으면 서로 나눠보자고."

리더인 하늘이 먼저 의견을 꺼냈다.

"이사님, 제가 보기에는 단순히 배가 고장이 난 그런 문제는 아닌 것 같습니다. 제가 알기로는 이곳이 원래부터 있던 섬이 아니라 지난 17일 새벽에 지진 여파로 생긴 섬이라고 들었습니다. 모르긴 해도 국제적인 문제를 안고 있다는 거지요. 아마 상하이공연은 어려운 게 아닌가 싶습니다. 우선 드림호에서 벗어나는 일은 우리 의사와는 관계없을 것 같습니다. 이 안에서 우리가 할 수 있는 일이 뭔지를 찾는 것이 당장 필요한 일이 아닌가 싶습니다."

회의 중에 일본인 멤버 무토에게 관심이 쏠렸다. 무토도 한국이 이곳을 점령했다는 것을 알고 있을 테고, 반응이 어떨지 궁금했다. 시선이 자신에게 쏠리자 무토가 입을 열었다.

"난 지금 국가 간의 관계까지 신경 쓸 생각은 없어. 그것은 해당 국가 정치인들이 해결할 문제고, 난 우리 KJK가 의미 있는 일을 했으면 해. 그러니까 나를 신경 쓰진 말았으면 해. 그렇다고 너무 정치적인 발언을 하지는 말아줘. 나도 최소한의 애국심이란 거는 있으니까."

모두 끄덕인다. 생각보다 무토의 생각은 진지했다. 젊다는 이유로 필요 이상 불타오르거나, 아무런 개념이 없는 그런 멤버는 아니었다.

"이건 '무토의 재발견'인데. 무토! 무토! 무토!"

장난스럽게 무토를 연호하며 분위기를 만들자 공연 이사는 머쓱해졌다. 자신의 역할은 가장 빠르게 이곳을 떠나 공연지로 가는 것이었다. 하지만 지금은 스스로 선택할 카드가 없는 상황이었다.

"이사님이 이해해준다면 당분간 선상 버스킹을 할까 하는 데 어떻습니까?"

하늘의 뜻밖의 제안에 이사는 고민에 빠진다. 아이돌의 관리 차원에서 아무런 시설이나 장치도 없는 선상에서 그냥 버스킹을 한다는 건 이미지 관리에 손해가 될 수도 있고, 기획사 차원에서 문제가 될 수도 있기 때문이었다.

미누가 생각을 보탰다.

"이사님, 이런 예기치 않은 일이 벌어졌을 때 승객이자 팬들을 위해 음악을 선물한다는 그것이 그동안 받아온 사랑에 대한 도리가 아닐까요?"

이사는 선뜻 내키지 않았다. 그러나 KJK 멤버는 마음을 정했다. 이사는 허락한 적은 없으나, KJK가 자의적으로 버스킹한 것으로 정리했다. 아이돌이 승객의 위험을 내팽개치는 것은 무책임하다고 생각한 것이다.

KJK는 선장과 에니메이션팀장을 만나 버스킹을 하는데 필요한 일부 악기와 전력 지원을 부탁했다. 처음 아이돌을 시작할 때 KJK는 '사이다'라는 밴드를 했었다.

때마침 추적거리던 장맛비가 그치고 소나기가 그친 하늘처럼 쾌청한 하늘이 열렸다. 동쪽 하늘에 무지개가 떴다. 무지개는 다른 차원의 세계를 드나드는 웜 게이트처럼 문을 열었다가 곧 사라졌다. 활짝 갠 하늘에는 수평선으로부터 노을이 물들기 시작한다.

데크 위 자쿠지 뒤쪽 공간에 만들어진 임시 무대에서 음악 소리가 들려오기 시작하자 궁금해진 사람들이 하나둘 주변으로 몰려들기 시작했다. 저녁놀이 진해지고 조명이 하나둘 들어오면서 쿵! 쿵! 드럼 소리가 울리기 시작한다. 음악의 힘은 드림호의 예기치 않은 고립 불안을 잊게 했다. 여성 팬들의 돌고래 비명이 신호음이 되어 공연이 시작됐다. 침울했던 파라다이스드림호가 활기를 얻기 시작했다. 공연을 보기 위해 승객들로 차곡차곡 채워지기 시작한다. 아이돌 공연만을 보아 온 팬들은 밴드 연주를 하는 모습에 놀라워하며 열광한다.

"케이제이케이! 케이제이케이! 케이제이케이!…"

버스킹은 순식간에 공연장 분위기를 만들었다.

"승객 여러분 팬 여러분 반갑습니다. 놀랐습니까? 놀랐으면~ 함성!"

기다렸다는 듯이 함성이 울려 퍼진다.

"이 동네 돌고래들이 모두 몰려오도록 돌고래 함성 발사!"

돌고래 함성에 맞춰 'Turn It Up' 연주를 시작했다.

"저희 KJK도 처음 실패한 밴드 시절이 있었습니다. '사이다'라는 밴드였는데 오늘은 KJK가 아니라 사이다 밴드로 여러분과 함께하려고 합니다. 멤버를 소개하겠습니다. 베이스 겸 보컬 셔누! 지금은 랩을 주로 맡고 있지만, 보컬 실력도 대단합니다. 나중에 볼 수 있을지 모르겠지만, 아주 특별한 악기 연주도 가능합니다. 다시 한번 더 소개합니다. 베이스에 셔누! 다음은 우리 멤버 중에 일본어를 제일 잘하는 멤버입니다. 현지인처럼 일본어를 자유자재로 구사하는 보컬이자 드럼에 무토!"

'현지인처럼' 일본어를 잘한다는 말에 웃음과 함께 환호가 터져 나왔다.

"그리고 저는 기타 겸 보컬 하늘입니다. 오늘은 여러분과 사이다! 처럼 시원하게 놀 겁니다. 오늘은 여러분과 우리가 사랑하는 사이다! 혹시 오랜만의 연주라 조금 틀리더라도 환호와 성원 바랍니다. 함께 하실 분은 소리 질러! 놀기 싫으신 분은 조용히 객실로!"

밴드 음악 속에서 분위기가 무르익자 무대 앞은 젊은 여자 팬들로 물갈이되고 있었다. 그렇게 버스킹이 진행되는 동안 하늘은 계속 무대 아래를 살폈다. 그제 밤 선상 마지막 공연에서 함께 노래하기로 했던 마리라는 여자 팬을 찾았다.

"이번 노래는 그제 밤에 저와 원격으로 화음을 잠깐 맞춰본 분이 있습니다. 얼굴은 모르지만, 밤하늘에 우연히 흥얼거리다 발코니에서 화음을 맞추신 분 계시면 함께 하면 좋겠고요. 사실 어제 노래를 한 곡 하기로 약속했는데 아시다시피 어제는 급작스러운 사고로 지킬 수 없는 약속이 되어버렸습니다. 혹시 여기 그분 와 계십니까?"

"저요! 저요!"

여성 팬들은 그냥 지어낸 즉흥 이벤트로 생각하고는 서로 하늘과 함께 노래해 보겠다고 달려들었다.

*

"아야카. 아무래도 심상찮아 어떻게 하는 게 좋을까?"

당당하던 슈코가 드림호 사고와 한새군도가 한국령이 된

것에 대해 생각이 깊어지며 조심스러워졌다. 지금쯤 일본 황궁에서 소식을 들었을 것이다. 걱정을 끼친 걸 생각하면 마음이 무거워졌다. 당장 연락을 할 수는 없었다. 그렇다고 가볍게 나서거나 처신하다가는 문제를 키울 수 있다고 생각했다.

"슈코 당분간 사태를 지켜보는 것이 좋을 것 같아. 한국 해병대가 치안을 맡고 있다고는 하지만 크루즈 선 특성상 한계가 있을 거야. 조심하는 수밖에….'"

"맥주 한잔할까?"

슈코와 아야카는 발코니 선베드에 비스듬히 누워 캔맥주를 마신다. 달무리가 졌다. 내일이면 비가 올지도 모른다는 생각이 들었다. 비가 온다는 생각만으로 마음이 우울해진다. 별들이 사라지고 나면 희망도 사라질 것 같았다. 슈코는 츠유(일본 장마)가 되면 문득 생각나는 아이가 있었다. 초등과 1학년 때 비만 오면 슈코에게 우산을 씌어 주겠다고 우산을 들고 나타난 아이였다. 옆 반 남자, 이름도 기억하지 못하는 걔가 츠유 때만 되면 생각이 나곤 했다. 그 아이 생각에 웃음이 풋 터졌다.

"슈코 또 걔 생각했니? 나도 그 애가 참 궁금하네. 나도 보긴 봤을 텐데 도대체 누군지 알 수가 없으니 말이야. 자 그럼 슈코와 지금은 멋진 청년이 되었을 미스터 츠유를 위하여 한잔할까? 건배!"

맥주는 시원하게 목을 타고 내려간다. 거의 동시에 트림을 '꺼억'하고는 웃는다. 마음이 한결 가벼워졌다. 몸 안 가득 찬 걱정거리가 트림과 함께 빠져나간 느낌이다. 그제 야 선상에서 버스킹 소리가 들렸다. 웅웅거리는 음향과 여 자들의 자지러질 듯한 비명이 바람을 가르며 날아와 귀에 박힌다. '아! 그래! 깜빡했어' 그제야 하늘 사마와 한 약속 이 생각났다. 약속은 어제였다. 이미 지나버려 아쉽기는 하지만 약속은 어느 사람의 잘못도 없이 천재지변으로 깨 져버렸다. 약속이 이지러지기 전까지는 행복한 기대만으로 도 벅찼다. '그럼 됐어. 더 많은 걸 바란다면 욕심이지.' 슈코의 얼굴에 미소가 살짝 돌았다.

"아야카, 요즘 그 친구하고는 잘 돼 가니?"

"누구? 히로토? 테츠야?"

"테츠야는 또 누구니?"

"응, 아직 얘기 안 했었구나. 미래건설이라는 회사를 맡 으려 경영 수업 중인 남자. 성격이 거친 듯하면서도 의외 로 부드러워 츤데레라고나 할까, 성격은 잘 맞는데….."

"집안에서 반대하는구나. 요즘도 출신 때문에 갈등을 겪 니?"

"그러게 말이야. 돈은 많지만, 근본이 없다는 거야. 당 장은 몰라도 근본이 없는 사람과 결혼하면 불편한 것이 많 다는 거지. 난 아직 근본이 그렇게 문제 되는지는 모르겠 어. 그런가 하면 히로토는 가문이 대단하다는 것만으로도 적극적으로 밀려고 하고 계시지. '사랑을 찾으니 가문이 울고, 가문을 찾으니 사랑이 운다.' 너무 고루한 표현이지?"

둘은 맥주 캔을 부딪치며 건배사를 외쳤다.

"테츠야와 아야카를 위하여!"

아야카가 슈코의 눈을 빤히 들여다보면서 눈을 깜빡인다. '너는 이실직고 안 하니?'라는 표정이다.

"나는 별로 할 얘기가 없어. 요즘은 아야카가 부럽지."

"그런다고 그냥 못 넘어갑니다. 공주님."

슈코는 숨을 크게 한 번 들이쉬었다 '푸우' 천천히 내뱉었다. 답답했던 시간을 보냈다는 뜻이다. 천천히 내쉬는 숨으로 몸 안에 있던 답답함을 함께 뱉어버리고 싶었다. 아야카는 슈코의 한숨과 침묵을 잘 알고 있었다.

"슈코, 곧 좋은 사람을 만날 거야. 하늘 사마 같은…."

슈코는 하늘 사마라는 말에 화들짝 놀란다. 얼굴이 활짝 피어 발그레해진다. 그걸 본 아야카가 놀리듯 말을 툭 던진다.

"슈코, 너 혹시 병 아니니? 하늘 사마병."

"너무 티 났니? 그런데 어쩔 수 없는 일이긴 해. 더 비참해지진 않아야 할 텐데. 아야카! 내가 정신을 다잡을게 걱정하지마."

슈코는 이내 중심을 잡았다.

"슈코, 그게 아니라 가능성은 크지 않지만 말이야…."

아야카가 잠시 말을 끊었다.

"슈코가 이번 기회에 하늘 사마하고 한 번 사귀었으면

좋겠어. 미래는 알 수 없잖아. 후회 없는 삶은 없다지만 후회할 일을 만들 필요는 없지."

아야카의 말을 슈코는 정확하게 해석했다.

"그 뜻은 황실에서는 가수라고 배우자로서는 당연히 반대할 거고, 그러니 결혼과 관계없이 한 번 사귈 수 있으면 사귀어 봐라! 이런 뜻."

아야카는 고개를 인형처럼 장난스레 까딱 까닥거리며 말했다.

"그래, 그래, 슈코! 한 번씩은 일탈이 필요해. 지금도 크루즈 여행이란 일탈만으로도 표정이 밝아졌잖아. 이렇게 밝은 모습을 오랜만에 보는 것 같아. 물론 지금은 또다시 골치 아픈 현실과 마주하게 되었지만."

맥주 캔이 바닥에 널브러지고 대화도 럭비공처럼 제멋대로였다. 가슴에 꼭꼭 쟁여 놓았던 이야기들이 툭툭 튀어나왔다. 황궁에서의 생활은 열려 있지만 갇힌 공간이었다. 이곳 크루즈 선은 갇힌 공간이지만 열려 있다. 아야카가 함께 있는 것이 참 다행한 일이다. 그곳에 하늘 사마와 함께 있다면 더 좋은 세상이 되겠지만….

하늘 사마가 핏이 살아있는 슈트를 입고 꽃다발을 들고 나타났다. 슈코는 덜컥 겁이 났다. 꽃다발을 받을 마음의 준비가 되어있지 않았다. 하늘 사마는 주춤거리는 슈코를 보며 더는 피하면 안 된다고 했다. 하늘 사마가 손을 잡는다. 쥐여 준 꽃다발에는 메모가 적혀 있다.

'すべてがうまくいくでしょう'(다 잘 될 거야.)

그리고 얼굴을 가까이하고는 귓속말로 나지막이 속삭였다.

"마리! 마리!"

슈코는 자신을 보면서도 마리를 찾는 하늘 사마의 불쾌한 손을 뿌리쳤다. 눈앞에서 보란 듯이 다른 여자 이름을 부른다는 것은 참을 수 없었다.

순간!

눈을 떴다. 꿈이었다. 동시에 현실이었다. 그날 밤처럼 그 발코니에서 마리를 부르는 소리가 들렸다. 분명 하늘의 목소리였다.

"하늘 사마!"

슈코는 화들짝 놀라 발코니로 나갔다.

"마리! 왜 어제도 오늘도 오지 않았어요?"

그제야 하늘이 자신을 마리라고 알고 있다는 사실을 깨달았다. 일순 무안함이 밀려들었다.

"좀 아팠어요. 미안해요."

얼떨결에 거짓말로 둘러댔다. 순간 후회가 밀려왔다.

"아! 그랬군. 지금은 어때요?"

걱정하는 목소리가 진심으로 느껴졌다.

"괜찮아졌어요."

"나는 꼭 같이 노래하고 싶었는데. 내일 기다릴게요. 그제 약속했던 그 자리에서."

슈코는 하늘과 노래를 같이 해보는 것이 작은 소망이었
다. 잊지 않고 하늘이 찾아온 것은 감동이었다.

"혹시 지금은 볼 수 없을까요?"

"지금은 안 돼요."

하늘은 걱정스레 물었다.

"아직도 아픈 거야?"

"아뇨. 화장을 지웠거든요."

하늘은 그녀의 말에 껄껄껄 웃었다.

11

뜨거운 바다

　한새군도 영해, 줌월트급 이지스함 장수왕함 함교. 제2
작전사령부 기동함대 사령관 김해남 제독이 위성전송 사진
을 살핀다. 이어 망원경으로 수평선을 주시했다. 동쪽 물
마루 너머에서 일본 해상자위대 함정의 마스터부터 떠오른
다. 이미 작전실 레이더로 확인한 것이었지만 제독은 직접
눈으로 확인했다. 서쪽으로도 중국에서 접근하는 전단이
확인되었다. 서쪽으로부터 중국 동해함대 전단이, 동쪽으
로는 일본 사세보 제2호위대군 전단이 한새군도에 접근 중
이다. 중국과 일본이 한국을 양쪽에서 협공하는 상황이다.
한국으로서 그나마 다행인 건 쓰나미가 일본 사세보와 중
국 동해함대 전력을 반토막 내버렸다. 쓰나미가 한국해군
의 첨병 역할을 톡톡히 한 것이다. 쓰나미에 직격당한 일
본과 중국은 허둥댔고, 한새군도 봉쇄도 제때 이루어지지
못했다.

그 시간 남쪽으로는 장마전선을 머금은 비구름이 몰려오고 있었다. 비구름은 서태평양의 끈끈한 수분 외에도 정체가 확실치 않은 스텔스 물체를 머금고 무겁게 움직였다. 그 장마전선 아래로는 레이더에 잡히지 않는 미국의 유령 전단이 함께 북상하고 있었다. 김 제독은 동시에 두 곳 또는 세 곳을 상대로 작전을 수행하는 것은 처음이었다. 전선이 복잡하고 변수가 많다는 사실에 긴장했다.

김 제독은 명령을 내렸다.

"저 친구들 전력 보고 해보게."

"중국과 일본 함대 모두 우리보다는 큰 규모입니다. 중국은 란저우 급 이지스함 3척, 호위함 5척, 강습상륙함 1척, 무인함 5척 그리고 배후 항모에서 발진한 함재기가 계속 상공을 선회하고 있습니다. 지휘는 왕쩡신 제독이 맡고 있습니다."

"왕쩡신은 남해함대 사령관 아니었나?"

"그렇습니다. 동해함대가 쓰나미로 기능 상당 부분을 상실했다는 보고가 있습니다. 긴급하게 연합함대를 맡긴 거로 확인하고 있습니다. 계속 보고 드리겠습니다. 일본도 헬리콥터 호위함 이즈모급 1척, 이지스함 공고 급 1척, 아타고급 3척 구축함 3척, 호위함 3척, 무인함 3척을 배치하고 있습니다. 지휘관은 하야카와 히로토 제독입니다. 그리고 물론 시야에서는 벗어나 있지만, 주변 수중에 잠수함이 서로의 거리를 유지하며 기동 중입니다."

왕쩡신은 얼마 전까지 남해함대에서 작전을 맡았었다. 쓰나미로 그를 연합함대 사령관을 맡긴 것은 발 빠른 대처로 보인다. 하지만 지금은 남해함대 제독에게 동중국해를 맡기는 것은 의아했다. 평소 작전지역이 아닌 바다를 지휘한다는 것은 상식적이지 않았다.

김 제독은 생각에 잠긴다. '왕쩡신'과 '하야카와'와의 대결이 어떻게 끝날지가 흥미로웠다. 두 사람이 공조할지 반목할지는 지켜볼 일이었다.

왕쩡신은 남중국해의 제1도련 건설과 베트남, 필리핀 해군을 제압하고 시사제도, 난사군도에 군사기지를 건설하는데 혁혁한 전공을 세운 인물이다. 아직 나이는 젊지만, 군부에서 공청단(공산주의청년단) 계열의 유망주 중에 하나다. 치밀하고도 과감한 성격이 어필되었다. 중국공산당에서 남중국해의 해상 기지 구축 경험을 높이 사서 연합함대 사령관으로 보낸 것으로 보인다. 다만 중국공산당의 특성상 사업을 겸하는 군부에서 급격한 위치 이동은 어떤 의미일지알 수 없는 것이다. 확실한 건 그가 유망한 인민해방군 연합함대 사령관이자 중국공산당 간부라는 것이다. 동중국해에 대한 중국공산당의 집착을 엿볼 수 있는 대목이다.

하야카와는 왕쩡신과 한 차례 만난 적이 있었다. 그곳은 센카쿠열도(댜오이다오) 인근 해역이었다. 2018년 중국의 잠수함이 인근 해역으로 진입할 때 왕쩡신은 동해함대 이지스함 함장으로 잠수함 진입 작전에 지원하는 역할을 했었다. 하야카와도 사세보 이지스함의 함장으로 해역 감시를 한 적이 있었다. 직접적인 대면은 아니었지만, 서로서로 존재를 인식하게 된 계기가 된 것은 확실했다.

하야카와의 조부는 일본 황군의 해군 장교였다. 당시 세계 최강 전함으로 알려진 7만 톤급의 야마토 전함의 부함장이었다. 조부는 1945년 4월 7일 야마토 함과 함께 태평양에 수몰되었다. 하야카와는 조부의 피를 제대로 받았고 해상자위대 장교가 되었다. 그에게는 이번 동중국해 작전 수행에 성공하면 해상자위대 사세보 총감에 임명될 거란 소문이 돌고 있다.

왕쩡신이나 하야카와나 표정이 밝지는 못했다. 출세의 길은 열려있지만, 현실적으로 한국이 만만하지 않다는 것을 잘 알기 때문이었다. 한·중·일의 삼각관계는 연애처럼 묘했다. 삼각관계는 전쟁을 미적거리게 만들었다. 표면적으로 일본과 중국은 협공을 모의한 것으로 보였다. 선택의 여지가 없는 일본과 달리 중국은 여러 선택지 위에서 방황했다.

하늘에서는 한·중·일의 해상초계기들이 데드라인을 넘을 듯 말듯 위협적으로 해상을 선회했다. 한·중·일은 일정한 거리를 두고 잠시 대치했다. 서로 공격을 위한 사격통제레이더를 가동했다. 서로에게 타격을 가할 준비를 마친채 명령만을 기다린다. 상대에게 쏘아대는 재밍으로 통신이 순간적으로 불안정하기도 했지만, 각국의 자체 위성을 통해 통신을 이어갔다. 재밍과 역재밍, 전파회랑 구축과 전파회랑 파괴로 장군멍군 수 싸움이 치열했다. 긴장감은 여전히 팽팽하다. 누군가가 발포를 시작하면 거의 동시에 대응발포를 시작할 것이다. 그렇게 시작되면 그 끝이 어디까지 벌어나갈지 알 수 없었다. 세 나라가 같은 장소에서 서로 공격을 위해 대치하는 흔치 않은 상황이 벌어지자 대치 시간이 길어졌다. 서로 선뜻 선공하지 못하는 것은 먼저 발포한 곳이 집중포화를 받을 형국이기 때문이었다. 또한, 국지전으로 그치지 않는다면 세계대전으로 번질 수도 있다는 가능성에 누구 하나 선공을 취하지 못한다. 선공은 모든 책임을 덮어써야 한다.

그 시간 용산 대통령실, 남중해, 도쿄 수상관저, 백악관 벙커에서 각각 현장을 정상들이 지켜보고 있다. 모두 굳은 표정이다. 누군가의 입으로부터 공격 명령이 떨어질지 초조해진다. 각 정상의 표정은 상기된 채 마음이 격랑처럼 어둡게 일렁인다. 가진 자의 불안한 여유, 가지려는 자의 번뜩이는 욕망이 교차한다.

일본 해상자위대는 한국 시각 22일 0시까지 한국함대가 철수하지 않으면 발포하겠다고 선전포고를 한 상태다. 중국 동해함대도 같은 내용으로 한국함대를 위협했다. 당연히 한국함대는 선전포고를 무시한 채 해역을 지키고 있다.

중국과 일본의 한국 협공은 이미 예정된 것이었다. 그런가 하면 일본과 중국은 한국과 물밑협상을 시도했다. 한국은 협상에 응했지만, 기조는 명확했다. '영토는 협상의 대상이 아니다!'

　21일 오후 5시. 진해 해군기지와 부산해군작전사령부에 정박해있던 합동화력함(아스널십) 신기전 Ⅱ함과 Ⅲ함이 각각 출항한다. 스텔스 기능을 가진 신기전함의 출항은 중국과 일본을 긴장시켰다. 신기전함의 출항은 일본과 중국의 선전포고에 대한 대응인 동시에 대대적인 공격을 암시하는 것이다. 벌집을 건들지 말라는 경고였다. 신기전함은 세계 최고의 화력 함이다. 오로지 화력만을 위해 태어난 '파괴의 신'이다. 함별 500셀로 3척 모두가 출항한다면 1,500개의 미사일을 날릴 수 있다. 주요 시설을 정밀 타격한다면 중국이라는 광활한 대륙에서도 치명적인 내상을 입을 수밖에 없다. 신기전함은 일본과 중국 지도자를 불편하게 만들었다. 한국의 미사일 능력은 중국과 일본 주요 시설을 초토화할 능력을 지니고 있었다. 설사 한국이 신기전함 화력을 쓰기야 하겠냐는 의견이 지배적이었지만, 일본이든 중국이든 한국 영토를 건들면 집중타격하겠다는 확실한 의사 표시인 것이다.

　별도로 작전에 투입된 잠수함 안창호 함에서는 EMP탄을 장전했다. 일본과 중국에서 EMP탄을 발사할 가능성을 대비해 준비하고 있었다. 그것은 일본과 중국 잠수함에서도 마찬가지로 EMP탄을 장전하고 대기 중에 있다. 그들이 장전한 EMP탄이 발사된다면 순식간에 동중국해 한새군도와 인근 지역은 고요의 바다가 될 것이다. 함정은 표류하고 항공기는 바다로 추락한다. 한국해군은 그것을 대비해 전자장비와 함께 재래식 무기를 한새군도에 배치했다. 전자 전기가 사라진 세상에서 가장 활용도가 높은 것은 재래식 무기일 것이다.

그런가 하면 일본과 중국해군이 가장 경계하는 한국 무기는 중력탄과 가마우지탄이었다. 중력탄은 폭약 대신 금속 막대를 가득 채운 폭탄으로 오로지 낙하 운동 에너지만으로 수백 개의 금속 막대를 비처럼 함정에 내리꽂는 폭탄이다. 사실상 요격이 무의미하다. 가마우지탄은 가마우지라는 새가 하늘에서 바다로 다이빙해서 물고기를 잡듯이 잠수함과 군함을 요격하는 폭탄이다. AI 개량 탄은 소형으로 바다 위를 활공하다 다이빙해서 잠수함이나 함정을 찾아 스크루만을 공격한다고 알려져 있다. 태양광 충전 방식으로 장기간 스텔스 수중항해 기능이 있어서 위협적이었다.

*

일본 아고타급 이지스함 이시가라함에서 지휘하고 있는 해상자위대 제2호위대군 하야캬와 제독은 금방이라도 비가 올 듯 잔뜩 찌푸린 동중국해에서 온종일 긴장 속에 대기했다. 하야캬와 제독도 한국의 합동화력선의 움직임이 있다는 소식에 긴장한다. 합동화력선의 화력은 전쟁의 승패와 관계없이 치명적인 내상을 입힐 능력이 충분하기 때문이다.

일본 총리실에서도 한국과 정면충돌은 피하고 싶었다. 적당히 압박해서 한국을 협상 테이블로 나오게 만드는 것이 최상의 방법이다. 하지만 한국이 그 수를 모를 리 없다. 중국과의 비밀 회동에서도 합의를 이루지 못했다. 중국이 남의 밥상 위에 숟가락을 얹는 것도 마뜩잖은 데다 약속과 달리 추가로 한새군도 절반 할지를 요구할 가능성이 엿보였다. 할지를 요구한다면 미국이 묵인할 리 없다. 일본이 미국의 의사에 반하여 중국과 협상하기란 사실상 불가능했다. 일본은 할지보다는 자원 개발에 대한 지분을 제의했지만, 중국은 성에 차지 않아 했다.

하야캬와는 내심 한국의 합동화력선 개발이 신의 한 수라고 생각한다. 북한의 기습 침공과 핵을 대비해 확증 보복 수단으로 만든 것이기는 하지만, 정작 북한보다는 일본과 중국에 커다란 위협이 되고 있다. 한국의 합동화력함 개발 당시 주변국에서 가성비를 의심하며 갸우뚱한 반응을 보였었다. 미국도 건조를 포기했었던 함정이었다. 한국의 판단이 그때는 틀렸고, 지금은 옳았다.

미야기 총리는 한새군도라는 단어가 거슬렸다. 한새군도라고 말한다는 것은 자존심 문제기도 하고, 국제적인 선전전을 위해서라도 일본식 이름이 필요했다.

"우리도 섬 이름을 만들어야 하지 않겠소?"

나아토 관방은 섬 이름이 이미 만들어진 것으로 알고 있었다.

"이미 만든 것으로 알고 있는데, 아마쿠사 대신 뭐라고 하기로 했소?"

"나가사키현 서쪽 섬이란 의미로 '니시지마(西島)'로 했습니다."

"급한 대로 그렇게 씁시다. 그렇다고 우리가 대외적으로 한새군도라고 쓸 수는 없지 않겠소. 중국도 가만히 있지는 않았을 텐데 뭐라고 지었소?"

"아직 공식적인 발표가 없어 알 수는 없지만, 중국에서도 동쪽의 섬이라는 뜻의 '둥하이다오(東海島)'라고 지었다고 합니다."

"다무라 대신, 중국과는 조율이 되고 있소? 한국을 제압할 방법 말이오?"

"중국과는 공조하기로 되어있습니다만, 갑자기 벌어진 일이라 2~3일 정도 시간이 필요합니다. 문제는 미국입니다. 이미 유령군단이 해역에 근접해서 심판처럼 자리 잡고 상황을 지켜보고 있습니다. 그리고 미국대사관에서 군사행동을 자제해달라는 연락이 왔습니다. 올림픽과 대선이 있어 신경을 곤두세우고 있습니다."

"중국이 미 해군을 잡아 두기로 하지 않았소? 주일미군
사령부는 움직임이 어떻소?"

"진먼다오 작전으로 타이완 해협으로 가던 미 함대가 해
협 입구에서 대기 중입니다. 별도로 유령군단이 이미 동중
국해로 진입했습니다. 태평양사령부에서도 교전을 억제하
려 할 겁니다. 아직 미국 워싱턴이 밤이라 추가 지침은 없
겠지만, 이미 작전은 하달되었을 겁니다."

'한국을 포기할 수 없을 테지.'

미야기 총리는 합동작전과 별개로 신속하게 니시지마를
장악할 방법을 만들라고 도쿠시마 통합막료장에게 지시했
다. 도쿠시마는 신속 장악과 함께 해상 봉쇄를 염두에 두고
있었다. 당장은 한국이 한새군도를 점령했다고 들떠있지
만, 동중국해를 해상봉쇄 당하면 경제 위기를 맞을 것이다.
문제는 중국이 동중국해 봉쇄에 협조하느냐의 문제였다.

"관방, 중국과 긴급하게 협의할 특사로 누가 좋겠소?"

"어떤 특사를 생각하시는 건지?"

"니시지마 장악을 위한 특사 말이오."

"니시무라 대사를 쓰는 게 낫지 않을까요?"

"아닙니다. 주중대사를 쓰는 것이 오히려 일을 어렵게
만들 수도 있어요. 사안이 크기도 하고요. 음…야마시타
비서실장은 어떻겠소?"

"나쁘지 않습니다. 총리비서실장 야마시타가 격에도 맞

고 적절할 것 같군요. 총리님의 생각을 여쭤봐도 되겠습니까?"

"교전은 모두에게 부담스럽겠지요. 그래서 기습적으로 니시지마를 장악해보고, 그게 어렵다면 동중국해에 일·중 해군력을 대거 배치해서 해상 봉쇄로 한국을 고립시킬 생각이오. 아시다시피 한국은 동중국해를 봉쇄당하면 무역선이 홋카이도를 돌아서 한국으로 가야 하겠지요, 거리도 거리지만 겨울이 오면 유빙으로 항해에 어려움이 있을 거요. 그래서 무역에 타격을 받으면 경제가 급격히 무너지게 되겠지요. 그럼 손을 들지 않겠습니까. 그때까지 중국이 공조해야 하는데 이걸 마무리할 특사가 중요하다는 겁니다."

때마침 야마시타 실장 보고하러 들렀다.

"총리님, 보고 준비되었습니다. 지금 보고 받으시겠습니까?"

"야마시타. 무슨 보고였더라?…"

미야기 총리는 급박하게 돌아가는 정세에 정신이 혼미해질 지경이었다. 특히 나이가 든데다 수면 부족에 시달리면서 판단력이 저하되어 있었다. 총리는 정신을 가다듬었다. 야마시타는 피로감에 찌든 총리를 앞에 두고 보고를 시작했다.

"JDZ의 니시지마는 현재 한국군이 점령했고, 현지 생방송으로 한국 영토임을 실시간 중계로 계속 알리고 있습니다. 화면 분석으로는 여러 개의 섬이 타이완 방향으로

50㎞ 정도에 산개해 있음을 알 수 있습니다. 다음은 니시지마의 존속 가능성입니다. 기상청 지질분석 자료에 따르면 일반적으로 해저화산으로 생성된 화산섬은 일정 기간이 지나면 다시 해저로 가라앉을 가능성이 큽니다. 그러나 이번 니시지마는 단층 활동으로 생긴 것이어서 상대적으로 해저로 가라앉을 가능성은 적습니다."

"가라앉기를 기다리는 것은 기대할 바가 못 된다는 소리군."

"문제는 앞으로 있을지 모를 추가 해저면 상승입니다."

"그게 무슨 소리인가?"

"그동안 류큐해구에 위치한 필리핀만 있다는 것이 학계의 정설이었는데, 이번에 니시지마가 생긴 곳에 숨겨진 판이 발견된 것으로 보입니다. 이미 한국은 '한남판'이라고 이름을 붙였더군요."

*

"한남판이라고 공식으로 발표했습니다."

박한은 빠른 움직임에 만족감을 표했다.

"고생하셨습니다. 한국병이 좋을 때도 있군요. 빨리빨리 말입니다."

박한은 지질연구소장의 보고를 받고 있었다. 박한은 줄곧 흥분을 가라앉히려 애썼다.

"한편 중요한 건 한남판은 계속 남북으로 비스듬히 확장 진행될 가능성이 큽니다."

듣던 중 반가운 소리였다. 영토가 확장된다는 뜻이다. 조선의 국경이 압록강과 두만강이 되고 난 뒤부터 한 번도 영토를 늘려본 적이 없는 한국으로서는 의미가 새로웠다.

"그럼 어느 방향이 되는 거지요?"

"지금으로는 지질조사를 해봐야 알겠지만 아마도 필리핀판이 한남판 밑으로 섭입되거나 충돌하여 솟아오를 거로 보고 있습니다. 예상 방향은 남쪽 타이완 방향과 북쪽 대마도 쪽으로 확장될 가능성이 큽니다."

"그렇게 되면 중국으로서는 동중국해가 한새군도와 오키나와로 이중 해상 봉쇄된다는 얘기군요. 제1도련선은 무색해질 수도 있고."

보고대로만 된다면 동중국해에서 한국을 해상봉쇄하려던 중국으로서는 날벼락 같은 일이 된다는 것이다. 박한은 한새군도 관리 기관을 별도로 만들어야겠다는 생각을 한다. 어쩌면 대한민국 영토가 태평양으로 진출할지도 모를 일이었다.

"한남판이 계속 융기하면 태평양으로 나갈 수도 있습니까?"

"태평양까지 진출하기는 어려울 것으로 보입니다. 그러기 위해서는 지각판이 류큐해구를 통과해야 하는데 그것은 필리핀판을 쪼개며 나가야 한다는 것으로 이론적으로 불가능합니다."

"태평양으로 나가기 위해서는 오키나와가 변수가 되겠군요."

박한의 머릿속을 불현듯 스치고 지나가는 것이 있었다.

'류큐 독립운동'

*

중국 동해함대 왕쩡신 제독도 장시간 대치로 인한 긴장감으로 지쳐가고 있었다. 왕 제독도 체력이 소모되자 집중력이 흐트러지고 있다는 것을 느꼈다. 수병들을 추스르지 않는다면, 예기치 않은 우발사고가 날 수도 있다.

왕 제독은 각 함장에게 수병들을 독려하도록 지시했다. 특히 병기병들의 정신무장을 강조했다. 실수로 발포한 소총 한 발이 전쟁을 유발할 수 있고, 동중국해의 전쟁은 동북아시아의 전쟁, 나가서는 세계 3차대전이 발생할 수도 있다는 섬뜩한 개연성 때문이었다. 전쟁은 당위성으로 발발하기도 하지만, 별스럽지 않은 것이 확전되어 전쟁으로 변모하는 것을 많이 봐왔기 때문이었다. 제독의 경력은 화려했지만 이런 다자 대결 구도에는 익숙하지 않았다.

왕쩡신 제독은 함대에 전투 준비 단계를 상향한다. 중국 연합함대는 즉각 교전을 위한 준비에 들어갔다.

작전 참모가 긴장된 순간에 대뜸 질문을 던졌다.

"제독님, 우리의 적은 누구인 겁니까?"

뜬금없지만 흥미로운 질문이었다.

"누굴 것 같소?"

"한국·일본·미국 모두가 아닐까요?"

"군인이라면 그렇게 보는 것이 옳겠지. 타이완까지 포함해서….."

"군인이 아니라면 적은 누구로 봐야 합니까?"

"그건 알려고 할 필요 없어. 지금은 어차피 군인이니까? 지금 할 수 있는 일에 충실해야지. 인민해방군의 긍지를 가지고 리신 주석에 충성을 다해야 하지 않겠어?"

왕쩡신은 동중국해 작전을 명령받았을 때 쉬샹량 동부전구 사령원과 가오핑 동해함대 사령원을 만났었다. 동해함대 가오핑 사령원은 왕쩡신과 사이가 좋은 관계는 아니었다. 잠재적 경쟁 관계라는 생각 때문이었다. 쉬샹량은 중앙군사위원회에서 왕쩡신을 보낼 때부터 기대하는 빛이 역력했다. 이번 문제만 잘 처리한다면 왕쩡신의 장래는 밝았다. 한·중·일 3국의 해군력으로 볼 때 단연 규모가 큰 중국해군이 해상을 장악할 가능성이 크다. 다만 문제는 국제적인 역학관계와 타이완 점령이라는 변수였다. 왕 제독은 명령 체계와는 별개로 쑨샤오쿤 총리로부터 은밀하게 작전을 하달받았다. 공격의 목표가 바뀔 상황에 대비하고 있으란 명령이었다.

"왕 제독, 교전은 최대한 억제해야 하오. 이번 기회를 미국을 제압하는 계기로 삼아야 하오. 우리가 미국을 이기기 위해서 굳이 미국까지 갈 필요는 없지 않겠소. 미국이 이리로 올 때가 더 쉽게 요리될 것이오. 미국이 개입하는 순간 우리 중국이 미리 쳐 놓은 그물에 걸리게 될게요. 그물을 치고 거두는 바닷일을 왕 제독이 해주면 된다는 것 명심하시오. 치밀하게 하되 과감하게 할 필요는 없소."

"중국이 미국을 누르고 일본·한국을 아울러서 세계 최고의 정치 경제 벨트를 만들자는 거로 생각하면 되겠습니까?"

"역시 눈이 차기 상무위원감이라니까. 그래서 왕 제독이 바다에만 머무르면 안 된다는 거지. 곧 같이 일을 해봅시다."

리신 국가주석의 큰 그림도 그랬다. 굴기를 외치지만 굴기가 외친다고 만 되는 것은 아니었다. 누군가가 인정해주지 않으면 공허한 외침일 뿐이다. 중국이 홀로 우뚝 서서 세계를 호령하고 싶지만 그리 호락호락한 일이 아니었다.

왕쩡신은 눈앞 바다에서 대어를 낚아야 했다. 리신 주석이 대어를 기다리고 있기 때문이다. 잔뜩 찌푸린 날씨가 금방이라도 비를 쏟을 것 같았다.

"제독님, 비가 내릴 것 같습니다. 들어가시지요."

"비가 와도 바다는 넘치지 않겠지."

왕쩡신은 알쏭달쏭한 말을 중얼거렸다.

"당연한 말씀을…."

"당연한 것도 항상 그렇지는 않아, 노아의 방주처럼… ."

왕 제독은 이번 비가 그치고 나면 동중국해의 바다가 뒤집힐지도 모른다고 생각했다. 여차하면 21세기 최대의 전장이 될 수도 있기 때문이었다.

*

한국 해경은 파라다이스드림호 치안본부장으로 해양경찰청 김정훈 경무관을 파견했다. 앞으로 발생할 가능성이 큰 소요 사태를 대비한 인사였다. 경험이 풍부하고 위급시 자체 판단을 할 수 있는 고급 간부를 파견한 것이다.

김정훈 본부장은 배석자를 모두 물리고 엔리케 선장과 둘이서 마주했다.

"엔리케 선장님! 지금부터는 일본 선사가 아니라 한국 해경과 공동 운명체가 되어야 합니다."

엔리케는 얽히고 싶지 않은 표정을 지었다. 그러나, 이미 이곳은 한국령 한새군도가 되었고, 한국 해경이 치안을 유지하게 된다. 협조하지 않으면 치안은 무너지고 극심한 혼란이 올 수도 있었다.

김 본부장은 치안상의 문제로 VOOM 와이파이를 꼽았다. 와이파이는 외부로부터 혼란을 부추기는 세력이 개입할 여지가 있었다. 사태가 정리되고 안정될 때까지는 통제할 수밖에 없었다. 특히 선사가 있는 일본에서 어떤 정치적인 지시가 있을 수도 있었다. 선장이 처신을 어떻게 하느냐에 따라 승객과 승무원이 안전하게 귀가하느냐 전쟁에 휘말리느냐가 결정된다.

김 본부장의 설명에서 전쟁이라는 말에 엔리케는 놀라는 눈치다.

"전쟁이라뇨?"

엔리케는 전쟁이라는 말에 잔뜩 긴장했다.

"겁박이라 생각하지 마시고 들으셔야 합니다."

선장의 표정은 일그러졌다. 자신이 본의 아니게 한국과 일본 어쩌면 중국의 틈바구니에 끼었다. 자칫 혹독한 시간을 보내야 할지도 모른다는 것을 본능으로 느끼고 있었다. 선사인 일본의 말을 듣자니 자칫 배 안의 모든 사람이 인질이 될 수도 있고, 한국의 말을 듣자니 자신의 직업윤리 문제가 생길 것이 눈에 보였다. 때에 따라서는 일본이나 중국 승객 선원으로부터 공격을 당할 수도 있다는 신변 위험까지…머리가 복잡해졌다.

"배에서 통화가 가능한 위성 전화는 몇 대입니까?"

선장은 한 본부장의 의도를 금방 알아차렸다.

"위성 전화는 총 3대입니다. 기본적으로 통신장비는 있지만, 일반인이 사용할 수 있는 것은 아닙니다."

"죄송합니다만 위성 전화는 저희가 관리하겠습니다. 전화가 필요한 경우 언제든지 쓸 수 있게 할 테니 걱정하지 마십시오. 선내에 불필요한 소요 사태를 막자는 것이니 협조해 주시기 바랍니다."

　선장과의 기본적인 협의를 마치고 해경 치안 팀은 일부 빈 객실과 선상 데크에 진을 쳤다.

　오후 들면서 하늘로 전투기들이 편대 비행을 시작한다. 이따금 헬리콥터가 선회하던 것과는 사뭇 다른 분위기였다. 멀리 희미하게 군함으로 보이는 선박의 모습이 보이기 시작한다. 승객들이 조금씩 동요하기 시작했다.

　"선장님, 무슨 일이 있으신 거죠? 설명을 좀 해주시죠. 모두 술렁이고 있는데 뭐라도 답을 주어야 할 것 아닙니까?"

　이등항해사 겐조가 승무원 간부를 이끌고 선장을 찾아와 항의했다.

　"아시는 대로 지금 우리는 암초 밭에 걸려서 탈출하려 하지만 조타 수리가 끝나지 않아 대기 중이지 않소?"

　"선장님. 밖에는 전투기가 선회하고, 군함도 멀리 보이고, 배에는 한국 해경이 승선해 있다는 건 단순 기기 고장을 뜻하는 건 아니지 않습니까? 더군다나 위성 전화는 모두 회수하셨다고 들었습니다."

　"여러분, 저도 상황을 확인하고 있습니다. 조금만 기다려 주십시오. 이곳은 난청 지역으로 위성 전화도 통신장비도 제대로 작동하지 않습니다. 확인되는 대로 말씀드리겠습니다."

　선장은 여전히 통신에 장애가 있다는 걸 확인했다. 한국

군이나 해경에서 전파방해 재밍을 작동하고 있다는 걸 알
아차렸다. 선장은 김 본부장을 만나 현실적인 어려움을 털
어놓았다.

"팀장님 재밍 해제 계획은 있으십니까? 승무원들이 조직
적인 항의를 시작했습니다."

"지금 재밍을 푼다고 통화가 된다고 보장할 수는 없습니
다."

"그건 무슨 뜻인지?"

"이미 일본과 중국 해군에서 한새군도 일대에 고출력 재
밍을 작동시킨 상태입니다. 한국에서 현장 생중계방송을
하는 걸 막기 위한 것입니다. 그래서 우리만 푼다고 해서
위성 전화를 쓸 수 있는 건 아니라는 뜻입니다."

*

한국 해경은 파라다이스드림호의 치안을 위해 배치를 마
쳤다. 일본은 자국 선적 선이라는 것을 강조했다. 해양법을
들어 자국 선박 치안을 유지하기 위해 일본 해상보안청에서
는 해양경찰을 파견하겠다고 주장했다. 한국은 이미 한국
영토로 선언된 지역으로 일본 주장은 근거 없다고 일축해버
렸다. 긴급 개최된 한·중·일 외교회담은 원론적인 주장의
한계를 벗어나지 못했다. 파라다이스드림호도 여전히 조타
고장을 바로잡지 못한 채 암초 밭에 발이 묶여있었다.

김정훈 본부장은 외국인에 대한 한국 해경의 직접 치안 활동이 갈등의 시발점이 된다고 판단했다. 대안으로 국가별 승객대표를 선출할 것을 권하고, 당분간 대화 창구는 대표들을 통해서만 하게 된다는 것을 알렸다. 한국, 일본, 중국, 기타 국의 대표단은 대표 1명, 부대표 1명, 보좌진 3명으로 각각 조직되었다.

엔리케 선장은 치안대책 마련에도 드림호의 상황이 점점 악화하고 있음을 호소했다. 연료가 충분하지 않아 전력을 아껴야 할 상황에 도달했고, 예비 식음료도 이틀 치 여유밖에 없다는 것이었다.

"연료가 공급되지 않으면 이 더운 날씨에 에어컨부터 중단해야 합니다. 그렇게 되면 폭염으로 불쾌지수가 높아지고 치안에 문제가 발생할 수도 있고, 음식 재료 부패로 식사를 중단하면 더 큰 문제가 발생하겠지요."

"선사와 연락을 취하세요. 드림호는 저희가 나포한 것이 아니라, 여행 중 사고를 당한 겁니다. 일단 선사에서 공급받으시고, 이와는 별도로 연료 종류와 하루 식사 소비량을 점검해 주시지요. 해경은 본국과도 연락하겠습니다."

김 본부장은 보고 체계를 통하여 드림호 상황을 보고했다. 한국 정부도 만약을 대비해서 크루즈선 전담팀을 만들어 연료와 식음료를 준비시켰다.

*

KJK는 소공연장을 빌려 버스킹 리허설을 하고 있었다. 슈코와 아야카가 공연장 문을 열자 둔중한 울림의 드럼 소리가 가슴을 쿵쿵 울린다. 공연장 안에는 이미 와있는 여성 보컬 후보들이 화음을 맞추고 있다. 눈에 띄는 것은 KJK공연 때 마주친 눈빛이 강렬했던 저우야핑이라는 중국인 여자였다. 그녀의 예명은 룰루였다. 로커로서 무대를 서봤던 경험자답게 분장에 가까운 진한 화장에 빨간 가죽 미니스커트와 탱크톱이 눈에 띄었다. 눈결 슈코는 기가 죽었다. 동양계로 보이는 키가 크고 비율이 좋은 여자와 유럽계로 보이는 여자도 보였다. 누구 하나 만만히 보기 힘든 조합이었다.

슈코는 연습 중인 하늘을 찾아갔다.

하늘은 슈코를 한눈에 알아봤다.

"마리?"

"하이!"

슈코는 엉겁결에 대답했다. 뒤에 있던 아야카가 웃음을 참느라 고개를 돌린다. 슈코는 자신을 슈코라 말할 수 없었다. 그러잖아도 일본인들의 눈빛에 혹시 슈코 공주가 아닌가? 목소리와 어투가 많이 닮았다며 알아차리지나 않을까 걱정했었다. 아야카는 성형으로 전혀 알아볼 수 없다고 걱정하지 말라고 했지만, 여전히 걱정을 떨칠 수 없었다.

"뒤에 숙녀분은?"

하늘은 뒤에 있는 아야카를 보며 누구냐고 물었다.

"아야카라고 합니다. 하늘 님을 좋아하지만, 나는 미누 님 팬입니다."

"그래요. 아무튼 반갑습니다. 미누야! 여기 팬 오셨다! 아야카 님 되신단다."

아야카는 당황했다. 미누와의 직접 대면은 처음이고 예 기치 않은 것이었다. 늘 당당하던 아야카지만, 미누가 다 가오자 소심한 소녀처럼 얌전해졌다.

"아야카 님 반가워요. 악수… 동의하신다면 허그를…."

아야카가 미적거리자, 미누는 양팔을 벌렸다.

"허그? 정말요?"

미누 품에 앙증맞은 아야카의 몸이 쏙 들어갔다.

"마리 님 어떤 곡이 좋을까요?"

"하늘 사마께서 정하세요. 전 KJK 노래라면 뭐라도… 실력이 모자라긴 하지만."

"하늘 사마? 하하, 그냥 친근감 있게 하늘이라 부르세 요. 마리 님."

둘은 조용한 곡을 선택했다. 앨범 중에 하늘이 작사 작 곡하고 솔로로 불렀던 '추억이 미래보다 아름다울 때'라는 노래다.

노래 연습을 마치고 잠시 쉬는 동안 슈코는 발그레한 얼 굴에 몽롱한 눈빛으로 앉아있다.

"슈코! 아니 마리! 너무 빠져든 것 아냐?"

"글쎄 나도 몰라. 하늘 사마가 내 볼까지 터치할 줄은 몰랐어."

"좋았겠다. 나도 슈코 만큼 노래할 줄 알면 미누 사마한데 듀엣하자고 졸랐을 텐데. 아쉬워~."

슈코는 연습에 열중했다. 다정한 목소리로 무대 연출을 위하여 손을 잡는다. 볼을 터치한다. 슈코는 잠깐이나마 하늘과 연인이 된 착각을 즐겼다. 볼을 손으로 터치하는 동작을 연출할 때를 떠올리자 다시 화끈거린다. 특히 마주 보는 눈빛이 반짝였을 땐 가슴이 스르르 내려앉았다.

'하늘 사마는 선수일까? 여자 팬들을 만나는 건 일상이긴 해. 하늘 사마가 나를 향해 메시지를 던진 건 아닐까? 나만의 착각일까? 착각이라도 좋다. 행복한 순간이다. 참! 내가 이럴 때가 아니지 곧 무대에 올라야 할 텐데.'

슈코는 듀오 공연이 오히려 신분을 숨기는 실험 무대가 되었으면 했다. 지켜보는 일본 승객들이 자신을 전혀 알아보지 못한다면 처신이 훨씬 자유로워질 것이다.

하루 사이였지만 공연에 모이는 승객들의 분위기는 사뭇 달라졌다. 공연이 있어 선상 생활에 힘이 된다는 부류와 사정이 이렇게 나빠지고 있는데 무슨 노래질 이냐고 반대하는 부류로 갈리는 분위기였다. 기획사 이사는 분위기가 달라진 것을 고민했다. 공연은 모두를 위한 것이기는 하지만 자칫 호불호가 갈리면서 갈등의 중심에 KJK가 설 수도 있기 때문이었다.

이사의 고민에도 KJK는 오늘 공연을 진행하기로 했다.

KJK 공연은 조명을 받으며 시작되었다. 곡목은 밝은 노래로 시작하여 한차례 휘몰아쳤다. 후텁텁해진 초여름 날씨로 모두 땀에 흠뻑 젖었다. 이어서 중국인 여자의 차례가 되었다. 그사이 그녀는 여전사 같은 옷차림과 진한 분장을 하고 나타났다. '룰루'라고 자신을 소개한 그녀는 무대에서 방방 뜨며 공중 부양이라도 하려는 듯 자세를 잡는다.

탁! 탁! 탁! 땅! 드러머의 시작 시그널로 음악은 록으로 바뀐다. 록이 가지는 에너지에 관객들이 빠져든다. 룰루는 예상한 대로 무대를 휘젓고 다니면서 샤우팅을 질러댄다. 관객의 환호가 커지고 소리를 질러대자 슈코는 마음이 쪼그라든다. 괜히 노래하려 했나 걱정되기 시작했다. 하늘과 연습을 하고 스킨십까지는 더없이 훌륭한 멜로드라마였다. 차례가 다가오자 불안감이 스멀스멀 올라왔다. 그러면서도 알 수 없는 힘에 이끌려 하늘에게 빨려 들어가 헤어나지 못하고 허우적거리는 기분이다.

"이번에는 마리라는 예쁜 이름이 잘 어울리는 숙녀 한 분을 모셔보도록 하겠습니다. 이분은 지진이 일어났던 그 날 밤에 우연히 발코니에서 밤하늘을 향해 노래 부르던 소녀 목소리에 감탄해 제가 부탁해서 모셨습니다. 중요한 건 얼굴도 모른 채 목소리만 듣고 듀엣을 부탁했는데 탁월한 선택이 아니었나 싶습니다. 소개합니다. 마리!"

하늘은 손을 내밀어 슈코의 손을 잡고 무대 위로 올렸다. 여성 관객은 비명을 질러대며 손을 놓으라고 난리다. 그러자 하늘은 장난스레 슈코의 손등에 키스하는 시늉을한다. 여성 관객들은 '꺅~' 넘어갈 듯 경기를 일으켰다.

하늘은 어쿠스틱 기타 한 대를 들고나와 슈코와 의자에 나란히 앉아 노래를 시작했다.

슈코의 목소리가 긴장 때문인지 잠겼다. 하늘은 그녀가 긴장을 풀 수 있게끔 화음을 넣으면 감싼다. 노래가 중반을 지난 무렵 흔들이던 음정이 잡히면서 슈코의 유니크한 음색이 살아난다. 슈코와 하늘은 서로의 눈을 놓치지 않는다. 슈코는 어떻게 노래를 불렀는지도 모르는 사이 박수 소리에 정신이 번쩍 들었다. 이제야 일본 관객들의 반응을 살핀다. 아무도 자신을 알아보지 못한다는 것이 다행이었다. 이상하게도 상실감과 허탈감이 밀려들었다.

슈코는 자리로 돌아와 다시 조금 전 상황을 떠올렸다. 마지막 음 처리가 끝났을 때 하늘 사마는 윙크를 날렸다. 그리고 손을 잡고 손을 들어 관객에 답례했다. 윙크가 자꾸 머릿속을 뱅뱅 돌아다녔다.

*

    드림호 회의실에서 국가별 승객대표 회의가 열렸다. 한국의 차재영, 일본의 미사와 다카게, 중국의 자오펑, 기타국 케이먼 대표가 참석한 자리에서 대표회의 간사를 두고 설전이 벌어졌다. 대표회의 대표 격인 간사에 힘이 실린다는 걸 파악한 각국 대표들이 서로 맡겠다고 첫 상견례부터 대립했다. 엔리케 선장과 김정훈 본부장은 긴장했다. 자칫 간사로 선동가가 뽑힐 가능성 때문이었다. 선동가들이란 무언가 꼬투리를 잡으며 사람들의 마음에 불을 지르는 데 능숙한 사람들이었다.

    "도대체 상황이 어떻게 되어가고 있는지 설명을 들어봅시다. 운항이 된다는 소문도 있고, 안된다는 소문도 있습니다."

    일본 미사와 대표가 주장하자 중국 자오펑 대표가 맞장구를 쳤다.

    "선장한테 물어봅시다. 한국 해경만 치안을 담당하는 이유가 뭔지도 물어보고요."

    대표단의 요청으로 한 본부장과 선장은 회의장을 향하며 선내 분위기를 살폈다.

    두 사람이 회의장에 들어가자 얼굴이 벌겋게 달아오른 대표단 시선이 두 사람에게 쏠렸다.

    "여러분, 잠깐 여기를 주목해 주시겠습니까? 여기 선장

님과 한국 해양경찰 대표로 본부장님이 오셨습니다. 먼저
상황이 어떻게 되고 있는지 말씀을 들어보겠습니다."

엔리케 선장은 드림호가 항해를 중단한 이유를 설명했
다. 회의장 승객대표들은 다소 놀라는 표정이다. 단순 고
장이라고 생각하고 있는 사이 엄청난 일이 벌어진 것이다.
지각 변동이 생기고 바다 밑의 땅이 솟은 것과 한국이 점령
한 것까지는 알고 있었지만, 한·중·일 3국 해군이 일촉즉
발 대치 중이란 사실을 알게 된 것이다.

"그럼 여긴 어딥니까?"

"예상은 하셨겠지만, 한국령으로 공포된 한새군도입니
다. 그리고 이분은 크루즈 내 치안을 담당할 한국 해양경
찰 김정훈 경무관입니다."

김정훈 경무관이 인사를 하며 자신을 소개한다.

"안녕하십니까! 저는 대한민국 해양경찰청 소속으로 여
러분의 안전을 책임질 김정훈 본부장입니다. 앞으로 드림
호의 치안본부장으로 최선을 다할까 합니다. 다소 어렵고
불편한 일이 있더라도 잘 협조해 주시기 바랍니다."

중국 대표가 떨떠름한 표정으로 질문을 던졌다.

"앞으로 자국민을 위해 중국이나 일본 해경이 승선해서
함께 활동할 계획은 없으신 겁니까?"

"예, 말씀드렸듯이 여긴 한국령 한새군도입니다. 치안
은 당연히 대한민국에서 담당하고요. 여러분의 의사에 따
라 여행을 중단하시거나 귀국하는 경우가 생기더라도 한새

군도 영해까지는 저희 대한민국 해양경찰에서 여러분을 모실 겁니다."

선장과 본부장이 회의장을 떠나자 간사 선출로 다시 뜨거워졌다. 3국 대표의 간사 선출 당위성은 3국 정치의 축소판이었다. 한국은 한국 영토이고 한국 해경이 치안을 담당하기 때문에 한국 대표가 간사가 되는 것이 효율적이라고 주장했다. 일본은 선사가 일본 선사고 그런 만큼 선내운영이 일본 시스템으로 되어있어 일본에서 대표를 맡는것이 타당하다는 주장이다. 그리고 중국은 최대 승객은 중국이므로 승객 처우를 위해 중국이 맡아야 한다고 주장했다. 세 나라의 주장은 팽팽했고 해결될 기미가 보이지 않았다. 결국, 간사는 뽑지 않는 거로 정리되었다.

김 본부장은 회의 결과에 만족했지만, 엔리케 선장은 불만족스러웠다. 김 본부장은 치안을 위해 힘의 쏠림 현상이 없는 상황을 원했고, 선장은 운영을 위해 합일된 의사 결정이 필요했었다.

선장과 김 본부장이 승객 대표에게 설명한 얘기들은 급속도로 퍼져 나갔다. 소식을 들은 승객들은 당혹감을 감추지못했다. 국적별로 수군덕거리는 모습이 목격되면서 해경은 긴장했다. 단순 정보 교환 차원이 아니고, 의견을 모으기 시작한다면 적절한 격리가 필요할지도 모르기 때문이었다.

*

　2028년 6월 20일. 서울 워커힐호텔에서 일본과 중국을 상대로 긴급외교회담이 열렸다. 한국은 파라다이스드림호에 탄 승객 처리문제로 회담을 시작했지만 일·중 양국의 생각은 달랐다. 회의는 각각 연석회의하기로 하고 의견이 모이면 합동회의로 결과를 만들기로 했었다.

　일본 다무라 외무대신이 한국 박주형 국토부장관에게 공세를 시작했다.

　"한국이 인위적으로 섬을 만들었다는 소문이 있는 건 잘 아시지요?"

　예견된 날선 공방이 시작된 셈이다.

　"대신께서는 무슨 근거로 그깟 소문을 국가 간 회의장에 들고 오셔서 주장하시는 겁니까?"

　"그러니까 자연 발생인지 인공 발생인지 공동조사단을 만들어 조사하시면 되는 것 아닙니까? 한국이 피한다는 것은 켕기는 데가 있다는 것 아닙니까?"

　"한새군도는 한국령입니다. 일본이 한국 땅에 확실한 근거도 없이 조사하러 들어온다는 건 불법 침입 즉 선전포고에 해당합니다."

　"그렇다면 우리 일본에서는 국제사법기구에 제소하는 수밖에 없습니다. 한국이 전 인류에게 재앙이 될 수도 있는 지구 파괴 당사자란 것으로 말입니다."

"대신께서 가능성이 없다는 걸 잘 알고 계시면서 계속 주장하시니 회담이 더 진행하기 곤란할 것 같습니다. 자국민의 안위를 위해 만든 회담입니다. 자국민의 안전을 무시하고 계속 한새군도에 트집을 잡으면 회담을 종결하도록 하겠습니다. 좀 진전된 안건이나 방법이 있어야 서로 대화가 될 것 아닙니까."

다무라 외무대신은 무리한 주장을 계속했다. 애초 예상은 했지만, 한국 정부 입장이 워낙 단호하기에 비집고 들어가기가 어렵다는 것을 통감했다. 회담은 잠시 휴회를 했다. 외무대신도 Q를 거론하는 것은 근거 없다는 걸 알지만 전략적으로 주장을 계속되었다.

별도로 진행된 중국과의 회의에서도 류타오다이 외교부장이 한국을 쏘아붙이기 시작했다. 예견한 것 이상으로 중·일이 단단하게 결속되어 있었다.

"한국이 행한 행동은 도의적으로 있을 수 없는 일입니다. 지구는 누구의 일방이 자신의 의지로 만들고 부수고 하는 대상이 아닙니다. 한국이 인위적으로 섬을 만들어 냈다는 증거는 여러 곳에서 발견됩니다. 그러니 이웃 간에 서로 다툴 게 아니라 합리적인 논의를 하도록 합시다.

"증거가 어디 있다는 겁니까? 증거 있으면 제시를 하셔야지 없는 증거를 있는 것으로 호도하지 말아주세요."

"그러니까 확실하게 현장을 공개 조사하자는 것 아닙니

377

까?"

"부장께서는 누가 부장 집에 없는 금송아지가 있다고 소문내면, 없다는 걸 증명하기 위해 집안을 보란 듯이 모두 공개합니까? 금송아지를 찾다 보면 예기치 않게 사모님 속옷까지 다 뒤져 볼 텐데 상관없으신 모양입니다."

"그것하고는 다른 경우지요. 개인의 집하고 국가하고는 다르지 않습니까?"

"그렇다면 주석께서 집무 하시는 남중해에 도난당한 세계 최고의 다이아몬드가 있다는 소문을 내고 확인을 해야겠다면 응하실 겁니까? 남의 집 남의 나라를 함부로 보려는 것은 도적질과 다르지 않습니다."

"도적질이라니요! 장관 무례합니다. 어디 그런 비유를 하십니까?"

"그러니까, 근거 없는 주장을 그만하시지요. 그리고 현실적인 문제를 논의합시다. 크루즈에 있는 승객을 어떻게 하실 겁니까? 부장님께서 의견을 말씀해 보세요."

중국 공세가 드세다가 조금 잦아들었다. 여전히 돌파구가 마땅찮다고 판단한 중국도 휴회를 선언했다.

일본 다무라는 집요하게 한새군도 문제를 파고들었다.

"장관님. 그건 그리 중요한 일이 아닙니다. 영유권 문제를 논의하고자 모인 자리 아닙니까? 저희 일본은 공동 조사를 전제하지 않으면 모든 협상은 거부합니다."

"영유권이라니요. 정확히 다시 말씀드리겠습니다. 오늘은 드림호에 있는 승객과 승무원을 어떻게 하겠느냐는 것을 논의하는 자리입니다. 논지에 벗어나는 논의를 주장하시면 이것으로 회의를 끝내겠습니다."

박주형 국토부장관은 양국 대표를 모아 놓고는 최후 통첩했다.

"그럼 외신에 이렇게 발표하도록 하겠습니다."

"어떻게 말입니까?"

"일본과 중국은 자국민과 인민의 안위를 포기했다. 한국은 양국과 국민의 안전을 위해 합리적으로 방안을 협의하려 했으나 응하지 않는다. 한국은 더는 승객을 인질로 잡고 있다는 프레임을 뒤집어쓰지 않을 것이다. 국민과 인민의 생명과 건강을 책임져야 할 국가가 타국의 땅을 빼앗기 위해 역 인질로 국민을 희생하려 하고 있다. 일본과 중국의 행태에 개탄을 금치 못한다…."

일본과 중국은 발끈했다. 박주형 장관은 그들이 발끈하는 데에는 몇 가지 이유가 있다고 판단한다. 오랜 시간 외교계에 몸담아온 인물들이다. 그들은 말 하나 행동 하나에는 고도의 정치적 의도가 숨어 있다. 첫째는 충성심이다. 두 번째는 국면 전환을 시키기 위한 것이다. 처음부터 한국은 유연한 이미지의 외교관 대신 딱딱한 느낌의 행정 관료를 출전시켰다. 한국령이기 때문에 국토부장관을 보내는 것이 합당하기도 했지만, 회담의 언밸런스를 노린 것이다.

양국 외교수장들은 회담 패턴이 맞지 않아 페이스를 잃고 끙끙댔다.

그들은 한국이 이런저런 핑계로 승객을 인질로 남겨 둘 것으로 생각했다. 그런데 한국이 돌연 유리한 카드로 쓸 수 있는 인질 확보를 포기했다. 한국은 의도적으로 한국령에 대해 자신감을 드러냈다. '한새군도는 한국령인 것은 불변의 진리다.'라는 전제를 깔아놓은 것이다. 그래서 우리는 승객의 안전과 의사 결정을 중요시한다. 여행을 계속하실 분은 남아 있고, 귀국하실 분은 귀국을 허락한다.

*

해가 질 무렵 장맛비가 '후드득' 떨어지기 시작했다. 빗방울은 무거웠고 소리는 두터웠다. 마치 하늘에서 총알이 떨어지듯 투박한 소리를 내며 갑판 위로 박혔다. 시간은 밤 0시를 향해 흘러간다. 시간이 지날수록 긴장감은 증폭된다. 수병들의 얼굴에도 긴장감이 커지고, 공포심이 뒤섞여 암울해 보인다. 애써 감추려는 장교들의 표정은 비장함 반 공포 반으로 채워졌다. 공격이 시작된다면 생명을 보장할 아무런 방편이 없다. 서로의 화력은 상대를 수차례 궤멸할 수 있는 엄청난 수준이다. 국가를 위해 목숨을 버리는 것이 군인이라지만 죽기 위해서 군인이 된 것은 아니다. 죽지 않기 위해 수없이 반복 훈련을 거듭해왔었다. 먼저 죽이는 놈이 살아남을 것이다. 막상 적함과 마주 대하고 있다 보니 피할 곳이 없다는 위기감이 증폭됐다. 오로지 누군가가 포격을 시작하지 않길 바랄 뿐이었다.

한국 시각 11시 30분, 대치상황의 긴장감이 극도로 올라간다. 각국 지휘관들은 병력 관리에 신경을 곤두세우고 있다. 대치상황이 길어지고 긴장이 강화되면 예기치 않은 오발 사고가 있을 수 있기 때문이었다. 오발 사고를 막아야 한다는 강박관념이 오히려 오발을 유도하는 역효과를 낼 수도 있다. 빗속에서 암컷 모기가 살을 파고들기 시작한다. 하지만 긴장감으로 아드레날린이 분비한 탓으로 눈치채지 못하고 있다.

11시 40분 시간이 어둠보다 깊고 무겁게 흐른다.

11시 50분 시간이 서서히 거칠어진다.

11시 55분 시간은 섬뜩한 칼날이 되어 목을 겨눈다.

11시 59분….

0시가 되는 순간 불덩이가 어두운 밤하늘을 솟구친다.

순간 하늘이 환하게 밝아진다.

뒤늦게 '떠~엉' 한발의 포성이 울렸다.

오싹한 진동이 공기를 통해 온몸으로 전해진다. 전율이 뉴런을 통해 몸을 경직시킨다. 이어 투명한 유리가 와르르 무너지듯 공기가 조각조각 알갱이가 되어 무너져 내렸다.

어느 함대에서 발사된 것인지는 불확실했지만, 포성은

분명하고 자극적으로 편도핵을 파고 들었다. 단 한발의 포성에 눈결 모든 첨단 함대가 긴장한다. 고조되는 심장 박동을 서로 느낀다. 견디기 어려운 긴장이 온몸의 에너지를 순간적으로 소진 시킨다. 일부 수병들은 구토감을 느꼈다. 함대 사령관은 명령을 내릴지 말지 판단하지 못한다. 머릿속에는 수많은 신호가 교차하며 혼란을 일으킨다. 정작동과 오작동을 넘나든다. 교전 수칙에 따라 즉각 행동할 것인가? 지휘부의 명령을 기다릴 것인가?

불쑥 해역이 환하게 밝아졌다. 조명탄을 바라보는 각 제독의 얼굴에는 명과 암이 극명하게 드러났다.

같은 시간 타이완 동남쪽 필리핀해 해저에서 SLBM이 솟구쳤다. 잠수함에서 발사된 미사일은 잠깐 공중에 머물렀다가 비컨 수신 명령에 따라 비행 방향을 잡았다.

(3권에서 계속)